徐鲁散文选

芦花如雪雁声寒

徐鲁 著

陕西师范大学出版总社

图书代号：WX15N1200

图书在版编目（CIP）数据

芦花如雪雁声寒：徐鲁散文选 / 徐鲁著. —西安：
陕西师范大学出版总社有限公司，2016.3

ISBN 978-7—5613-8302-5

Ⅰ.①芦… Ⅱ.①徐… Ⅲ.①散文集—中国—当代
Ⅳ.①I267

中国版本图书馆CIP数据核字(2015)第281891号

芦花如雪雁声寒——徐鲁散文选

徐 鲁 著

责任编辑 / 郭永新　彭　燕
特邀编辑 / 巩亚南
责任校对 / 彭　燕
装帧设计 / 观止堂_未氓
出版发行 / 陕西师范大学出版总社
　　　　　（西安市长安南路199号　邮编 710062）
网　　址 / www.snupg.com
印　　刷 / 西安市建明工贸有限责任公司
开　　本 / /20mm×1020mm　1/16
印　　张 / 19.25
插　　页 / 2
字　　数 / 280千
版　　次 / 2016年3月第1版
印　　次 / 2016年3月第1次印刷
书　　号 / ISBN 978-7-5613-8302-5
定　　价 / 42.00元

自　序

　　宋代诗人陈与义有两句诗我很喜欢："客子光阴书卷里，杏花消息雨声中。"我甚至觉得，这两句诗也可用来描述我的散文写作状态：前一句说的是我每天阅读和写作的生活实情，后一句暗喻我的散文里所传达出来的人间冷暖和大地消息。

　　本书是我的一部散文新集，选收了从 2013 年至今，近三年来的散文新作。其中有少数几篇是 2012 年所写，因为不满意，所以一直没有定稿，编入本书时又做了点修改。这些散文里大约有三十来篇，最初是发表在《人民日报》"大地"副刊、《文汇报》"笔会"副刊，以及《上海文学》《文学报》《散文》和《读者·原创版》上的。所以借这次结集出版的机会，谨向常莉、周舒艺、潘向黎、赵丽宏、陆梅、鲍伯霞、王飞诸位约稿的编辑老师致以真诚的谢意。

　　本书的编成和出版，还要感谢熊召政兄的一再鼓励与催促，以及向陕西师范大学出版总社所做的热情推荐。召政兄与我有着三十多年亦师亦友的情谊，本书里的一些文字，也凝结着他三十多年来给予我的关照和爱护。

1998年秋天，我有幸与陕西师范大学出版社结缘，在该社出版过一册《黄叶村读书记》（列入蔡玉洗、徐雁主编的"华夏书香"丛书），并在是年深秋的长安城外，结识了当时的社长高经纬先生。没有想到将近二十年后，又承新任总社社长刘东风先生、大众读物分社社长郭永新先生慨然接纳，让本书得以顺利付梓。"君子成人之美"，区区小书，亦洵为一例矣。

关于散文写作，却并非三言两语能够说尽的。

"我的一切都写在自己的书中……"记得有一年秋天，我去布鲁塞尔寻访一位女作家的故居，写在她的工作室书桌上的这句话，给我留下了深刻的印象，总是难忘。是的，所有的诗篇都是旅程，每一篇散文文字，也都可能是作家自传的片段。我的散文，也是我的生命和生活的旅程。我的一切，也都写在了我的书中。

习近平总书记在文艺工作座谈会上的讲话中说到，文学艺术创作，是铸造人类灵魂的工程；追求真善美，是文艺的永恒价值。文学艺术是"美"的事业，一切美好的作品，都能给人们的灵魂带来"洗礼"，应该像蓝天上的阳光、春季里的清风一样，"启迪思想、温润心灵、陶冶人生"。因此，作家艺术家们应该到广阔的天地间、到火热的生活中去"发现自然的美、生活的美、心灵的美"。

总书记还举出大量的、他所热爱的苏俄文学作品为例，告诉人们，什么才是真善美的和具有永恒价值的文学。例如他喜欢普希金的爱情诗和莱蒙托夫的《当代英雄》，喜欢陀思妥耶夫斯基和列夫·托尔斯泰的作品，喜欢肖洛霍夫的《静静的顿河》。他通过仔细的阅读，真切地感受到了——普希金写得美，陀思妥耶夫斯基写得深，托尔斯泰写得广，肖洛霍夫则对大时代的变革与人性反映和刻画得非常深刻。

我体会到，总书记是在用一些大家耳熟能详的具体例子，启发我们的作家和艺术家，应该志存高远，努力去把自己的作品写得更美一些、更深一些、更广一些。最美好的文学，就应该像秋天的大地一样宽广，应该像金色的、成熟的稻菽一样，俯身低首，面向大地。

静下心来，精益求精地创作出更多有风骨、有道德、有温度、有重量、有美感的优秀作品，为历史存正气，为世人弘美德。这是习总书记文艺工作座谈会上的讲话带给我的最深切、最美好的感受。

我正在自己的散文里努力去追寻这些东西。虽然我可能就像推着巨石上山的西西弗斯，永远也达不到山顶和心目中的境界。

不过那又有什么关系呢？"若要纸上寻佛法，笔尖蘸干洞庭湖。"我当然清醒地知道，我是洞庭湖上的一朵多么小的浪花。

说到俄罗斯作家，我想到了最近几年里，我一直在思考的一个与散文有关的问题。

我发现，一代代俄罗斯诗人、作家、思想家、政论家、传记作家……用各种风格的文笔，已经试验了散文写作的各种可能。康·帕乌斯托夫斯基不仅用优美的散文写出了《金蔷薇》《面向秋野》这样的文学评论集，还用同样优美的散文文笔，完成了六卷本自传体长篇小说《一生的故事》。白银时代的思想家、作家洛扎诺夫，写过一册《落叶集》，书中文字全部由一些零散的随想录和短小的札记片断构成，有的片段甚至只有一行文字，例如："人们像花儿一样枯萎，凋零。""欧洲文明将毁于恻隐之心。"《落叶集》分为两部，洛扎诺夫把它们分别命名为"第一筐""第二筐"，他从不把它们视为散文集，而是将其当作一部"札记体"长篇小说。

还有出生于1918年、早已著作等身的俄罗斯老作家达·亚·格拉宁，写过一部传记体小说《奇特的一生》。但格拉宁也不认为他写的是"小说"，他说他写的是"文献散文"。他说："文献散文越来越引起我的兴趣，创作使我厌烦了。您知道，创作归根到底在一定程度上是不真实的，情节归根到底全是想出来的。这一切似乎很自然，是文学中大家通用的方法，近来却使我烦躁，我开始寻找另外的方法来描写生活中最本质的东西。"格拉宁先生认为，文献散文必须首先是散文，是文学，这一点很重要。文献散文的情节，也不是虚构出来的，不是"想"出来的，而是从材料内部去寻找和发现的，是去"看见"的。还有，主人公也不能简单地加以临摹……

我想说的是，我自己近几年来，似乎不知不觉地、越来越趋同于"文献散文"这个说法了。我所写的《金色的皇村》《金上京九百年》《龙港风雨录》这样的散文，也有点像"文献散文"。说实在的，我对"文献散文"越来越有兴趣了。也许，在未来的日子里，我会更多地投入时间和精力，去写一些这类的散文。

徐鲁

2015 年深秋，武昌梨园

目 录

辑

杏 花 春 雨

辑
二

故国山河

辑
三

雪泥鸿爪

辑四　｜　柳色秋风

辑一 ｜ 杏花春雨

山里的细妹子

　　三十年前我大学毕业后，在鄂南的阳新县人民文化馆工作过几年。这是一个边区小县城，地处湘鄂赣交界的幕阜山区。我当时的工作就是深入幕阜山中的穷乡僻壤，去搜集民间故事、民间歌谣和采茶戏唱本，也给一些乡镇文化站和乡村小剧团修改戏本，做一些创作和演出的辅导工作。这种身份当时叫"文化辅导干部"。

　　在幕阜山中的崇山峻岭间走村串户的那些年的生活，是我迄今"最接地气"的一段生活。那时候有一些偏远的小山村还没有通上电，需要走夜路时，房东老乡就会举着松明子火把或点上"罩子灯"，给我引路和照明。翻山越岭走累了，呼啸的山风为我擦拭汗水；渴了乏了，就喝上几口清清的山泉水，顿时浑身又涌上了力气；饥了饿了，走进任何一户人家，都能吃到热腾腾的、散发着柴火气息的锅巴饭、红薯饭、板栗粥和老腊肉。

　　可惜的是没过几年，我就离开了幕阜山区，调到省城里工作了。但我对那里的一草一木是充满感情的。离开那里很多年了，我还常常怀念那翠绿的茶山、青青的楠竹林，还有那漫山遍野的板栗树，也怀念那散发着柴火气息的锅巴饭、红薯饭和板栗粥。

大约是在半年前吧，我突然接到一条陌生的短信，写信的人称我为"叔叔"，说是寻找我寻找了很多年，今天总算联系上了。她问我还记不记得一个名叫"细妹"的小女孩，我茫然地想了好久，实在想不起细妹是谁了。我问她，寻找我是有什么事吗？为什么还寻找了很多年？于是她又接连发来了好几条短信，给我说明了事情的原委。

　　原来，这个细妹子的老家就在幕阜山区，与鄂南和江西省武宁县毗邻的一个偏僻的小山村里。大约在十五年前，她在家乡的小学里念书，刚刚考上了初中，却因为家里贫穷，就要失学了。她在学习上一直很用功，在学校里成绩也很好。她多么想继续上学念书啊，可是家里又拿不出给她交学费的钱来。无奈之下，她记起从一本《少年文艺》上看到过我写的散文，知道我在她的家乡幕阜山中工作和生活过，于是，这个细妹子就鼓起勇气，给我写了一封求助的信，寄到了《少年文艺》杂志社，让杂志社转交给了我……

　　那时候我正在省城里的少年儿童出版社当编辑，工作之余也给孩子们写一些儿童文学作品。说老实话，那些年我也经常会收到一些小读者的来信，有的来信一看地址就是来自偏远山区的。碰到这种情况，我一般会去买一点文具或几本书，或者从出版社的同事那里收集一些适合孩子阅读的书，给他们寄去。有的来信上写明白了是需要一点钱的，我也会赶紧一百、两百地寄一点去。那时候我的收入并不高，平时手头也不会有更多的钱。能够毫不犹豫拿出来的，也就只有一百、两百的吧。无论是书还是钱，只要寄去了，事情也就过去了，我自己也就不再记得了。因为像这样的小事情，在我看来是自己力所能及的，实属举手之劳，夸大一点说，也算是"助人为乐"吧，那些年里可真没少做。有一两年，省妇联儿童工作部的同志还给我颁发过"爱心证书"之类的奖状，那未免有点小题大做了。

　　细妹子告诉我说，那年夏天，她给我写了那封信后，过了个把月也没有见我回信，渐渐地就不再做什么指望了。可是，就在学校开学前夕，她已经死了心，准备弃学的时候，她的班主任老师高兴地给她家送来了一张三百元钱的汇款单。"叔叔，你看你都不记得了！可是你知道吗，要是没有你寄给我的这三百元钱，我连初中都读不成了！"细妹子说。她还告诉我说，在汇款的同时，我还给她写了一封信，鼓励她不要灰心，不要放弃，而要像一个坚强的小男子汉一样去战胜困难……她说，这封信她至今还保存着。

那么，后来呢？我询问细妹子后来的经历，她告诉我说，十几年来，她不仅念完了初中，念完了高中，还念完了大学！大学毕业后，她先是到南方的一家企业去打了几年工，前两年又到了上海，进入了上海的一家公司工作。她珍惜每一次工作机会，一直很努力，现在已经是一个销售主管了，前不久还受公司委派，独自到印度去工作了一段时间……

多么争气和上进的孩子啊！有道是"天道酬勤""梅花香自苦寒来"，这不是发生在我身边的一个真实的励志故事吗？

不知道为什么，在得知了细妹子这些经历的当天晚上，我竟难过得一整夜都没有入睡。我在心里感到惭愧啊！我想得最多的是，当初，为什么没能多给她寄去几百块，而只寄了区区三百元呢！要知道，那时候，只要再多一点点钱，就能帮助这个好学上进的孩子实实在在地解决多大的难题、度过多少难关啊！

"细妹子，那你这些年来一定吃了不少苦吧？你后来上初中、上高中、上大学，每年的学费是怎么解决的？"我对这个孩子的经历实在是放心不下。

"除了爸爸妈妈养牛、插秧、砍楠竹做竹器挣来的钱，再就是我带着弟弟打板栗、采野山茶、编竹凉席去卖，除了给自己挣学费，还要给弟弟挣学费。"

"为什么没有再给我写信呢？如果你再写信告诉我，我还可以继续帮你哪！"

"哪里好意思再找叔叔呢！有了叔叔寄来的那些钱，还有，一想起叔叔在信上鼓励我的话，我就什么困难也不怕了！"

"那你考上省城里的大学了，也应该找一找我啊，好让我高兴高兴！再说，那时候我们都在同一座城市，我也比以前更有条件帮一帮你了……"

"那时候真的是找过叔叔了，很想亲眼看看叔叔，可是找到你信上地址的那条街，你们单位已经搬走了……"

我明白了，期间我所在的出版社确实搬到了另外的地方，我自己也辗转调到了另外的单位，这也就是细妹子没有找到我的原因了。

那一夜，我辗转反侧，难以成眠。我一遍遍地想象着这个在偏僻的幕阜山区，在风雨中的板栗树下，艰辛地生活着、坚强地成长着的细妹子。我也想到了，20 世纪 90 年代里，我为那些告别自己的家乡、挤上南下的火车，纷纷拥到南方去打工、去寻找前程的农村年轻人，写过一首《祝福青春》：

温室里开不出耐冬的花朵，
生活永远也不相信眼泪。

告别了亲人，告别了故乡，
告别了青梅竹马的同学姐妹，
让火车载你们驶向远方，
驶向异乡的山山水水
…………

从没见过机器轰鸣的流水线，
不知道流水线上的那份劳累；
从没见过大城市的灯红酒绿，
不知道红绿灯下的冷漠与疲惫。

但从此以后你们将去经受，
这茫茫人海的风霜雨雪；
从此以后你们将去尝遍，
这滚滚尘世愁苦的滋味
…………

我想到，当我写着这些诗歌，为远离故乡的孩子的命运担忧和祝福时，细妹子不正是那些孩子当中的一个吗？有谁见到过她挥别故乡、走向远方时，那无奈和无助的目光与眼泪呢？有谁想到过她从这个城市去到另一个城市，其间又经历过怎样的辛苦、怎样的疼痛、怎样的酸楚呢？

我在《祝福青春》的末尾还写过这样的话：

…………

现在，且接受我这无力的祝福吧，
你们这些像我的少年时代一样的，
正在走向生活的小姐妹。
要生存，先把眼泪擦干！
来吧，让我们含笑为青春干杯——
祝青春无恙，
祝青春无怨，
祝青春无愧也无悔！
大路在前，来日方长，
理想万岁，青春万岁！

好像是原本就有某种联系似的，诗中的这些话虽然充满了无奈和无力，却也正是我对细妹子、对她们这一代在艰难中成长起来的山村儿女的深切的祈愿啊！

所幸的是，从家乡的板栗树下走出来的孩子，终于长大了。

前不久，细妹子有了几天休假日，她从上海回幕阜山故乡途经武汉时，我们相约见了一面。站在我面前的，远非我想象中的一个在外地打工的农村女孩的样子，而是一个落落大方、乐观自信、年轻的职场女孩形象。我从眼前的细妹子身上，仿佛看到了幕阜山区今天和未来的希望！

我仔细地询问了她在上海的工作情况，还有她父母亲和家里的生活状况。父母亲年纪大了，还在老家里种秧田、收板栗，家里还有一小片茶园，弟弟妹妹在省城或外地打工。

"叔叔，您放心吧，现在，无论是我们家，还是幕阜山区其他地方，都像冰心的《小橘灯》结尾写的那句话一样：大家的日子都慢慢地'好'起来了！"细妹子乐观地笑着，安慰我说。

细妹子说得多好啊！大家的日子，都慢慢地"好"起来了，这是多么值得高兴的事情，这样的日子，来得又是多不容易啊！

细妹子的乐观和坚强，让我对她的未来充满了信心，同时我也能感到，她身上依然保持着农村孩子质朴、节俭的美德。她告诉我，她目前在上海的收入不算高，她平时也不会像别的女孩子那样，经常去购物，更不去追逐名牌衣服、鞋子和其他奢侈品，经常穿的就是公司配置的"职业装"……细妹子，你是一个多么懂事的好孩子啊！

"以后只要有休假日，或者我出差到武汉，就一定来看叔叔，好不好？""好啊，好啊，细妹子，你真是太好了……"我像赞美我自己的女儿一样，由衷地赞美道。

细妹子临走的时候，我在信封里装了一些钱塞给她。细妹子说什么也不肯要。我叮嘱她说，不要太委屈自己，在上海那样的城市里生活，应该给自己置办一两套像样的衣服和鞋子。其实，在我的心里，还想要弥补一下当年给她帮助太少的遗憾。我知道我这样做，真正能获得欣慰和心安的，是我自己。

"真是太感谢叔叔了！您依然把我当成十几年前的那个小女孩。"

"不，是叔叔应该感谢你！还有我们……这个国家和社会，都应该感谢像你这样坚强和懂事的孩子！"

细妹子走了，回去看望她的家乡和父母亲去了。我的心好像也跟着她一起重新返回了幕阜山中……

我想到了幕阜山中那漫山遍野的野板栗树。是啊，那些板栗树有着多么坚强的生命力和生长力啊！哪怕是在最瘠薄的山冈和坡地，哪怕是在阳光照耀不到、人们的目光看不到的地方，一棵幼小的板栗树苗，也能默默地长成枝叶纷披的大树。扎根、生长、伸展、开花、结果，最终，板栗树捧给人们的，是满树金黄和坚实的果实，是满树的芬芳和甘甜。即便是在晚秋和冬天，大大小小的板栗树上的枝枝叶叶，都化作了深厚的泥土，但是谁又能担保，已经变成了泥土的板栗树的枝叶和果壳，不在又一个崭新的春天到来的时候，萌发出翠绿的生命的新叶，结出更加丰硕与甘甜的果实，来安慰和养育一代代在板栗树下长大的乡村孩子呢？

2015 年 4 月 2 日，东湖畔

写了一辈子春联的人

四十年前，我在故乡胶东即墨县的一个小山村里上学念书。徐立诰老师当时在村小学任教，是我的启蒙老师之一。他是我伯父的同学和好友，他们两人，再加上村里一位和我同辈的延洵大哥，是新中国成立后我们那个小村里最早的几位高中生，三个人同级毕业于店集镇上有名的"即墨二中"。这所中学创办于1952年，前身是坐落在黄海之滨的即东中学。1954年夏天，即东中学由金口迁往即东县的店集镇上，两年后，即墨、即东两县合并，即东中学随之改名为山东省即墨县第二中学。20世纪80年代，这所中学已是青岛市的重点中学。听我伯父讲，当年他们同学三个毕业后，相约着要去报名参军入伍，但最终只有我伯父和延洵哥如愿以偿。我伯父加入了中国人民解放军海军北海舰队，立诰老师却因为家庭出身问题留在了村里，从此就在家乡村小学里当了一辈子的教书先生。

我在村小学念书时，立诰老师已是当地有名的"书法家"了，只是那时候还没有"书法家"这样的称呼。现在回想起来，他那时候常写的书体，有楷、隶、行、篆等。我们这一茬学生当时年龄尚小，但也大多受过他的影响，有意无意地模仿过他的字体。至少到我初中毕业离开家乡时，我的笔迹里一直有老师书体的影子。只是我是个不争气的学生，到现在也没有把毛笔字练好，辜负了这位"书法家"老师的期望。

那时候，每年春节前夕，家家户户买回的大红春联纸，几乎都会送到小学校里来，请徐老师书写。我们这些做学生的，就成了为他铺纸、研墨的"书童"。大红春联归老师亲自书写，有时候他也让我们这些小孩子"显显身手"，分工书写一些诸如贴在粮缸上的"五谷丰登"、贴在进门照壁上的"抬头见喜"、贴在水缸上的"年年有余"、贴在箱子上的"新衣满箱"之类带有吉祥和喜庆意味的小条幅。那个年月里，临近春节时，在外地工作的人都会陆续回家团聚。一家的归客，几乎也就是全村的归客，村边巷口，热热闹闹；邻里之间，人情怡怡，村庄内外总是充满了过年前令人喜悦的气氛，平日邻里之间、孩子与孩子之间偶尔的不快，也都在这喜庆的气氛中化解了。立诰老师多才多艺，除了写春联，还写标语牌、刻蜡版、为电影队的幻灯片写毛主席语录，等等，样样在行。我们那个小山村，因为有了徐老师这样一位心系乡梓、殷勤地为家乡的父老乡亲服务了一辈子的乡村知识分子，也真算是有幸了。无怨无悔的徐老师，惠人多矣！

20 世纪 70 年代末，我跟随家人离开了故乡，在湖北念完了高中和大学。这期间我跟徐老师有过几次通信，还把我写的怀念故乡的诗歌习作寄给老师看过，不知道老师是否还保存着这些书信和诗歌习作。如果还保存着，那应该算是我较早的一批"少作"了。90 年代里，有一年清明节，我陪伯父回过一次故乡。巧的是，当时离开老家多年、已在郑州定居的延洵哥，也正回到村里探亲，他已有四十多年没有见过我的伯父——他少年时代的同学伙伴了。那天他站在村口，一眼就认出了已经白发苍苍的少年同学，大叫了声"四叔"，两个人就激动得热泪盈眶，紧紧拥抱在了一起。

这次回乡，他们三位老同学意外地在老家相聚，都很高兴。徐老师拿出了他各种书体的书法作品，一一展示给他的老同学和我看。我伯父虽然不是书法家，但毛笔字写得非常清正、漂亮，还写得一手几可乱真的"毛体字"。他给徐老师的书法提了几条建议，同时也给我这个晚辈布置了一个"任务"：如果是能力所及，可以对外"推介"一下老师的书法作品。

这其实也是徐老师心存多年的一个愿望：加入一个正规的书法家协会。

因为在这之前，老师常年居住村中，对外面的世界唯利是图、欺世盗名、喧嚣嘈杂的乱象，并不了然，所以没少被人蒙骗，去参加了一些打着各种旗号的书法大赛，也加入了几个莫名其妙的书法学会（当然前提条件都是要"交费"若干）。我估计，老师本来就不多的退休金，都被这些无良的机构和寡德的比赛给哄骗去了。老师把他收到的各种各样的获奖证书和聘任证书拿给我看，我心里当然清楚这是怎么一回事，可是也实在不忍浇冷老师心中的希望。当然，老师毕竟还是一位比较清醒的乡村知识分子，对世风日下的现实，也并非全然不觉。我记得这样一件小事，老家里清明节祭祖，有给先人"烧包袱"的风习，可是"包袱"上的文字该怎么写，我实在是不懂得。我伯父和老师当然都会写"包袱"。老师跟我说："你少小离家，多年来出门在外，不懂得老家的这些风俗和规矩，情有可原。可是你去东山上的墓地看看，多少墓碑上竟然都写着'中华处士名讳某某之墓'，这些人一个大字不识，在村里种了一辈子的庄稼地，跟'中华处士'压根儿就挨不上！"我听了这个，不禁哑然失笑。其实老家的乡亲给我的祖父立的墓碑上，刻的也是"中华处士名讳徐公之墓"云云。村中乡亲，对于墓文碑铭，本来就不求甚解，但望故人"名头"又大又响亮，后人亦可以此炫人，所谓"光宗耀祖"。我知道，老师看不惯这些现象，但他已经无力说服村民，更不可能去改变当下日新月异、纷乱无序的世风了。

从故乡回来后，我开始计划着为徐老师做点"实事"。我先是从武汉的一位老朋友、金石学家梅春林（号韦庐）先生那里讨来两小方石印，春林兄热心快肠，出面请武汉著名篆刻家、中流印社副社长吴林星先生持刀治印，为我的老师刻了一枚名章、一枚闲章。接下来，我就想着怎样帮助老师去实现那个美好的愿望：加入省书法家协会。为此，我特意写信给住在济南的一位老朋友、老作家，也是山东省文联的老领导之一、著名小说《微山湖上》的作者邱勋先生，请他帮忙找一找山东省书法家协会的主事者，请他们看看老师的书法作品。我选了他几幅作品，请邱先生交给省书协，还写了一封信去，介绍了老师大半生服务桑梓、教书育人，殷勤地为四邻的父老乡亲写字、普及书法文化的情况。邱勋先生良善厚道，一派长者风范，对我这个后辈总是有求必应。他不顾年迈体病，亲自去书协要来了表格，辗转寄给了我的老师——估计好话也没少说，真心想帮我玉成此事。奈何忙活和等待了好几个月，最终却没能如愿以偿，真是枉费了邱勋先生的一番劳碌。我感到很失望，不知道该怎样给老师解释他加入不了书协的原因。惭愧，我这个做学生的没有本事，心有余而力不足，没能帮助老师实现这个心愿。

十年前，我敬爱的伯父病逝，我为他的墓碑写了一副联语："高风传故里，亮节照后人"。老师痛失了少年时代的同学挚友，自是倍感凄伤。前几年，与老师恩爱厮守了一辈子的师母，又先他而去，剩下老师一人独居，晚景更加孤独。所幸的是近些年来，多得老家即墨市一位热心公益事业的杜先生帮助，杜先生和他所带领的"滴水公益爱心团队"，对我的老师照顾有加，给老师的晚年送上了许多慰藉和温暖。不久前，我请尚未谋面的杜先生把老师的一些书法作品拍摄下来传给我，请一位美术编辑做了些整理、剪裁和编排，印了一册书法集，这也算是我力所能及的事情了。

对于书法艺术，我是外行，不能评价。我想，我的老师到了这个年纪，肯定也不在乎什么书法家和书法协会了。重要的是，他用他的一手好字，为家乡、为四周的乡亲们服务了一辈子，赢得了众多乡邻的口碑和赞誉，这才是比任何虚浮的荣誉更有意义，也更能传之久远的懿范美德。有道是"天道酬勤"，想必书道亦会特别眷顾仁善之人。祝愿老师继续以笔墨为伴，颐养心神，安康长寿。

2014 年 12 月 2 日，东湖畔

妈妈，你去了哪里？

小学时代的奖状

少年时读《卓娅和舒拉的故事》，我记住了这样一个细节：卓娅和舒拉的妈妈在回忆第一次送孩子们去上学的情景时说，无论是哪位妈妈，第一次把自己的孩子领到学校的那一天，都会是她一生记忆中最美好的日子，所有的妈妈一定都会记着那一天。卓娅和舒拉是幸福的，他们有一位值得自豪的好妈妈。我也有一位好妈妈，虽然她很早就离我而去了，但是，妈妈永远都活在我的记忆里和心灵中。

我上学念书那年已经八岁，可我现在实在不记得妈妈送我到学校那天的情景了。如果妈妈现在还活着，我一定要问问清楚，我相信她一定记得。我努力地想啊，唯一能够想起的是，当时我有一个很漂亮的花书包，那是妈妈用从街坊邻居家讨来的各色花布边角拼做而成的。书包里装着一块崭新的、带小木框的石板，另有一小捆白色的细石笔——那是妈妈用卖鸡蛋的钱从集镇上为我买回来的。我的一套崭新的"学生蓝"制服的前襟上，有妈妈为我别上的一块蓝手绢。

我想，当妈妈牵着我的手迎着朝阳走向学校时，她肯定是又自豪又依依不舍的。她或许正在想象着，今天，她把自己心爱的小男孩交给了世界，明天，这个世界将会还给她一个怎样的人呢？而我的神态，大概是又得意又有些惶恐的吧。

我在家乡小学念书的五年时间里，自始至终被每一位老师及村里的大爷、婶婶们视为勤奋用功、好学上进的"好孩子"，好几次代表学校出席学区的"三好学生"代表大会。单是我每年放寒假时领回来的奖状，就足令许多家长和小伙伴钦羡不已了。

我记得，我第一次领到的奖品，除了一张奖状外，还有一张最新的毛主席像和一个漂亮的硬面笔记本。我把它们交到妈妈手上，一向善良、贤淑和要强的妈妈高兴得流着泪把我紧紧地拥进怀里。她把我看了又看，抚摸了又抚摸，说我是一个争气的孩子。

那些奖状，妈妈总在每年过年的前几天，仔细地钉到墙壁上，旁边配上别的年画。正月间，凡来走亲戚的人，都会看到它们，亲戚们，尤其是一些长辈，会啧啧称赞我有出息。妈妈从这些长辈的称赞里，感到了极大的安慰。可以想象，在妈妈的心中，一定浮现着我的美好前程。

过了正月十五，妈妈又会小心翼翼地把那些奖状一一取下来，用旧报纸卷好，放进我们家那个大红漆的木箱子里，第二年年关时再拿出来。

妈妈不在了，我的童年时代也结束了。后来我离开了故乡，去远方寻找我金色的前程。那些留在老家的小学时代的奖状，也不知道什么时候消失在哪里了。我想起了一首英文歌曲里唱的："面对流逝的往事，最坚强的人也会呜咽……"

妈妈的鼓励

一个人从幼年到成年，一步步地走过来，这是一条多么漫长的旅程！

我在村里小学念书时，看着高年级的同学脖子上系着红领巾，是多么眼馋啊！我大伯家的一位堂姐，每天都戴着红领巾，很神气地到我家来。她每次来，我妈妈总是夸个不停。

有一次，我忍不住手痒，趁堂姐在我家洗头的时候，悄悄地把她放在书包里的红领巾拿出来，对着镜子系在我光溜溜的脖子上。堂姐看见了，小嘴翘得老高，说："你干什么呀！看你那双小手，黑乎乎的，把人家的红领巾弄脏了怎么办？"

我赶紧把红领巾摘下，放回她的书包里，嘴里还不服气地嘟囔了一句："怎么办？用蒜拌（办）呗！"

妈妈在一边看在眼里，说道："别眼馋人家的，用功念书，你也能戴上的！"

堂姐说："光用功念书还不行，还得经受考验！"

我问："什么是经受考验？"

堂姐忽闪着大眼睛，支支吾吾地说："经受考验嘛……就是考验呗！跟你说你也不懂！"

戴上了红领巾的孩子，在上学的路上碰到了老师或长辈，好像都会行举手礼，没有佩戴红领巾的孩子，见到了老师或长辈，就没有行举手礼的资格。有一次，在放学回家的路上，一位老师迎面走来，我堂姐和她的同学规规矩矩地向老师行了礼。我跟在后头也不由自主地把右手五指并拢举到了头上。老师默默地向我点了点头。

不想，这个动作被堂姐她们看到了。几个女孩子见老师走远了，便取笑我："呀，小弟，你什么时候加入组织了？怎么不佩戴红领巾呀？"

我顿时满脸羞红，不知怎么回答才好。看着堂姐那神气活现的样子，我气恼地说："我愿意这样，你们管不着！"嘴上这么说，心里却在想，什么时候，要是我也能戴上红领巾，那该多威风啊！

仅仅过了一年吧，我念三年级的时候，因为在村小学里表现特别出众，"六一"儿童节那天，我就成了我们那一年级第一个戴上了红领巾的人。

我清晰地记得当时的情景。因为入队仪式要在我们学区里的联中校园举行，所以这一天便显得更加隆重。老师还告诉我，到时一定要穿有翻领的白衬衫，不可以穿没有领子的背心或光着脖子。

这可难坏了我妈妈。那时候家里贫穷，兄妹几个都还从来没穿过有翻领的白衬衫呢！现做是来不及了，只好去向邻居家借。妈妈先后去借回了好几件白衬衫，不是大了就是小了。最后终于借到了一件合身的，却是女式的，翻领上还带着浅浅的花边。带花边就带花边吧，毕竟还是一件白衬衫，穿在我身上，当然还是够气派的。

这天清晨，鸡刚叫头遍，我就醒了。爬起来看看纸窗，还黑黢黢的，躺下再睡，却怎么也睡不着了。

老祖母疼爱地对我妈妈说："看把孩子折腾的！"

妈妈说："由他去吧，孩子可为咱家争了气啦！"

终于等到吃过早饭，我的班主任老师带着一队高年级的同学，敲锣打鼓把我送到了学区里。

那天，一位高年级的女同学为我系上了一条崭新的红领巾。系完，她退后一步看了看，又上前整理了一次，然后再后退一步，严肃地向我敬了一个举手礼，我也忙不迭地向她敬了举手礼。

啊，"时刻准备着……"，这响亮的呼号，从此便深深铭记在了我的心中。

风雪中的小路

鲁迅先生曾经写到自己小时候，常常出入于当铺和药店，从比自己高一倍的柜台外送上衣服或首饰去，在轻蔑里接了钱，再到一样高的柜台上，去给久病的父亲买药。这些艰难的日子，使童年的鲁迅过早地尝到了人生的滋味，感受到了人间的冷暖。由此，我也想到了自己小时候的一些经历，想到我为病中的妈妈抓药的那些日子……

我的妈妈是一位善良、勤劳的渔家女子。在我们村里，妈妈以自己的勤劳、善良、能干赢得了长辈们的夸赞和晚辈们的尊敬。对于村里的孤苦饥寒，妈妈宁肯自己家里人少吃一口、少用一点，也要尽力周济别人，热心帮助那些需要帮助的人。

可是一场大病，让妈妈突然倒下，最终也没有被医治好，过早地离开了人世。妈妈病重期间，我正是十二三岁的年纪，有两三年，几乎是每天一放了学，就要来回奔跑在从我们村到十几里外杨戈庄的那条崎岖的山野小道上，去为妈妈求医抓药。天长日久，山道走熟了，再黑的夜晚，我也不害怕了，再远的路途，我也不觉得远了。

有时候，新的药方开来了，药要得紧。爸爸干了一天的农活，累得走不动了，于是我接过药方，无论多冷的天气，提上风灯就出村。

杨戈庄上的杨大爷，人们都称他"杨善人"，他家里有个在当地极有名望的小药铺。那几年，我是那个小药铺里的常客。

到杨戈庄去，要经过一条又窄又险的山路。我记得，在一个风雪弥漫的夜晚，我揣着新的药方，抱着一只老母鸡，踩着没膝的大雪，走着走着，只觉得四周白茫茫、明晃晃的一片，找不着路了。一不留意，我一脚踩进了深沟里。幸亏有厚厚的积雪托着我轻薄的身子。摸索着爬起来，拍拍满身的雪花，我紧了紧靴子带，继续赶路。

荒野之上，前不见村，后不着店，真是欲哭无泪，欲喊无声。等到终于摸到了杨大爷家门口时，人家早已关门睡下了。

"杨大爷，杨大爷，开开门，是我呀！"

这半夜的叫门声，惹得胡同里外的狗儿汪汪直叫。

杨大爷开了门，见我满身雪花、满头大汗，一把把我拉进屋里，心疼地说道："孩子，都后半夜了，你是怎么走来的？可不要把小身子骨糟蹋了哪！"

"不要紧，大爷，我长得皮实。又有了新药方了，不知您这里有这药不？"

杨大爷让我脱下靴子，偎在热炕上暖和着双脚，然后麻利地为我配好了药。听说他的药铺最高一格抽屉里的药，都是祖传的，而且都很贵重。

我告诉杨大爷说："大爷，家里没有现钱了，这只老母鸡，就当药钱吧，每次都让您费心……"

杨大爷说："孩子，治病要紧，治病要紧，这老母鸡大爷可不能收，我先记上账就行了。"

"大爷，您也得过日子呢！"我放下老母鸡，拿起药包就准备往回赶路。

杨大爷拉着我说："孩子，就在这里宿一晚上吧，等天亮了再走。你看这冰天雪地的，再说，你还是个孩子哪！"

"不啦，大爷，家里人会担心的。"

抱着药包往家里赶的路上，我在心里一遍遍地说："老天爷啊，求求你啦，快让我妈妈的病早些好起来吧！求求你啦！"

那时候，我的心里总是怀着这样的信念：也许吃了这一剂药，妈妈的病就会好起来了。是的，会好起来的！妈妈的病好了，我们往后的日子也就会好起来了。常常是一边走着一边想，不知不觉，十几里的夜路就走完了，远远地可以望见黑魆魆的村子了，那寂静得没有一点声息的村子，连一星灯火也看不见，只有野外的风雪在号叫着，呜呜地从这面山吹到那面山上去……

大风雪中的一条模糊的小路，牵引着我气喘咻咻地回到了家。全家人看见我抓回的新药，又像看到了新的希望。爸爸会连夜小心翼翼地把药煎上。

这时候，我才觉得自己疲乏得连衣裳都没有力气脱了。可是，刚歪到炕上打了个盹儿，邻家的鸡已经开始鸣叫了。我知道，等待着我的是另一条上学的小路。

萩花鸡蛋饼

从日本诗人小林一茶的俳句里读到一个句子："小鹿吃过的萩花呀！"我的心顿时好像被揪了一下地难受，眼睛一下子就湿润了。

我没有见过小鹿吃萩花，但我记得，我小时候养过一只灰色的小羊，亲眼看见过小羊吃着萩花的样子。

　　小时候，我还吃过妈妈给我做的鸡蛋萩花薄饼。

　　那时候因为家里穷，经常吃不饱饭，我的身体很虚弱，时常生病。每当生病的时候，妈妈就会从坛子里拿出两三只积攒了许久的鸡蛋来，给我做荷包蛋吃。我知道，那些鸡蛋是妈妈准备攒够了数，拿到供销社去卖掉，给全家换油盐和火柴等日用品的，平时谁也舍不得吃。

　　有时候，妈妈也把一些味道很苦的草药，例如蒲公英、柴胡的根茎，捣碎了，搅拌上一两个鸡蛋，煎出薄薄的鸡蛋饼给我吃。我记得小时候吃过的鸡蛋饼里，最好吃的是槐花饼和萩花饼，因为它们一点也不苦。有一种牛蒡根，苦得让人难以下咽，可是因为是用珍贵的鸡蛋煎成的，我一点也不敢抛撒，即使再苦再难下咽，也会吃得干干净净的。

　　萩花，又叫胡枝子、野花生，是我在童年时代就很喜欢的一种小野花。在白露过后的晚秋时节，在凉凉的秋风里，枝叶细长、花苞微小的萩花，默默地、静静地开放了，有的开成淡蓝色，有的开成淡紫色。苞形花串看上去很美，在风中轻轻摇摆着，就像在为秋天画句号，美得让人心疼。细细的枝茎好像冻得通红了，是那样地含蓄无声，又是那样地安静。

　　它们当然也会化作春泥，但是它们一点也不让人感到凄凉，而是那么静美，那么安详，又那么意味深长，似乎还在守望着最后一丝孤寂，最后一丝馨香，然后才一点一点地、慢慢地消瘦和谢落，就像那些产后的小母亲失血的微笑。

　　不知道为什么，小小的萩花，和同样是在晚秋里绽开的苦荞花一样，总会让我想到故乡那些苦命的小女子。

　　不知不觉，妈妈过世已经四十多年了。

　　妈妈不在了，我从此再也没有吃过薄薄的鸡蛋萩花饼。

　　妈妈，你去了哪里？

2013 年深秋，修改于东湖梨园

采茶鹧鸪天

早春二月，在被山雀子噪醒的江南山乡，到处可以听见布谷鸟的呼唤、鹧鸪的啼鸣、竹鸡的呢喃。在迫不及待地想要早早盛开的杏花深处，在一抹雨烟的村前屋后，在嫩芽吐露的青青茶山上，在一夜春雨过后、遍地爆笋的楠竹林中，温润的春天早已来到这里，让沉睡了一个冬天的土地松动了，让干硬的树枝变软了，让泥土下细小的草根绽出了细白的芽苞……

二月天是鹧鸪天。在布谷鸟和鹧鸪的呼唤声里，我回到了三十年前工作过的地方，地处湘鄂赣交界的鄂南边城阳新县。那时候，我在县人民文化馆当"文化辅导干部"，主要的工作，就是走遍山乡，搜集和整理鄂南民间歌谣和民间故事，记录和整理一些流传在山乡的民间小戏戏本。

这里的戏曲叫"采茶戏"，与赣南采茶戏同宗同源，都是山乡儿女在采茶、栽秧的劳动中，唱歌自娱，彼此唱和，渐渐演化而来的。每年阳春二三月，嫩茶吐绿，年轻人三五成群，上山采茶，茶林深处，你唱我应，山歌互答。这是一种清新、朴素的劳动之歌和乡土之歌，唱本和曲调里，都散发着山茶花和泥土的芬芳，表达着山乡儿女诙谐乐观的生活态度和人情怡怡的美好心地。那些年，我在这里结识了许多采茶戏"名角"，他们有的几乎从来没有走出过鄂南山乡，却为乡亲们演了一辈子采茶戏。如今我还清晰地记得一些采茶戏老演员的名字：演老旦的向东桂，演丑角的崔小牛、万幸福，演青衣的柯春莲，演小生的程国华，本是女儿身却总是反串饰演小生的白瑛，还有当时只是跟着小剧团学学戏、当当群众演员，如今却已成为新一代采茶戏青衣主演的费丽君……

我还记得，经常带着我爬山越岭、穿林过河，到各个山村去看戏、收集戏本的一个农家少女，名叫肖冬云。她当时只有十七八岁，却已是山乡里远近闻名、甚受乡亲们尊重和爱护的一名采茶戏辅导员了。她会排戏，会给山村里的男女演员化妆，还会记录和整理唱本，能背出十几台采茶戏的小戏本，一年四季都行走在各个偏僻的村子和小垸里，吃的就是乡亲们招待的"百家饭"……至今想起她来，我仍然从心底感到深深的敬佩。

眼下正是农人们犁水田的时节。"从省城里来的啵？好矣，来这里接接地气，好矣！"一位犁田的老人热诚地向我打招呼。

这里的方言里还保存着许多古雅的字音。例如，把玩耍称为"戏"，把穿衣称为"着衣"，把给客人添加酒水称为"酙酒"，甚至称你为"乃"，称我为"阿"或"吾"，称他为"其"，把树叶叫作"木叶"。这里的农人们在犁田或插田的时候，还会演唱一种有趣的插田歌，名字叫"落田响"，也是采茶调的源头之一。"落田响"是一部由十七支号子组成的完整的田歌，老一辈农人会按照号子的顺序唱，早晨下田唱《走下田》《海棠花》《怀秧》《放牛》，上午下田唱《赶王鹰》《打花歌》《挖百合》《割猫》和《采茶》，下午下田唱《谢茶》《消条》《喊福》《收牛》《游船》等。通常会有一位演唱技巧比较高超、在村子里有些声望的插田能手做率领大伙合唱的人，大家都尊称他为"歌师"。当歌师唱道："太阳出山（罗火火），（罗）支（罗）花（哦火火火火火火火火火）……"大家便齐声接唱："海棠花（罗火火火火花耶）！"

外地人来到这里，即使仔细倾听和分辨农人们所唱的歌词，也只能勉强听出大致的意思。农人们用着当地古老的方言土语，自由而快乐地唱下去，那极为麻利的踩田、栽秧的动作，正好合着"罗火火火火"的节奏。

当他们直起腰来再唱时，就是一次短暂的喘息的机会。

长长的一支号子唱完了，一片水田也就插完了。这时候，从村头挑秧过来的女孩子们，也会亮开歌嗓，接着田间的号子唱出她们的"贺彩词"，为那些能干的小伙子喝彩鼓劲："福矣（嗨）！秧苗冲禾（哇嗨）！秧苗开张（哇嗨）！"贺彩词里充满了吉庆和感恩的意思。

等到插完了另一片水田，小伙子们唱完了另一支号子，女孩子们还会有另外的喝彩。小伙子们受到了她们的恭维和鼓舞，又不知道从哪里来了那么多的力气。这些插田的年轻人啊，只要村里的女孩子们高兴和平安，他们就是再苦再累，也是幸福的啊！

可惜的是，现在，村里的年轻人都到城里做工，寻找自己的未来去了，留在村里的年轻人不多了。我问眼前的老者："老爹，现在你们犁田，怎么不唱'落田响'了？"老爹笑笑说："做田的人少了，没人客（没有客人来），唱不起来了。"我又问："现在的年轻人还会唱不？"老爹叹了口气说："有星不能照月，难为煞了。"这意思我听懂了：人都在，歌却恐怕都不会唱了。

说实在的，我很怀念当年经常见到的那种劳动场面：年轻的山乡儿女在早春的水田里欢笑着、忙碌着，特别是那些小伙子，只要有女孩子在身边，秧苗就插得又快、又直，田歌也唱得更加响亮。我知道，这是属于他们自己的乡土文化，是他们视为最平常又最宝贵的东西。他们的秧田和他们的力量原本是分散开的，为了享受这份先人们留下来的热闹与欢愉，他们会不时地自行组合起来，进行一两天大场面的劳作。他们从中感到陶醉，感到生活带给他们的欢乐和幸福。这是一旦离开了自己的土地和家乡，就永远也得不到的欢乐啊！他们可以在这种劳作和歌唱中忘掉一切的不愉快，忘记邻里之间偶尔的争吵和恩怨，甚至命运里的那些悲苦和艰辛。

三十多年后，我重返这里，就像重新回到自己久违的故乡一样。我想起郑愁予的诗句："我打江南走过，那等在季节里的容颜如莲花的开落……"我想好好看看自己年轻时工作过和热爱过的地方，我想好好听听那久违的鹧鸪声和采茶歌。

这样想着的时候，当年我采过春茶、听过山歌的那座青青茶山，已在眼前了。鹧鸪声声，从这座山传到那座山，每一声都是那么婉转，那么缠绵，又那么清亮。河流在古老的山谷间回响，布谷鸟和山雀子欢叫着飞过晴和的天空，静静的小池塘里，倒映着秀丽的枫树、樟树和乌桕树的影子。腐叶铺满的山路和田埂上，是野猪们走后留下的串串蹄窝，每一个小小的蹄窝里，都有一团安静和清亮的积水。抱窝的竹鸡、斑鸠和野鸽子，也在远处的灌木林和竹林里，咕咕地啼唤着同伴，它们的叫声里充满了温情。

　　我想起屠格涅夫所说的"乡村永恒"和"只有在乡村才写得好"的话来。是啊，早春二月，山乡的宁静与祥和，一分勤恳一分收获的踏实与富足……对于山乡人来说，那些忙忙碌碌的城里人所孜孜追求的一切，又算得了什么呢？

2014 年早春，鄂南

茶山空闻鹧鸪声

立春过后，雨水、惊蛰、春分、清明、谷雨……一个节气接着一个节气，不断地给大地送来温润的春光和蓬勃的生机。

杏花消息雨声中。细密的春雨洒进田野，一夜间就把大地小溪染成了绿色。温润的春风吹进村口，给春耕春播的人们带来力量和期盼。牧鹅的小姑娘赶着鹅群和鸭群来到溪流边，伸出小脚丫试着春江水暖，听淙淙溪水对芦蒿们诉说着萌发与返青的心事；年老的农人走在松软的田埂上，拾不完鹧鸪和布谷鸟遍山撒下的一支支春歌……

正是在满山鹧鸪和布谷鸟的啼唤声中，我回到了久别的幕阜山区，回到了我曾经生活和热爱的地方，回到了我熟悉的乡亲们中间。

三十年前，我就像格林兄弟深入德国偏远的乡村搜集民间童话故事一样，在幕阜山区搜集民间歌谣、故事，度过了一段"最接地气的生活"，让我迄今难以忘怀。

那时候幕阜山区还没有实行禁猎，我曾有幸被允许跟着老猎户去打了

本篇与前篇系应两家报纸约稿而作，内容上稍有重复，可作"互文"补充。——作者注

两次猎。老猎户的猎枪就是长长的火铳。有一次，老猎户打到了一只野物，告诉我这叫"豹猫"，又称为"飞虎"。现在，这些野生动物当然都是我们的保护对象了。

没过几年，我就离开了云遮雾罩的幕阜山区。现在想来，如果当初我能一直留在那里，扎根于斯，去熟悉它的一草一木，守护它的一牲一畜，说不定我已经成了一位幕阜山区的民间文化专家，至少，我能对幕阜山区的地理、物候、野生动植物和村野文化，了解得更多和更深入一些。

幕阜山区属于"吴头楚尾"，到处是高大的楠竹林和青翠的茶山、茶园。阳春二三月，正是鹧鸪满山飞、山茶吐新芽的时候。清明和谷雨前后的嫩茶，你越采摘，它们越是长得丰盈。

逢上春节、元宵、端午、六月六、七夕、中秋等节日，小剧团的锣鼓一响，顷刻间传遍山山岭岭。后生和姑娘们个个兴高采烈，婆婆爹爹们也欢天喜地地相携出动，一向冷清的小村的日子，顿时就红火和热闹了许多。

流行在这里的地方戏，多为"采茶戏"。茶乡的人们爱看采茶戏，戏里自有他们的爱憎与忧乐，有他们的是非观和审美观。一台戏哪怕反复演上了几天几夜，乡亲们仍然会百看不厌。

记得在1985年冬天，我和文化馆的一位专门研究鄂东南"薅秧号子"和"祀稷锣鼓"的民间音乐家费杰诚老师一起，到潘桥乡沙地剧团去看肖冬云导演的一台《墙头记》。寒冷的夜晚里，全村老老少少，热热闹闹地聚集在村中的大祠堂里，木板楼上的戏台打扮得花花绿绿。戏台的前面，早已经挤满了叽叽喳喳的孩子们，还有一手提着火炭罐，一手摇着小孙孙的摇箩的婆婆和爹爹们，全村人高兴得像过年一样。

事不凑巧，晚上停电了，但戏还是照演不误。小伙子们很快就找来了大大小小几十盏水石灯，演员们就在一盏盏水石灯光下袅袅娜娜地出场了。这出戏说的是两个不孝的兄弟，还有他们各自的媳妇，把老了、不中用的老爹赶出了家门，接着又听说老爹有些私房银子，埋在哪儿哪儿，便又纷纷抢着老爹，又是捶背，又是揉腿。老爹不久就死去了。两兄弟断定银子埋在墙角下，便又与各自的媳妇一起披星戴月挥锄挖墙，最后四人都被压在了墙下大喊救命……

对于乡村的人们来说，这样题材的小戏，有着最直观的道德风习训诫意义和讽刺意味。台上唱的做的，都是有板有眼，台下时而鸦雀无声，时而掌声笑声哄成一团。一出小戏，也使艰辛的山村人忘记了忧愁和不愉快的一切。他们拥坐在一起，就像一个和和睦睦的大家庭，在自己的文化之中感到了无比的享受和陶醉。

当然，他们也从心里感激和疼爱为他们带来欢乐的笑声的小肖姑娘。当时，不论到哪个村里排戏，村里的婆婆婶婶都待冬云像自己的女儿一样。进村时，村里人放着鞭炮敲着锣鼓迎接她；出村时，婆婆婶婶拉着她的手、抹着眼泪舍不得她走。有时候，老村长还会亲自带人开着拖拉机到邻村来接她，或把她送到邻村去。

冬云也十分尊敬和感激这些朴实善良的好乡亲。白天里，她和村里的年轻人一道，在山上、田里干这样那样的农活儿；中午和傍晚的时候，她坐在河边和村里的小姐妹们一起欢欢笑笑，替一些年老的婆婆爹爹洗被单和衣裳；晚上就组织年轻人咿咿呀呀地排戏到深夜。

无论是到了哪个小村里，乡亲们都争着请她去自己的家里吃、住，孩子们也常常拿着自己舍不得吃的鸡蛋、红枣和冬米糖，悄悄塞进她的口袋里。

有一年春节前夕，我住在桃林村，看她给村中的小剧团排戏。那天，石下村派人来接她，说是原定的时间到了，桃林村不能再赖着不让她走了。两个村各不相让，差点动"抢"了，我只好赶紧给县里的文化馆挂电话，请求他们连夜再派个辅导老师来，方才给小肖解了"围"。

如今，青翠的楠竹林、明媚的茶山和茶园还在，可是为什么显得这么空旷和安静啊？为什么再也看不见那些明眸皓齿、笑语喧哗、山歌互答的年轻人了？

梅花和野樱花开过了，桃花、杏花、李花、梨花，一坡花树连着一坡花树接着盛开，争先恐后把一个个小山村装点得桃红李白，宛若画山绣水。可是，我熟悉的那些采茶山歌、那些采茶戏小剧团哪里去了？多年来我一直在心里牵挂和想念着的细妹子肖冬云，你在哪里呢？

老乡亲们告诉我说，如今的细哥细妹子，稍稍长大了一点，就再也不愿意待在自己的山村里了，都跑到外面的县城、省城和更远的地方打工去了。先出去的，每回来一次，就会再带走几个细伢子，现在剩在村里的，都是七老八十的人了，那些茶山和茶园能不空旷吗！

村里没有了年轻人，采茶戏也就演不成了，各村里的采茶戏小剧团也一个接着一个地解散了……

听老人这样一说，我的心里顿时觉得空落落的，还有一种被揪痛的感觉。隔着一座座远山，我听见，布谷鸟还在不知疲倦地、一声声地殷勤呼唤着。布谷鸟也叫杜鹃鸟，幕阜山区也有杜鹃啼归的传说，那么，杜鹃鸟也是在呼唤那些远去的年轻人快快归来吗？

布谷鸟唱累了，还有满山的鹧鸪、斑鸠和竹鸡再接着啼唤。在飘着淡淡白雾的楠竹林里，在笼罩着一抹雨烟的青青的茶山上，在杏花掩映的小村四周……

"行不得也哥哥……行不得也哥哥……"鹧鸪声声，悠长又缠绵，每一声都啼唤在我的心头，引起我无限的乡思和乡愁。

2015 年谷雨时节

春天的楠竹林

　　江南三月，细密的雨声中，传递着温煦的杏花消息。这时候，应和着天边隐隐滚过的隆隆雷声，青青的楠竹林，也迎来了生机勃勃的爆笋时节。

　　竹林爆笋，那真是一种激动人心的生命景象！经过了一个漫长的冬天的默默积蓄，泥土下的幼笋已经具备了足够破土而出的力量。伴随着淅沥的春雨，迎着和煦的南风，应和着隆隆春雷的呼唤，一株株粗壮的幼笋，仿佛在瞬间爆发出了一股伟力，奋力拱开在泥土和腐叶下纠结交错的竹鞭，"哗"的一声就顶开了压在地面上的巨大顽石。像鸡雏顶破蛋壳，像幼蝉冲破蝉蜕，那一株株幼笋，是一种静谧的、绿色的生命力的爆发。它们脱颖而出，在一瞬间，似乎只有一个念头、一个目标：冲破束缚自己的狭窄箨壳和箨衣，扩展开翅羽状的枝叶，向上，向上，再向上！这种生命状态，似乎已经不能仅仅用"生长"二字来形容了，分明更像是在裂变、在飞翔。

　　张爱玲曾这样描述茶花："它不问青红皂白，没有任何预兆，在猝不及防间，整朵整朵任性地鲁莽地不负责任地骨碌碌地就滚了下来，真让人心惊肉跳。"她写的是茶花的凋谢。而我想说的是，在春天的楠竹林里看爆笋，同样也让人觉得惊心动魄、蔚为壮观。

在八百里洞庭湖边，我见过竹竿上有着紫褐色斑点的斑竹，即传说中的"湘妃竹"。也许是传说故事本身的悲情，使我觉得这种竹子缺少一种清新和挺拔的朝气；在四川广安乡村，在云遮雾罩的川西坝子一带的农家院落里，我见过一丛丛的慈竹。慈竹虽美，竹竿却过于纤细，只适宜栽植在窗前宅后，装点庭院居所；在云南的少数民族兄弟村寨里，我见过美丽的凤尾竹，又叫观音竹。但凤尾竹只喜欢温暖湿润和半阴的环境，不耐强烈的阳光和风雪严寒，而且株丛密集、竹枝矮小，也只适宜充当低矮绿篱；在赣南井冈山地区，我也见过满山满岭的毛竹，即老作家袁鹰散文里写到的"翠竹"。然而，众多品种的竹子里，最让我难忘的，还要数遍布鄂南大地上的楠竹。

是的，在竹子高大、茁壮和挺拔的风采上，也许只有鄂南的楠竹，能与赣南的毛竹相媲美。

每年的清明和谷雨时节，是楠竹林里幼株茁壮、老竹吐翠的季节。这时候，走进生机勃发、绿意荡漾的楠竹林，抚摸着青青的、粗壮的竹竿上的新鲜粉霜，仰望着直指青天、高入云端的萧萧竹梢，你才会真正体会到，什么叫"吞吐大荒，睥睨寒岁"；什么叫"不折不从，坚贞魁伟"；什么叫"天地与立，剑叶葳蕤"；什么叫"骨节凌云，寸心春晖"。

20世纪70年代里，诗人郭小川在鄂南咸宁花纹乡的"星星竹海"写下了脍炙人口的《江南林区三唱》，包括《楠竹歌》《欢乐歌》《花纹歌》三首诗。诗人喜爱楠竹，在《楠竹歌》中，他把楠竹比作南方的秀丽少女，赋予了她与众不同的气质风采，"她的忠贞本性，世世代代不变易：一身光洁，不教尘土染青枝；一派清香，不许歪风留邪气……她永远保持的是：蓬勃朝气！风来雨来，满身飒爽英姿；霜下雪下，照样活跃不息……"诗人对楠竹的自然生命力，也了然于胸："一株幼笋出生，半月升高十尺；一月长成大竹，几年就是战士。"这既是抒情，也是写实。楠竹的生长力，正是这么旺盛，生长速度正是这么迅猛。

说到鄂南竹林盛景，除了郭小川赞美过的咸宁市花纹乡的"星星竹海"（如今这里已经成为咸宁市的"旅游名片"之一），还有有着"楠竹之乡"

美誉的赤壁市（原蒲圻县）的楠竹林海。赤壁地方志里记载说，此地栽种竹子已有 5000 多年的历史，因为此地一年四季大多温暖湿润，全年的无霜期在 260 天左右，低山和丘陵上，也以深厚肥沃的酸性土壤为主，十分适合各类竹子的生长。赤壁的竹类大约有 17 属、123 种，最多的就是楠竹，其次是雷竹。整个赤壁的竹林总面积将近 40 万亩，称其为"楠竹之乡"真是名副其实。距离赤壁城区约 40 公里的"随阳竹海"，是联合国农林组织的一个联合考察基地，也是今天的赤壁人的骄傲，他们已把"随阳竹海"列为"赤壁新八景"之一。来到这里，只见漫山遍野，涌绿叠翠，有的高擎新梢，有的半含旧箨，有的修长似箭，有的粗硕如桩。山风吹过，整个竹海波澜起伏、涛声四起。身临其境，不由得想到唐代诗人吟咏竹海的诗句："宜烟宜雨又宜风，拂水藏村复间松。""月明午夜生虚籁，误听风声是雨声。"这些描述真是准确而传神。

大诗人叶文福先生是赤壁人，他写过许多咏赞故乡楠竹的诗歌，其中有一首古风《撑船竹篙》，写出了故乡的竹子的品格和奉献精神："折身不折节，离土不离水。泪挽大江流，驭浪生无悔。在山节测天，在水节量海。自在本无心，无心露风采。"赤壁盛产竹子，赤壁人也十分喜爱竹子。栽竹、咏竹、画竹、用竹、吃竹……来到赤壁，你会觉得，"竹文化"和"竹文明"在这里真是无处不在。2008 年，一位年轻的赤壁竹农在官塘驿镇承包了五十亩楠竹林，引进了一系列使楠竹优质高效丰产的技术，经过四年实验，楠竹出笋数和长成率竟比其他山地的楠竹增长了四成。这位善于运用创新技术栽植楠竹的新农村时代竹农的事迹，还被科技部、中组部等机构联合组织的"农村远程教育星火富民"计划拍成了专题片向全国推广。官塘驿镇的双丘村，如今已有"中国楠竹第一村"的美誉。

从 20 世纪 80 年代开始，在以盛产青砖茶、黑茶出名的赤壁羊楼洞镇，从事竹制品工艺的篾匠、画师、手艺人就有数百之多，他们生产的各种竹编竹器，如竹瓶、竹筷、竹扇等工艺品，畅销世界各地，深受外国朋友喜爱。羊楼洞镇上一直流传着"筷子走五洲，蝴蝶飞四海"的说法。这里所说的"蝴蝶"，是指心灵手巧的羊楼洞匠人在薄薄的竹编扇子上刻画出的栩栩如生的彩蝶。年过七旬的竹笔书法艺人覃绍志老先生，在 2010 年还荣获了首届"感动中国文化人物"的称号。竹子是历代文人画师笔下尊崇的"四君子"之一。著名英国学者李约瑟博士，在深入研究了中国自然和人文科学史之后，甚至认为东亚文明乃"竹子文明"。今天的赤壁人，正在用他们家乡的竹子，编织着新的文化成果，创造着新的竹子文明。

拿草本的楠竹与木本的树相比，要长到同样的高度，如果说树需要六十来年，楠竹却只需要六十来天。因此，在鄂南大地上，青青的楠竹林随处可见。它们不仅是广袤大地上的青葱植被和自然物产，也是大地母亲赐予江南山乡的丰厚经济资源。

在鄂南山乡里，无论是绵延的山冈、起伏的丘陵，还是山雀子聒噪的湖畔、小河环绕的村落，最常见的就是蓬勃旺盛、青翠无边的楠竹林。而随处可见的竹椅、竹床、竹席和竹毯，农民们头上的竹笠、肩上的扁担、手上的提篮，建筑工地上的竹板、脚手架，江河上的竹排，新农村建设中的屋舍栋梁，还有集贸市场上的竹筷、竹帘、竹几、竹杖、竹扇，甚至我们书桌上的竹纸、笔杆、笔筒和各种竹器工艺品……哪一样不是楠竹的奉献呢！

一片片楠竹林，和四季的风霜雨雪一起，和一簇簇散发着药香的野菊花一起，和那些临冬的苦荞一起，和一道道永远流淌不尽的山泉一起，和山乡人家里飘不散的山歌与炊烟一起，在那幽深而多雾的山冈和山谷间，以群体的坚强、蓬勃和进取之心，向生生不息的大自然和人间世，呈现着清新与美丽，呈现着生命的欢乐，呈现着对乡土的忠贞、依恋和守望。

春天的楠竹林啊，你带给我们的，不仅是一种无可阻挡的自然力与生命力的启迪，还有一种敢于进取、乐观向上的"正能量"。在鄂南，透过阳春三月楠竹林里爆笋的奇观，你还会发现一个来自泥土和自然的生命秘密：成熟的笋与竹，都将是金色的。

2014 年早春，鄂南

火车，火车，带着我去吧

我在故乡的社生镇上念初中一年级的时候，班上有一个姓王的男生，有一天突然"失踪"了，校长、老师和他的家人，找遍了他可能去的地方，包括一些水深的河湾、机井、水库，却都没有找到，真正是"活不见人，死不见尸"。 当时这件事轰动了整个的社生小镇，乡里百姓中甚至有传闻说，这个孩子也许是给大青山上的"狐仙"拐走了……

就在老师们和他的家人已经绝望，准备把他从学校的花名册上"勾掉"的时候，他却又突然衣衫褴褛地出现在了大家面前。大家纷纷询问他到哪里去了，他竟然自豪地说："坐火车，去东北了！"

原来，他先是去了青岛四方火车站，从那里扒火车，一路向北，最后到了遥远的东北。记得当时他还告诉了我们一个地名叫"延吉县"，那确实是东北吉林省的一个县。

好家伙！一个从未出过远门的初中一年级学生，身无分文，竟然不辞而别，独自"扒火车"，一路走到了那么远的东北，然后还能活着回来……这简直就是一个奇迹嘛！这个同学，一下子就成了我们全校和四周人人知晓的人物，学校里的高年级同学还在黑板报上"登载"过他的故事，我记得有人还用《卓娅和舒拉的故事》里的话夸奖过他的这次远行："妈妈，我将成为一个英雄归来，否则，就像一个英雄一样死去！"

这个同学归来后，学校并没有开除他，而是宽容地把他留在我们班里继续念书。至于他的父母亲是怎么对待他的，是否会结结实实地给他一顿"死揍"，那就无从知晓了。

当时我们这些同学，几乎谁也没有坐过火车，但是毫无疑问，大家都很向往坐一次火车。也正是这位英雄般的同学，亲口给我们描述了他坐火车的感受，我至今还清晰地记得他说到的那种感受："火车跑得像飞一样快，车外面的那些树，一棵一棵，都是飞快地向后退去的……"现在想来，他的描述还是蛮准确的，不是在胡编。

不久前，我在诗人金波先生的一篇描写东北林区的小散文《森林小火车》里，看到他写在火车"在森林的大海里行驶"的时候，有一个细节是这样的。

车窗外，闪过一棵棵大树，它们挥舞着手臂，好像列队欢迎着我们，又像接受着我们的检阅。

坐在森林小火车里，满眼看到的都是树。我听见小火车一面跑，一面和大森林打着招呼：

树……

树……

树……

别出心裁的文字排列形式，把坐在大森林中的火车上，看见一棵棵大树从窗外向后闪过的那种感觉，表现得多么准确、逼真和形象，这使我顿时想到了许多年前，我那位初一同学对我们讲述的坐火车的感受。

美国女诗人米莱写过两行关于"火车"的诗，也令人难忘："没有我不肯坐的火车，也不管它往哪儿开。"这差不多是写出了所有生活在寂寞和闭塞的乡村的少年人的梦想。我第一次看到这两行诗时，首先想到的也是我那个扒火车去了东北的少年同学。

我的老师、已故著名诗人曾卓先生，也写过好几篇关于火车的诗歌和散文。他的儿童诗集《给少年们的诗》里，有一首《火车，火车，带着我去吧》，其中有这样的描写：

黄昏时，
我常坐在山坡上，
看火车从远方来，
又向远方去了，
我的心也跟着它飞得很远很远……
火车轰响着在我面前飞奔而过，
它在我心中唱着奇妙的歌。
它向我歌唱，辽阔的大地和宽广的生活。
…………
火车，火车，带我去吧，
带我去看美丽的江南，看黄土高原，
看泰山日出，看昆明石林……
看我只在地理课和游记中读到的
许许多多的城市和名胜……

我很喜欢这首诗，曾经在一个学校的晚会上给孩子们朗诵。我觉得，这首诗和诗人何其芳的那首《生活是多么广阔》一样美丽、浪漫和富有少年人的壮志豪情。

也是曾卓老师，给我讲过一个感人的故事，也与火车有关。我已把它写成了一本图画书故事：

有一个十三四岁的少年，和他病弱的妈妈一起，住在一个广漠平原地带的小小火车站附近。母子二人相依为命，在自己的乡土上辛勤地劳作着，却还是过着十分贫困的生活。

这个乡村少年住处的附近很少有人家，他的日子过得那么孤寂、单调，甚至有几分忧伤。对他来说，他仅有的一点欢乐时光，就是当火车从远方驶来，在小站上停留的那几分钟。不管他手头正在做着什么活路，一听到汽笛的长鸣声，他就停下手来，飞快地向小车站跑去……

他计算得那样精确，几乎总是和火车同时到站。车厢里响着音乐和旅客的说话声，夜晚也亮着灯光，拥挤着各样的人，汇集着不同的方言——对这个孤寂的少年来说，那是一个多么热闹、生动、活跃的世界啊！

因为奔跑了好一会儿，也由于激动，他的呼吸是那么急促，额头上还有晶亮的汗珠儿。他贪婪地观望着火车里的一切，心中一定生出了许多的想象和渴望。但仅仅是短暂的一会儿，随着一声汽笛长鸣，火车又喷吐着白烟，向着远方飞奔而去了……

平原上又是一片沉寂。当然，还有火车留给这个少年的一天又一天灰暗的日子、贫困的生活。

有一天，他病弱的妈妈再也挺不住了，咽下了最后一口气。少年痛苦地掩埋了妈妈，在妈妈土坟旁的大树下坐了一整天。

两天后，在黄昏星升起的傍晚时分，当火车吐着白烟再次经过这里的时候，少年背起小小的行囊，跳上了火车，毅然离开了自己的故乡和家园，离开了这片孤独的平原。

前路茫茫，举目无亲……但他怀着一颗无所畏惧、义无反顾的心，就这样踏上了他真正的生活的道路。对这个第一次离开故土、离开家园的少年来说，驶向未知的远方的火车，意味着他对于新的生活的渴望、对于新的命运的寻求……

火车将把他带到什么地方去呢？在远方，将会有什么样的生活和命运等待着他呢？谁也不会知道。重要的是，他勇敢地跳上火车，向着远方出发了……

我在写这个故事的时候，不禁也想到了诗人余光中翻译的土耳其诗人塔朗吉那首写火车的诗。我用这首美丽的小诗，祝福着我心中远去的少年——

去什么地方呢？这么晚了，
美丽的火车，孤独的火车？
凄苦是你汽笛的声音，
令人记起了许多事情。
为什么我不该挥舞手巾呢？
乘客多少都跟我有亲。
去吧，但愿你一路平安！
桥梁都坚固，隧道都光明。

余光中先生自己也写过很多首"火车诗"，他脍炙人口的散文名篇《记忆比铁轨还要长》，也与火车有关。

此外，还有一首美丽的诗，也是写火车的，一直清晰地印在我的脑海里，让我难以忘却。那是诗人袁水拍青年时代写的一首爱情诗《火车》，写的是一辆开得很慢、很慢的火车，在深夜里喷吐着白烟，缓慢地行驶着……

驶到那种小到不能再小的车站，
四等慢车才肯停留两分钟的小车站，
没有电灯的小乡镇，
车站上只有一个警察守夜。
…………
没有人来迎接这末班车的稀少的旅客，
只有一个，在那月台上，
裹在围巾里的脸，冻得通红，
正是我约好的人。

这是诗人24岁时写的爱情诗，他给我们留下了"想听一次火车叫……我是这样地想听一声火车叫呀"这样抒情的诗句。

没有谁不向往，坐上火车去远方的那种感受。女作家铁凝在她那篇著名的短篇小说《哦，香雪》一开头就这样描写了火车和一个小山村的关系：

如果不是有人发明了火车，如果不是有人把铁轨铺进深山，你怎么也不会发现台儿沟这个小村。它和它的十几户乡亲，一心一意掩藏在大山那深深的皱褶里，从春到夏，从秋到冬，默默地接受着大山任意给予的温存和粗暴。

然而，两根纤细、闪亮的铁轨延伸过来了。它勇敢地盘旋在山腰，又悄悄地试探着前进，弯弯曲曲，曲曲弯弯，终于绕到台儿沟脚下，然后钻进幽暗的隧道，冲向又一道山梁，朝着神秘的远方奔去。

铁凝笔下的山村女孩香雪，就是怀着这样的"火车梦想"，第一次走上火车站台，第一次登上了开往远方的火车的。

啊，火车，火车，带着我去远方吧。我也想对着世界和远方说：没有我不肯坐的火车，也不管它往哪儿开。哪怕它是驶到那种小到不能再小的车站，驶到那种只有四等慢车才肯停留两分钟的小车站。

也许，在那个深夜的小车站的月台上，或者在空旷的候车室里，也有一位我最亲爱的人，正在那里等候着我。

2015 年春节前夕，武昌

爱此荷花鲜

夏至一过，满湖满塘的荷花，就一边盛开，一边结出高挺的莲蓬来了。这是大地和水的恩赐，是大自然母亲用她灵巧的圣手，给我们创造了如此清秀、如此纯洁和风雅的夏日植物，我们怎能不怀有深深的感恩之情呢！

我家住在洞庭湖以北、长江之南，一年四季都在蒙受着湖水的润泽。众多的湖泊，在荆楚大地上真如星罗棋布一样。全省内的大小河流有千条之多，一条条水流连通和串起了上万个常年不涸的大小湖泊，说是"千湖之省"，其实有点太"低调"了。

有上万个湖泊，一到夏天，就会有万湖荷花盛开。清亮的湖水映照着蓝天白云，碧绿的荷叶、粉红和粉白色的荷花、青嫩的莲蓬，在夏风中轻轻摇曳，向远处传送着清新的菱荷芬芳；湖面上还有白帆点点、渔歌声声，不远处就是一片片将要成熟的稻田……哦，请想象一下吧，这就是我们的江南，江南乡村的夏天。

"江南可采莲，莲叶何田田，鱼戏莲叶间。鱼戏莲叶东，鱼戏莲叶西，鱼戏莲叶南，鱼戏莲叶北。"

"田田"是指荷叶铺展、生长茂盛的样子。真是不能不敬佩古人精准而又简约的写景咏物的诗才。这首汉乐府，或许只是荷塘采莲人的信口游戏之作，未必是刻意为之，却把夏日江南田野间的生活气息与欢乐场景，呈现得如此明朗鲜活，使人仿佛身临其境。这还仅仅是一首民歌呢！——有人说，诗中的前三句，也许是领唱者唱的，"鱼戏莲叶东"以下四句，应该就是众人的唱和。我觉得这是有道理的。

古代人还喜欢称荷为"莲"。这是因为"莲"与"怜"同音，怜就是怜惜、怜爱的意思。南朝乐府《西洲曲》里的几句："采莲南塘秋，莲花过人头。低头弄莲子，莲子清如水。"其中已有爱莲的文人情调了。

每到夏天，我就格外想念乡野阡陌间那些长满绿色荷叶、开着粉色荷花的湖塘，想念那些成群飞叫着的禾花雀和山雀子、散发着清新的稻花香的稻田和小村庄。

20世纪70年代末，我还在少年时代，就已跟随家人从北方来到鄂南农村生活了好几年。那里属于湖区农村，一入夏天，田野间的池塘里就开满了荷花。不久，荷花谢了，一支支莲蓬也高高地挺了出来。这时候，也是我们这些乡村少年的"狂欢节"。头上倒扣着硕大的荷叶，划着自己扎起的简易小竹筏，水性好的，就直接在荷叶中间钻来钻去……干什么呢？当然是去采摘莲蓬啦！

小小的、温暖的池塘，就是我们的水上乐园。碧绿的荷伞为我们遮阴；夏日的大雷雨会洗刷我们满身的汗水和泥土；每一个池塘里不算太多的莲蓬喂养着我们，帮我们度过了许多饥饿的日子。温暖的池塘像妈妈的胸怀一样，佑护着和爱抚着我们正在发育的身体。水波轻轻地摇晃，轻轻地颠簸。满塘的清水就像一面镜子，照着我们的影子。就像一支支荷箭一样，我们这些孩子在田野间也不知不觉地长大了……

鄂南地处吴头楚尾，方言里犹带吴音，所以我后来读辛弃疾那首《清平乐·村居》，感到格外亲切。"茅檐低小，溪上青青草。醉里吴音相媚好，白发谁家翁媪？大儿锄豆溪东，中儿正织鸡笼。最喜小儿无赖，溪头卧剥莲蓬。"还有那首《西江月·夜行黄沙道中》里的句子："稻花香里说丰年，听取蛙声一片。"辛弃疾这两首词，都写于他贬居江西信州（今上饶市）之时。上饶离鄂南不远，词中所写的情景，也正是我对鄂南夏日乡间生活的美好记忆。

成年后我离开了农村，长期居住在闹市里，夏日乡间的荷塘嬉戏，早已变成了远去的童年美梦。"采莲南塘秋"对我来说——不，对很多忙忙碌碌地生活在城市的人来说，都无异于一种奢侈了。也因此，也许有不少爱荷的人，只能在城市的静夜里，一遍遍低声念诵朱自清先生的那篇散文名作《荷塘月色》，借以抚慰自己对荷花与湖水的怀想和向往，寄托自己高洁难泯的爱莲之意了。

也算生活的厚爱吧，虽然居住在城市里，但我的生活和工作，却一直与湖水有缘。家住武昌东湖边，我几乎天天会去湖边散步，夏日里看不见田野荷塘的风致，毕竟还能看到生长在大湖边缘的一处处绿荷，闻见夏风吹过来的荷花清香。

在东湖磨山脚下，有一个著名的"东湖荷园"，这是"中国荷花研究中心"所在地。荷园总面积有四万平方米，除了中国水生植物学家自己培植的各种珍稀名荷，还有其他一些水生植物和水生花卉。据说，酷爱荷花的老艺术家黄永玉先生，自己开辟和种植了一个"万荷塘"，我想，他的"万荷"肯定是指植株数量，而不是荷花品种。中国荷花研究中心的百亩荷园里，有近800种珍品菱荷，光是睡莲，就有40多个品种。用"接天莲叶无穷碧，映日荷花别样红"这两句诗来形容万荷竞放、争奇斗艳的东湖荷园，真是再恰当不过了。

每当夏至一过，本市市民和外地游客来游东湖，都可以近距离地欣赏那些难得一见、有若惊鸿一瞥般的珍品荷花，例如花瓣可以多达上千片的"千瓣莲"、花朵娇小玲珑的"小天使"、珍稀罕见的粉黄色荷花"黄鹂"和"胜金雀"。还有一些荷花品种，光听名字就知道并非凡品了：什么"醉东风""钗头凤"，什么"露华浓""红灯照"……我想，这么多珍品荷花的盛开与诞生，固然有中国水生植物学家、花卉学家的奇思妙想和辛勤培植之功，同时不也是拜大自然母亲所赐，拜大地和湖水的恩赐吗？

前年，我的工作室搬到了武昌的沙湖边。站在十四楼的窗口，远远地也能看见满湖翠绿的荷叶。今年夏至刚过没几日，我去沙湖边散步时，竟意外地欣赏到了特别珍稀的"并蒂莲"和"三蒂莲"，其中，有两株并蒂莲已结出了并蒂莲蓬。并蒂莲已经是可遇不可求的了，而三蒂莲无疑是水生花卉中的奇光异彩！

我向管理沙湖名荷的一位老伯请教："这里为什么会有并蒂莲和三蒂莲？"老伯告诉我说："这可是咱们中国权威的荷花专家、年愈八旬的王其超、张行言夫妇种植出来的'稀世宝贝'哦！"

原来，这三株并蒂莲和唯一的三蒂莲，是老夫妇俩从他们种植和培育的一万多盆荷花中挑选出来的。夫妇俩从 20 世纪 80 年代就开始试验，多次用并蒂莲结的莲子育种，试图培育出专开并蒂莲的荷花新品种，但一直没能成功。最终他们发现，并蒂莲的基因不能遗传给下一代，并蒂莲和三蒂莲都无法人工培育，只能是偶然现象。

老伯又告诉我说："前几年，在北方的大庆，在南方的中山，也出现过两株三蒂莲。"不用说，这一定也是那对年老的荷花专家夫妇说给他听的。

荷花的花期一般都在 6 月至 9 月间，我国历史上虽有"寒荷"的说法，却大概都出于文人墨客"留得残荷听雨声"之类的联想中吧，好像无人真的看见荷花在冬日开放。我想起了这个问题，就问老伯："荷花到底能不能在冬天里开放呢？"

"荷花可是君子之花，娇贵着哪！最好不要用手去触摸花苞。"老伯似乎答非所问。不一会儿，他放下手里的活计，接着说道："哦，你问的这个事儿嘛，算是问对人了！"他告诉我，正是王其超、张行言这对老夫妇，在十几年前，用朋友赠送给他们的十粒台湾莲子，成功培育出了可在冬日开放的荷花品种。

"你不是去过东湖荷园么，那里面有两个冬荷品种，就是从王老先生夫妇那里引过去的。说出来人们也许不会相信，那两个品种的荷花，可以从每年 6 月，一直开到 11 月下旬。"

"原来还真的有寒荷、冬荷啊！"我有点惊讶了。

谁不爱荷花？古文里周敦颐的一篇《爱莲说》，白话文里朱自清的一篇《荷塘月色》，已是写尽了荷的高洁、清秀与淡雅。连一向擅长抒写浪漫与豪放的大诗人李白，不也写过清新婉转的咏荷短歌"涉江弄秋水，爱此荷花鲜。攀荷弄其珠，荡漾不成圆。"吗？还有韩愈的"从今有雨君须记，来听萧萧打叶声。"宋代诗人黄庚的"池塘一段枯荣事，都被沙鸥冷眼看。"……那都是唯有"出淤泥而不染，濯清涟而不妖，中通外直，不蔓不枝，香远益清"的荷花，才配得上的千古名句。

"采莲南塘秋，莲花过人头……"此刻我在想，盛开的荷花，把满湖满塘的高洁、清新和雅致奉献给了我们，也把荷叶、荷花、莲蓬、藕根、藕带的清甜、清芬和清苦奉献给了我们，我们该拿怎样一方纯洁、干净、没有污染的好水土，去回报荷花的恩情呢？要知道，没有一方好水土，哪来的"莲花过人头"，哪来的"莲子清如水"呢？

2014 年 7 月 3 日，东湖梨园

故乡的山泉

  故乡的山泉已经消失了，连山泉流过的那条布满层层梯田的碾子沟，也被填平了。这次回到故乡，童年的伙伴告诉我说，村西碾子沟两边的土地，已经被开发商"征走"，不久就要变成一个高尔夫球场了。

  我压抑着内心的疼痛，问道："将来，你们，不，我们的孩子，要天天在这里打高尔夫球吗？"

  没有谁能够回答我。

  "那道山泉，养育过咱们村里多少代人啊！那么清凉、那么甜的泉水，永远地消失了，再也看不到、喝不到了，你们就不心疼？就不觉得可惜吗？你们都忘记了小时候一起去碾子沟里干活儿，累了渴了就往山泉边跑的情景吗？"

  我知道，老家的伙伴们，也都无力保护童年时代的那道山泉。

  诗云："未老莫还乡，还乡须断肠。"回到故乡，我看见，那永远消失了的，何止一道山泉。曾经环绕在我们村边的清清小溪，穿过小村的光滑的石板路，坐落在村西的古老的磨坊，还有村东山坡上的苹果园，矗立在那座古老的祠堂旁边的高大的老槐树……也都看不见了，再也找不到了！

它们都到哪里去了啊？

盘桓在空寂的、被开发商们折腾得支离破碎、看不见一棵绿色的小树的村外，我的心里似有愁肠百结，痛楚难忍，口里也好像有吞了砒霜一样的苦味。

我依依回想着往日的村庄、童年记忆里的故乡……

哎，在那盛开着石竹花和雏菊的幽静的山谷间，或者，在那联结着远山、地平线和我们村子的乡土路边；在那微凉的、笼罩着乳汁似的白烟的春天的早晨；或者，在那金灿灿的、荡漾着我们丰收的欢笑声的秋日的傍晚……清清的故乡的山泉，曾经宛若一支支如歌的行板，带着母亲般的温和，潺潺流淌着，流淌在我们因耕种劳作而疲惫、而饥渴，又因收割和期待而幸福、而充实的日子里。

也曾经有那种时候，叮咚的山泉，流淌在我们每个人都感到寂寞与寒冷的冬日的梦里，但它同样以母亲的温柔，安慰着我们，滋育着我们，让我们啜饮它仅有的清甜，直到每一颗心、每一脉血管，都被注入一种温暖的情感和永不动摇的信念——

好好爱它吧，孩子，这是我们自己的土地，这是我们世代的家园！不要忧愁，孩子，记住这道山泉水，是养育过我们祖先的水；记住这些山沟和梯田，是供养着我们，让我们生生不息的山沟和梯田。凭着我们每个人粗壮的手臂，凭着我们每个人对乡土的忠诚和热爱，幸福一定会在这块土地上生长，我们都会幸福的！

这是母亲般的泥土和泉水的恩赐！凭着不老的岁月和不竭的泉水，让我们都来相信吧：幸福、祥和、美满的日子，总会完整无缺地属于我们……

哎，故乡的山泉，你这清冽、甘美的慈母之乳啊！

而在从前，在我们小的时候，没有谁能够告诉我们，你是从哪里流过来，你又将流失在何方。也没有人知道，你独自流淌了多少年，你为什么有着那么多流也流不尽的清冽与甘甜。

曾经有多少个贫穷的童年的日子，我们拾穗在田野，放羊在草坡，躲雨在茅棚……当我沿着秋日的小路走来，坐下歇息的时候，聆听着你的叮咚的声音，我就常常对着旷远的碾子沟发呆和痴想——故乡的大山深处，该不会流得空空的了吧？难道真的像祖父说的那样，在大山那边的白云生处，住着一位好心的水神仙？

哎，只因为喝着这甘甜的山泉水，我们一代代的孩子，才如一棵棵小树一样，坚强地生长着。欢乐与幸运，也一次一次地来到我们的身边，来到我们共同的艰辛的村庄和土地上……

今天再回首，有多少沉重、深情的往事，使我依恋，又使我无限伤感。我在想，我的埋怨和愤怒又有什么意义呢？我自己，不是也早已远离了这个曾经养育我的生命、洗涤我的灵魂的村庄和乡土吗？我自己，难道不是也离那曾经打湿我头发的风雨、扭伤我脚踝的土地、曝晒我肌肤的烈日越来越远了吗？

哎，那是从哪儿吹来的一团团烟雾啊，掳走了我们心中那幽幽的山谷？那唯一的黄土小路上哪儿去了？那些长满马兰花和车前草、牛蒡花的河岸呢？那流淌着我们的欢乐与忧愁的童年的流水呢？

还有你，还有你们——那些默默地养育了我又默默地把我送走的人，你们都在哪儿呢？在哪儿能重新听到你们深情地呼唤我的声音呢？那在正午的小河边，在暮色苍苍的村口，在清早结满白霜的井台上，在黄昏的灶火边，在黑夜的老磨坊边，你们温存地叫着我的小名儿的声音——那散发着苦艾的气息的声音啊……

哎，故乡的山泉，你这清冽、甘美的慈母之乳啊！你在故乡的大地上消失了，却永远地流淌在我的心头。

2014 年 5 月 10 日，东湖梨园

杏花春雨江南

　　江南春早，多少温润的杏花消息，都传达在潇潇雨声之中。汪曾祺先生描写早春时节杏花的开放："杏花翻着碎碎的瓣子，仿佛有人拿了一桶花瓣撒在树上。"真如神来之笔。我的恩师、老诗人徐迟先生多年前写过一首短诗《江南》，诗中有这样的句子："清明之后，谷雨之前，／江南田野上的油菜花，／一直伸展到天边。／……透过最好的画框，／江南旋转着身子，／让我们从后影看到前身。"许多诗评家都把这首诗看作一般的风景抒情诗，老师生前却告诉我说，这其实是一篇"政治抒情诗"，因为在当时，人民解放军百万雄师即将跨过长江，他的家乡、美丽的江南小镇南浔，即将解放，他写诗那天，刚刚在上海领受了党的秘密组织交给他的光荣任务，让他回到家乡小镇，组织好学生，迎接大军到来。诗人心中藏着巨大的喜悦，打马驰过油菜花盛开的江南大地，于是写下了这首与"杏花消息雨声中"异曲同工的"政治抒情诗"。

　　春天里花事纷纭。没有一朵花，不渴望在春天里盛开。有一些花迟迟含苞未放，我相信，它们一定不是故意要错过温暖的季节，只因为心中还另有期待。在我的印象里，最能够象征早春时节的花朵，当然是金色的迎春花了。

　　我听过一个关于迎春花的传说：很久很久以前，花神召集百花，商议谁在什么季节开放。当冰雪还未融化，北风还在呼呼地吹着，一切都瑟缩在寒冷的梦中时，谁能踏着刺骨的冰雪到人间去，向人们预告春天呢？玫瑰、牡丹、芍药、莲花……都默不作声。沉默中，一个小姑娘毅然站出来轻声说道："让我去，好吗？"她的目光里含着深切的期待。花神吃惊地打量着这个娇弱而勇敢的小姑娘。她穿着鹅黄色的裙子，不胜娇羞。她是那么天真又那么自信，像一个从没见过生人的小孩子一样。花神微笑着点了点头说："去吧，只有你，才属于春天！"她送给小姑娘一个美丽的名字——迎春。

　　迎春花只是稍稍打扮了一下，在发辫上插上一朵金黄色的、散发着淡淡清香的小花，便告别众姐妹，只身来到人间。她来到人间时，大地还被厚厚的冰雪覆盖着，春天还在远处的路上，孩子们还在做着堆雪人的梦。迎春花是春天和大地的女儿，她来了，一切都渐渐温暖起来、湿润起来，小河悄悄解冻了，雪花在天空化为细雨，泥土变得松软了，小草在悄悄返青，所有冬眠的生命都开始苏醒过来……

　　有位诗人说，鲜花是连儿童都能理解的语言。爱花，是我国人民的传统民俗风尚。古代的人们甚至还设想过，所有的花儿有一个共同的生日，这便是旧俗农历二月十二日的"花朝节"，又称"百花生日"。以崇尚"灵性"闻名的清代诗人袁枚，就写过一首小诗，题为《二月十二花朝》："红梨初绽柳初娇，二月春寒雪尚飘。除却女儿谁记得，百花生日是今朝。"许多史书上也记载过，在这个富有诗意的"花朝节"里，人们自然要庆贺一番，或"妇女头戴蓬叶"，或"士庶游玩"于乡间田野。特别是在山水明秀的江南一带，人们在这一天会用彩绸或五彩纸剪成一面面小旗子，称为"花幡"，挂在花草、树木上，为百花祝寿。小说《镜花缘》里曾记述过这样一个传说：武则天当上女皇后，在一个严寒的冬日，因看见梅花盛开，便突发奇思，乘兴下诏，并写成一首《催花诗》，要百花同时开放。总管百花的女神，名为"百花仙子"，这天正好出游在外。众花接到则天大帝的诏书，无从请求，只好竞相绽开……当然，这样的传说不足为信。但《全唐诗》里却确实收录了武则天的那首《催花诗》："明朝游上苑，火速报春知；花须连夜发，莫待晓风吹。"

写过《花城》的散文家秦牧说过：对着那些花团锦簇，我们从看到的花想到没看见的花，从知名的想到无名的，看它们都在浅笑低语似的，它们都像是眨着眼睛在启发着人们说，再猜猜吧，瞧，我们为什么会这样美呢？花朝节，不仅仅是一个花的节日，也是一个文化节，一个用鲜花装饰的"美育节"。

二十四番花信风，总是轮番吹过。无论是梅花、山茶、水仙，还是迎春、桃花、棠棣、蔷薇，也无论是牡丹、芍药，还是丁香、菊花……我相信，正如同百花对于它们赖以生存的泥土与空气的热爱一样，我们古老而伟大的中华民族，从来也是一个热爱美、热爱自然、热爱鲜花的民族。各种花朵所蕴含的或高洁，或热情，或雍容华贵，或朴素本色，或娇艳芬芳，或铁骨铮铮……不同品格、气质与风骨，也都是中华民族历尽艰难而不坠、曾经风雨而未泯的信念与追求。

2013 年雨水，东湖梨园

山村七月槿花开

正是"明月青山夜，高天白露秋"的七夕时节，我回到幕阜山区，参加一位山村女儿的婚典。

故乡的七夕，又叫"乞巧节"，有的地方也叫"女儿节"或"少女节"。传说七夕是勤劳忠厚的牛郎和美丽善良的织女一年一度相会的时刻。我小时候生活在山村里，七月的夜空总是那么晴朗透明，真的像杜牧的诗所描写的情景："天阶夜色凉如水，坐看牵牛织女星"。那时候每逢七夕，仰望灿烂的星空，祖母就会指给我看，在明亮的织女星东南边，有四颗排成梭子形的小星。祖母说，那是喜欢绣织的织女来不及放下的织布梭子；在牵牛星的前后，也各有一颗暗淡的小星时隐时现，那是牛郎和织女的两个可怜的孩子，牛郎用箩筐挑着他们，在寻找和追赶被王母娘娘用银簪划出的天河隔在对岸的织女。他们这一家人的不幸遭遇，得到了喜鹊们的同情和帮助。每到七夕，喜鹊们就会相约着从人间飞向九天，搭起一座鹊桥，让牛郎织女一家在鹊桥上相会一次。这也就是宋代词人秦观那首《鹊桥仙》里写到的情景："纤云弄巧，飞星传恨，银汉迢迢暗度。金风玉露一相逢，便胜却人间无数。"传说此夜更深人静的时候，如果凝神静听，就会听见从天河上传来的幽幽低诉的声音，这是牛郎带着两个孩子和织女团圆时的尽诉衷情。到五更时分，他们就又得含泪分别了。

美丽的传说留下了美丽的忧伤，天上人间，代代相传。后来每逢七夕，我总会心事重重地在星空下坐到后半夜，总希望能听到从天河那边传来的幽幽低诉的声音。夏夜乘凉时，我有时候也这样期待过。祖母还告诉我们说，七夕这天，不论在哪处村庄和山野，都不会看见喜鹊，因为它们都相约着飞到天上搭"鹊桥"去了。这也使我从小就对喜鹊这种鸟儿怀有好感和敬意。

因为织女不仅心地善良，而且心灵手巧，不仅能凭一双巧手织出细密的锦缎，还乐于把最好的纺织和刺绣手艺教给农家女儿，所以老人们还说，七夕时，女孩子们如果在天井里摆上香案、供上瓜果，再用七根丝线和七支绣花针，坐在月光下穿针引线，便会从善织的织女那里乞得心灵手巧。谁穿针引线越多越快，谁乞得的巧手艺就会越多。就是上学念书的小学生们，如果此夜也手持纸笔，谦恭诚实地在月光下揖拜乞求，也会乞得灵性和聪颖。就是因为这，我们小时候对"七夕乞巧"这个习俗，总是认真对待，做得郑重其事，从来不敢有丝毫怠慢。可不是吗，谁愿意自己成为一个手脚笨拙、心灵愚讷的人呢？

在老家过七夕，还有分吃"巧巧面"的习俗。那也是乞巧的一种方式。从七夕这天早晨开始，村里的小姑娘、小媳妇和小学生们，三五个人组合成一伙，每人端着一个小瓢，满脸含笑地挨家挨户去"乞讨"来一些白面、花生、瓜果，然后聚集到主办者家里，或者聚集在一棵老槐树下、一间打扫得干干净净的碾坊里，分头把做好的各种简易的面食摆在台子上或盘碗里。一切准备停当了，天也黑了，星星和新月也升起来了。这时，大家就轮流对着天上的星星和新月默默礼拜，诉说自己的心事，许下自己的愿望。做完了礼拜，大家便开始分享这顿"自助"的"大餐"。谈天说地，且歌且乐，气氛融融，人情怡怡。各自的心事寄予了朗朗星月，美好的心愿藏在真纯的心间，天上地下，心心相通，即使是在艰辛和贫穷的年月里，我们的心中也充满了欢乐与梦想。乡情似水，佳期如梦；春花秋月，万古相通。真是几多清欢与乡愁，年年总在此宵中。忆故乡，忆童年，能不忆七夕！故乡的七夕，也让我想起了流沙河吟咏蟋蟀声里的乡愁的诗句："凝成水 / 是露珠 / 燃成光 / 是萤火 / 变成鸟 / 是鹧鸪 / 啼叫在乡愁者的心窝……中国人有中国人的心态 / 中国人有中国人的耳朵。"

此时此刻，山风静了，山雀栖了，新月升上东山了；此时此刻，白露悄悄起了，牵牛织女星也亮了，一根根红蜡烛点燃了。有谁知道，这一个沁凉如水的七夕，对于那些山村小姐妹来说，又是一个怎样又热闹又抒情的时刻，一个一生中也许只有一次的"哭嫁之夜"！那又是一种多么美好的风俗，一种多么古老的恪守！一位小姐妹明天就要出嫁了，全村里的其他小姐妹便在今夜热热闹闹地聚在一起，陪坐、陪睡，陪哭抒怀。不仅小姐妹们相互之间会开怀大哭，而且母亲哭女儿、女儿哭母亲，父亲、兄弟、姐妹都可以歌哭相诉，这叫"喜哭"呢，有几多热热闹闹，又有几多依依不舍……

阿通伯是我过去在山区工作时的一位老房东。此刻，我和满面喜气的阿通伯坐在火灶边，一边听着堂屋里小姑娘们的嬉闹声，一边看着他把那炖肉的火拨弄得旺旺的，这叫"红红火火"。阿通伯的么女儿阿枝，是全村人都疼爱的小姑娘，此时正被一群打扮得漂漂亮亮的小姐妹围坐在堂屋中间，红红的烛光，还有那些无处不在的大红喜字，把阿枝的脸蛋儿映成一朵红山茶，红山茶四周又宛如开满了木槿花。屋门口拥挤着的那些乞巧归来的小学生们，纷纷抖落着那充满好奇和满足的欢笑声，有的还咧着那缺了门牙的大嘴……晚风习习的院子里，坐满了一边喝着香茶、一边吃着瓜果，又一边谈着今秋即将迎来的好收成的邻里乡亲……

也许是想到了大女儿、二女儿出嫁时的节俭与寒碜，眼前又是明天就要生生离开自己的么女儿，刚才还在里里外外地大声地张罗着，大把大把往八仙桌上撒着花生、栗子和糖果的阿通婶，突然间就进入了"哭嫁"的情境，率先扯开嗓门儿哭开了。是呀，女儿们都是自己在艰辛的日子里用呵斥、用巴掌，甚至用挑猪草的竹扁担和打板栗的竹篮子养大的。这些年来，日子刚刚顺心了，孩子们却一个个都要离开这个家了……想一想怎能不伤感呢！"呜……崽哎……心肝哟……我崽做女受尽了苦啊，冇把你做个女伢看啦……"阿通婶用的可是山村里的"花腔女高音"，一声声的哭诉催人泪下。那些迟早都要出嫁、都会离开自己亲爹娘的小姐妹，一个个听着听着，泪泉便再也堵不住了。于是，悠悠的哭嫁之声就像幕后的合唱声，渐渐升起，也渐渐趋向了整齐……她们一个个实在都在趁机歌哭自己隐秘的心事呢，歌哭自己和阿枝二十多年来的姐妹情意，歌哭自己那不久也将临近的出嫁的时刻，更哭诉各自与娘家人的难离难舍、再也无法报答的恩情。

我仔细分辨着这哭嫁的歌声："……上身穿件花布褂吧，下身穿件花布裙。妈哟！一向给我做得如如意意，我妈操碎了心吧……"听听，多么朴素、多么真诚的心声啊！哦，哭吧，哭吧，开怀地哭吧！这些淳朴的山村少女也许还不知道，她们今夜还将哭出一个就要做娘的女儿来。

憨厚的阿通伯又给客人们殷勤地续了一遍茶水，不知什么时候也开始坐在院子一角，狠劲地抖着自己的双肩啦！他仿佛在一瞬间老了许多。我于是想到，在我们这些曾经何其艰难和偏远的山村里，做爹的实在是更不容易哪！

阿枝也在呜呜地哭。当小姐妹们的哭声渐渐告一段落了，她那甜甜柔柔、颤颤悠悠的哭声还在继续："……妈哟，别人嫁女踩煞了路边草，我母嫁女哭煞路边人哟……我到人家去一定听娘的话，要跟我娘争口气哟……"歌哭声里真的是充满了即将离家的歉意与谢意。

我在想象着，这些平日里虽爱傻疯却又羞怯的女孩子，她们是什么时候、又是怎样学会这些哭嫁的习俗的呢？这可是我们山区一种古老的文化习俗呢！我知道，她们已截然不同于她们的母亲那一辈人了。难道我没有感觉到，她们那自由发挥着的哭嫁声里，早已掺和进了几分流行歌曲的旋律了？她们都是这块艰辛的土地好不容易养大的好女儿。她们更是这个正在走向新的岁月、新的生活的山区的未来的母亲。我们这个山区的新一代孩子，将在她们的怀中孕育……当我这样想着的时候，堂屋里又传来女孩子们一阵阵脆生生的、格格的笑声了。那爽朗的笑声，好像要把这七夕之夜的山村四周所有的星星都点亮，把整个幕阜山的夜晚给闹成白天一样。

在古老的传说中，天上佳期称七夕，人间好景是秋光。有什么法子呢，年轻人的日子，顺心的日子，也许就是这样，原本是哭嫁的夜晚，现在又轮到她们笑了，为什么不开怀地笑呢！据说，七月槿花的"花语"就是淳朴、美丽、永恒。七夕，哭嫁的夜晚，正是山村的男儿女儿好看时。坐在山村朗朗的新月下，坐在夜风吹过来的稻花香和槿花香里，我的心也醉了。年年七夕来过，年年木槿花开。我深深地祈祝乡亲们，祈祝山村新一代人的日子过得更美好、更富足一些。

2015 年夏日，鄂南

春风最暖

　　每次经过繁华的汉口友谊路口和云林街时，我总会被镶嵌在街头灯箱里的一幅美丽的大照片所吸引，而且会心存敬意地在这里稍作停留，向照片上的那个人行一次"注目礼"。照片上的人名叫王静，她是武汉的市民们推选出的自己心目中的"城市英雄"之一。如果她不是穿着一身浅灰色的税官制服，没有佩戴那黑底的肩章和深红色的领带，我相信，许多人可能会以为，这是某位电影明星在做公益广告，或是某位电视主持人在做形象代言人。

　　没有错，她确实是一位美丽、淑静的"形象代言人"，既代表着我们这座城市市民亲切、微笑的形象，也代表着我们这座九省通衢的大城市对卓越、文明、优雅、诚信、幸福……这些字眼的践行与追求。其实，王静只是一名普通劳动者，是武汉市江岸区地税局政务服务中心窗口的一名普通税官。然而她就像一缕温暖的春风，从这个小小的窗口，吹向每一位市民的心田，静静地、耐心地唤醒他们心上的绿意；像一道澄澈和清亮的泉水，从这个平凡的岗位上，涓涓流淌到这座城市的边边角角，濯洗着繁忙的生活留在辛劳的人们身上的尘土，滋润着他们对生活的信心、对明天的希望。

王静是我所见过的最美的劳动者。老实说，她的美丽在一瞬间就改变了我心目中的那些总是显得比较强势和泼辣的女税官的形象。王静看上去就像部队里的一名文艺兵，舞蹈演员的身材，白皙的皮肤，细细的、弯弯的柳叶眉，永远含着笑意和期待的眸子和嘴角……她的同事悄悄告诉我，王静本来就已经很美了，可她比一般女性更爱美，每天来上班前，总要化上淡淡的妆容，再加上标准的制服和一丝不苟的发式、字正腔圆的悦耳的普通话……每天早晨王静一出现，总会立刻带给同事们一种美好的感觉——就像一本有名的小说的书名——"工作着是美丽的"。王静说，她这样做，既是悦己，也是悦人，是对同事和每一位来她柜台办事的市民的尊重。

不过，王静每天所接触的那些人，却并不总是如小说里所想象的那样，"是美丽的"。恰恰相反，她每天必须要去面对和化解许多的矛盾、焦躁、争吵，甚至怨气。王静所在的这个窗口主要负责办理房产契税收取和减免，其中最常见的是一些拆迁户的契税减免。但是因为这项业务需要的资料比较烦琐，要跑多个部门，前来办理手续的市民，往往会把在别处所受到的不快、怨气都集中到这个窗口来，所以，王静说，她这里，就经常变成一个比较集中的"出气口"。例如有一天，窗口又来了一个怒气冲冲的中年男子，当王静满脸含笑，请他出示相关资料时，这个男子顿时暴跳如雷，大声吼叫起来："什么？我跑这么远的路，只减免几百块，还要提供这资料那资料！"大有一触即爆之势。

好在王静每天对这种"架势"和这等暴躁的市民，真是见识和"领教"得够多了。她最擅长的是"以柔克刚"，善于用一颗真诚、友善和温暖的心，用她那"招牌式"的甜美的微笑，去平复和安抚那些狂躁的和带着怨气的心。清泉沁人心脾，春风暖人心窝。王静相信，只要是勤恳的播种者，总会有最好的收获；只要是殷勤的春风，总会融化人心的冷漠，唤醒满山沉睡的绿草和杜鹃。

"位卑未敢忘忧国"，王静所做的虽然都是"凡人小事"，但是点点滴滴，代表着老百姓心目中的"政府形象"和"国家温暖"。几乎是每天，中心窗口的"意见箱"里，都会收到一些市民留下的对王静的"感言"。我看到，一位名叫张瑞芳的老奶奶写的一张字条："我68岁了，到许多窗口、部门办过事，但从未遇到像王静姑娘这样热情和贴心的，要是所有政府窗口都像这样，老百姓就能得到更多实惠。"牛吴生是一位从部队转业到地方的老兵，现在是王静的同事和领导，这位器宇轩昂的老兵在给我讲述王静的故事时，竟也眼睛湿润，声音都有点颤抖了。他告诉了我这样一件事情。

四年前，有一对老人，相互扶持着，来到王静的窗口办理契税减免。细心的王静观察到，两位老人情绪低落，脸色凝重，似有说不出的苦楚。办理完业务，王静就像老人的闺女一样，拉着老人的手问起根由，安慰他们说："爹爹婆婆都是上了年纪的人，有什么难处可别憋在心里啊，这样对身体不好。如果你们信得过我，不妨跟我说说，我要是帮得上你们，会尽力的。"

原来，其中一位老人是已经退休的全国"劳模"，自己唯一的儿子患了精神病，生活全靠两位老人的那点退休工资了。老人不想给政府添麻烦，只好默默地将自己的房子转到了儿子名下，算是给儿子日后的生活留点"保障"。

王静得知实情，实在是放心不下，没过两天就带着儿子、提着一些礼物，上门看望两位老人了。没有想到，她这一上门，竟然不知不觉地坚持了四年多。每逢节假日，王静就会带上一点礼物上门去嘘寒问暖一番。"王静把两个老人当成了自己的亲人，老人也把王静视为党给他们送去的关怀，政府送去的温暖……"牛吴生说到这里，眼睛红红的，又补了一句，"多好的姑娘，真不愧为我们的'城市英雄'啊！"我怀着敬仰之情和王静说起这件事情时，她却淡淡地说道："这是我应该做的，目光向下，才能精神向上嘛！"

和王静聊天，我感到轻松和愉悦，有种"如坐春风"的美好感受，同时内心也受到了极大的触动。王静每天的付出，是一种真、善、美的付出。王静的任劳任怨，还有她对工作中所受到的冷漠、粗野、抱怨和委屈的包容与理解，让我感受了一种来自女性和母性的、堪称伟大的胸怀和气度。

王静的一位同事告诉我，别看王静这么漂亮，其实她已经是半个"残疾人"了。前年秋天的时候，有一天，王静突然觉得头昏脑涨，身上出现了一块块紫斑，去医院一查，原来，持续高烧已将她小脑膜神经烧坏，右耳失听，左耳听力也下降得厉害。一向乐观和坚强的王静，面对这个结果，禁不住失声大哭。她知道，这是每天紧张和繁忙的工作，把自己累成了"残疾人"。出院后，同事们原以为她会申请换一个工作岗位的，但她依然返回了自己的那个小小的、辛苦的工作窗口。"耳朵聋了，就让眼睛多忙碌点吧。"她淡淡一笑，不愿让同事看到自己有半点的委屈和苦楚。她要一如既往地留给同事们一个乐观、自信和"工作着是美丽的"的形象。

从此以后，她那双美丽的眼睛真的变得更忙碌了。每次办理业务时，她都要站起来，满脸含笑地尽量靠近对方一点，侧耳倾听。柔和的细语，有如春风化语，润物无声……

老实说，跟王静聊天，我自己也受到了许多"净化"、濯洗和润泽。是啊，没有好父母，哪来的好儿女？没有好儿女，哪来的好家园？若问我们共和国辽阔的天空，为什么这样安详、这样霞光灿烂，只因为有无数的好儿女在将她守望、将她眷恋；若问我们共和国九百六十万平方公里的大地江山，为什么这样壮丽、这样生机无限，只因为有无数双殷勤、智慧和温柔的手，在为她梳妆、为她打扮……

那么，王静同志，请多珍重！我们这座城市，将永远因为拥有像你这样的"英雄儿女"而感到骄傲，而感到自豪。

2013 年春天，武昌

江南三章

乡场之秋

我深深地爱着，我的江南乡村的深秋。爱着那丰盈的禾场，金色的果园，欢腾不息的河流。这是我们生生不息的心灵的家园，这是我们忍受着曝晒、经受着风雨赢得的季节，是我们整片乡土上最为欢乐的时候。

谷子收割回家了，原野上弥漫着稻草的芬芳；白嘴鸦落在稻草人身上，仿佛从异乡归来的游子，在倾诉着他深挚的乡愁。拾穗自然是老人们的事了。其实他们哪里是在拾穗啊！他们是在背着年轻人，向着仁慈而宽厚的大地母亲深深地鞠躬。当他们直起身来，又好像在为下一代人默默地做着新的祈求。

那些从打工的外地、从不同的地方赶回来的年轻人，早已聚满了阔大的禾场，庆祝家乡的又一个丰年。小伙子们一个个就像健壮的豹了，少女们宛若那河腰的水柳。那是谁甩开膀子擂响了村中那面祖传的土鼓？灿烂的鼓声震动着三山五岭，阵阵回音又如风啸雷吼……

啊，跳起来，跳起庆典的舞蹈来吧！啊，唱起来，唱起自编的山歌来呀！这里不怕曲高和寡；这里无须害怕害羞。老年人都知趣地躲开了这些欢笑的年轻人，他们远远地站在一边欣赏着，谈论着，自豪地回忆起几十年前各自年轻气盛的时候。啊，敲吧，敲吧，年轻人！请你们在乡村这张大鼓面上，敲出属于我们的生活的新节奏。

乡村小女孩

我和一个秀美的山村小女孩，相遇在这个深秋的早晨。她好像是第一次走进有着宽广的大街的城市。她婷婷地站在大街上，望着一座座高楼和一个个橱窗，眼睛里是那样奕奕有神，那样好奇和惊喜。早晨的风，轻轻地撩起她鲜艳的红围巾，围巾上飘出缕缕山野的芬芳。一朵我叫不出名字的小野花，像一只蓝蝴蝶，静静地栖落在她薄薄的头发上，使我觉得，她就像一小朵带着雾气的山里的云彩，轻盈地飘在这秋天的早晨。

我不知道，她是从哪里的小山村来的，但她的眼神告诉了我，她带来了山乡的喜讯。她告诉我，她是来请城里的什么人，去她的小村作客的。她向我问路，说在家里等待着的，是她年老的爷爷，还有很少进城的父亲。她还天真地告诉我，她那个小村，也真是奇怪，这个秋天刚刚到来，每家的小院里，就传出了那么多她想也没想到的"新闻"，听起来，真是让人振奋……说到这儿，她甜甜地一笑，那清澈的目光，既含着自豪，又那么单纯。

啊，我们的山村，我们的农民！当这个晨光一样纯净的山村小女孩，连同她那轻悄悄的风一样的声音远去了，我却在这深秋的晨光里，站了很久很久。农民，我见过许多许多，我就是从他们中间走出来，从小山村里走到我们的城市来的，可是我从来也没有像此刻这样，感到愉悦和欢欣。我的心里怀着最真切的喜悦和祝愿。

突然，我产生了一个美妙的念头，我想，我应该立刻就去写一首最好的诗，为着这个满怀希望的山村小女孩，还有她的背后，那千千万万个我们善良的祖父，我们辛劳和勤恳的父亲。或者，我干脆就做个不速之客，悄悄地回到那里去，去看看我的山村，看看我的父老乡亲。是的，一定，一定的。因为我是那样想念他们啊！

江南小巷

意态怡然而韵味悠长的江南小巷，暗合着一种生命的熨帖与平实，也永远是心灵的润泽与宁静的象征。

小巷两边的青灰色屋顶，古老而整齐的瓦片缝隙里，长满了金色的、安静的瓦松。瓦片之间仿佛凝固着往昔时光里斑驳的残梦。那交错相映的双拱石桥，精致而又历尽了沧桑。古老的岁月的脚步从一座座老桥上轻轻迈过，时光的流水从一座座老桥下缓缓远去。浣洗和淘米的女子永远是温婉和妩媚的。浅浅的小船来来往往，载着欢乐，也载着艰辛，载着一代代人对幸福生活的期待与梦想。

小巷永远是和浓浓的乡愁连在一起的。"小楼一夜听春雨，深巷明朝卖杏花。"这是诗人陆游梦里的乡思；"撑着油纸伞，独自／彷徨在悠长，悠长／又寂寥的雨巷，／我希望逢着／一个丁香一样的／结着愁怨的姑娘。"这是诗人戴望舒所幻想过的心灵的故乡。那是一切幼小的生命最安全的依靠。那是一种独特的人生范式的理想场所。它远离喧嚣的城市声和名利场，但又不失民生经济的酸甜苦辣，人间的一切欢乐忧伤和幸福的梦想，小巷都在沉默地见证；它宁静淡泊，寂然无声，却又独具深厚和浓重，就像一位历尽了艰辛、阅透了世事的老人。

"摇啊摇，摇到外婆桥……"曾经有多少文人墨客和离乡游子，都蘸着梦里的江南烟雨，描画他们心中的江南！鲁迅，周作人，丰子恺，郁达夫，叶圣陶，茅盾，叶浅予，徐迟，吴冠中，陈逸飞……他们都曾经在自己的文字和画幅上，深情地描画美丽的江南。老去的只是时间，一代代的小巷人家，他们的欢乐与忧伤、希望与梦想，却薪火相传，绵延不断。

2014 年深秋，江南岸

若有人知春去处

一

　　春天是殷勤的。她以殷勤的布谷鸟、鹧鸪、斑鸠们的歌唱，一声声唤醒大地上所有的生命，唤醒勤劳的人们去播种新的希望、新的梦想，唤醒所有沉睡的绿草和花朵绽放笑脸，唤醒满山满谷的野樱花和杜鹃花迎风盛放，唤来那明媚而朗润的人间四月天。

　　春天是慷慨的。她给大地万物送来丰沛的雨水和温暖的南风，竭尽全力把大地装点得花团锦簇、分外妖娆。"春宵一刻值千金，花有清香月有阴。"她让一切梦想都在温润的泥土下萌芽，让所有能生长的都开始生长，甚至让所有错过季节的种子，也在沙沙的细雨中重新获得萌发的机缘。

　　春天是宝贵的。从立春到雨水，从惊蛰到春分、清明、谷雨来临，春天沿循着她的每一个温润的节气，把丰沛的雨水洒到了辽阔的大地之上。当温暖的春光照耀大地上的每一片田野，有多少新的生命和新的希望，都在等待着耕耘、播撒、萌芽、出土、拔节、扬花、抽穗、灌浆，直至成熟和收获。

"阳春布德泽，万物生光辉"。诗人们说，春天不是骑马奔下山冈，而是赤脚涉过春溪步行而来，就像一个微笑着走向田埂、井台或池塘边的牧鹅姑娘。散文大师普里什文写过一篇只有一句话的散文《花溪》："在那些春水奔腾过的地方，如今到处是鲜花的洪流。"我从另一位散文家巴乌斯托夫斯基的《面向秋野》里，又为这篇小散文找到了一个补充性的注释："即使只有荒野的沼泽是你胜利的见证，它们也会变得百花盛开，异常美丽，而春天也将永远活在你的心中。"

这个时候，我们也不妨学一学那春天的绿草。默默的小草总是眷恋着春天、拥抱着大地。它们在漫长的冬天里苦苦地等待过春天，也在无数个长夜里呼唤过细雨和微风，呼唤过花朵、绿叶和歌声。然后，它们以自己的寸草之心感恩大地，以自己微薄的绿意回报大地母亲。这个时候，我们也不妨学一学那殷勤的布谷鸟，用自己的执着去唤醒沉睡的花草树木和满山的杜鹃；学一学温暖和慷慨的春天吧，你给人间留下温暖、阳光和种子，大地就报你风调雨顺的年景和收成。

然而，正如人生在世只有一次童年，四季之中也只有一个春天。如果说，春天也有什么缺点，那就是：春天永远是短暂的。春光匆匆，就像桃花、樱花、杏花、李花的绚丽而易逝。也因此，诸如"桃李春风一杯酒，江湖夜雨十年灯。""客子光阴诗卷里，杏花消息雨声中。"……这样一些咏叹春天的诗句，我总觉得，其中有着深长的惜春意味。那么，热爱春天、热爱生活和生命的人们，请你们珍惜这美丽的春光。请记住诗人们殷勤的叮咛："抓住！抓住那逝水年华……"要知道，每个人的青春只有一次，生命的花期也只有一次。

二

春分，清明，谷雨，每一个节气都预示着润泽和温暖，都带来大地和雨水的恩赐。"清明时节雨纷纷，路上行人欲断魂。"每当清明节的时候，我就想，这"断魂"之人，首先要属那些远离了故土而客居他乡的儿女子孙。不是么？当你远远地看着在南山北头、荒郊墓田上焚纸挂幡，或躬或跪的人们，听着旷野上此起彼伏的幽幽哭诉，怎能不想起自己长眠在故乡的祖先和亲人？"纸灰飞作白蝴蝶，泪血染成红杜鹃。"触景伤怀，此时此刻，你能不想到，有谁还会记得他们，在年年清明为他们上坟祭扫？想那低矮的土丘，该是几度野草枯荣、荆棘遍布、墓木成拱了吧？

　　"七度逢寒食，何曾扫墓田。他乡长儿女，故国隔山川。"这难道不是一首忧郁的怀乡诗？不是在提醒我们：记住那乡愁？

　　人生能得几清明。祭念死者，原也是为了乞福于生者。而对那些跟着大人们去郊外扫墓的孩子们来说，清明时节，鸟语花香，寒暖适宜，田野一派青翠，岂不正是远足和郊游的好机会？"暮春者，春服既成，冠者五六人，童子六七人，浴乎沂，风乎舞雩，咏而归。"想那鲁国先师孔圣人，听了曾皙这令人心动的愿望，不也禁不住喟然叹曰"吾与点也"吗？

　　记得老祖父生前曾告诉我，春天的风是由下住上吹的，正适合放风筝，清明一过，则"东风谢令"，风向就不再那么稳了，所以放风筝的日子总是到清明节为止。《红楼梦》里探春的一首《风筝》谜诗就这样说道："阶下儿童仰面时，清明妆点最堪宜。"而俗语中的所谓"放断鹞"，就是指清明节这天出去放一年里最后一次风筝。断线的风筝，挂在高高的树梢上，挂在古老的屋檐上，也挂在我童年记忆里最醒目的地方。年年岁岁，永不变形，也不会褪色。

三

　　春天里也总是花事纷纭。在我的印象里，最能够象征早春时节的花朵，除了梅花、桃花、樱花、迎春花等，还有一种默默开在早春的田边溪头的小野花——荠菜花。小小的白色的花朵，星星点点地散布在江南大地上。说是花朵，其实是一种地道的乡间野菜，江南许多地方都称其为"地米菜"。

清朝的《汉口竹枝词》里写到了一个春俗："三三令节重厨房，口味新调又一桩。地米菜和鸡蛋煮，十分耐饱十分香。"这里的"三三令节"即农历三月初三的上巳节。地米菜即荠菜。这一天一大早，细心的妈妈们会从外面买回一把新鲜的荠菜，用荠菜煮一些新鲜鸡蛋给家人吃。据说小孩子吃了荠菜煮的鸡蛋，一年都不会肚子痛。而在江南另一些地方，如江浙一带，这一天又被称为"荠菜花生日"。每年这一天，在乡村里，老奶奶们会采回一些小小的新鲜的荠菜花，簪在姑娘们的发髻和鬓边，以为纪念。人们甚至还相信，这一天戴了荠菜花，可以保一年之中不会头痛。

然而，就是这么一个富有诗意和民俗趣味的美好节日，今天竟然被人忘却了，甚至可能会永远失传了。想起来未免让人感到十分可惜。荠菜花虽小，而且和别的花朵比起来毫不起眼，但是，她具有默默的和强大的生命力。像小小的朴素的迎春花一样，她也是春天和大地的女儿，她的美丽，她的清香，同样属于春天，属于山野和大地。

值得庆幸的是，毕竟还有一种与春天的荠菜连在一起的东西没有失传，那就是传统小吃：春卷。最地道、最好吃的春卷，当然是清香的荠菜馅的春卷了。三月正是新鲜的荠菜上市的时候，几乎每一个菜市场里，都能看到包春卷、炸春卷的摊位，不少主妇更愿意买回新鲜的荠菜和春卷皮，自己动手做一些春卷让家人分享。

荠菜的清香是大地的清香。因为这个"一日春光一日深，眼看芳树绵成阴"的杏花时节，古代先贤为我们留下了多少感恩春天的诗句！黄庭坚的《清平乐》："春归何处？寂寞无行路。若有人知春去处，唤取归来同住。"张耒的《二月二日挑菜节 大雨不能出》："想见故园蔬甲好，一畦春水辘轳声。"辛弃疾的《鹧鸪天》："城中桃李愁风雨，春在溪头荠菜花。"这样的诗句，怎能不让我们面对一簇清淡的荠菜花，而在心中漾起一丝感恩的柔情，感念这小小的、朴素的荠菜花的美丽与清香，也对慷慨的大地和雨水的恩赐，献上我们的感谢与敬意？

2015 年花朝节，修改于东湖梨园

布谷声声里

布谷声声，桃花灼灼。二妃山下的春天，总是比别处来得更早。从全国各地来到这片被称为"中国硅谷"的现代产业城里创业的年轻人，用坚实的脚步、豪迈的激情，追赶着年年的时令和季节。

在这里工作的人，常常被称为"抢在时间前头的人"。这座年轻的、充满青春气息的产业城，是一座属于年轻人的创业和筑梦之城。在这里，似乎感受不到什么闲情逸致，更没有古代诗人所乐于沉湎的春愁秋怨。一些成功人士津津乐道的所谓"慢生活"，与这里的人们也是无缘的，或者说，那近乎一种"奢侈"。这里的春天，带给人们的永远是蓬勃的生气，是新的梦想和新的希望，是润物细无声的杏花春雨，是花朵绽放的声音和种子萌发的机缘。

每年的这个时节，当江南大地上有一些地方乍暖还寒、残雪未消时，二妃山下已经是桃红柳绿、兰叶葳蕤了。

"莫道春行早，更有早行人。""报花消息是春风，未见先教何处红。"我在这里仿佛是在寻觅春天。几位从海外回来的年轻"海归"自豪地告诉我说，他们属于"入驻"这里的第一批创业者，来这里已经四年，亲历了这里的"梦幻创奇"般的工作、生活和节奏。

"您知道吗？有一位大领导——"这位年轻人怕我不明白，特意强调了一下，说，"哦，您应该明白我说的是哪位领导吧？——看到这里的热闹景象，有这么多的科研机构、各路人才、年轻的企业聚集在这里，竟然用了'异常振奋'四个字来表达他的感受呢！他说，现在还是这个产业的春天，也是这座产业大城的春天，还是播种的季节，但他相信，有了美丽的春天，金色的秋天就一定会到来。是什么时候呢？秋天不是在今年，也不是在明年，应该是在十到十五年之后，才是大收获期！所以我们——"年轻人自信地笑了笑，继续说，"我们对各自的未来，心里也十分有数！天道酬勤，春播秋收嘛！"

我能够想象到，这位"大领导"同志的殷切期望和坚定信心，是如何感染在这里创业和工作的年轻人的。

我和一位在这里管理花木的老师傅交谈，他告诉我说："那些年轻人说得对头嘛，那些领导，每次到这里来，都会选择春节假期里，大部分人还没有回来之前。领导们日理万机，还要忙别的事哟！他们要去视察的地方还多嘛！所以他们总是先来这里，一年之计在于春哟！有一年，对了，是五年前吧，也是正月初五，领导们来这里给大家拜年，看望大家，一个个还披着满身的雪花哪！"

"老师傅，听您说得这么活灵活现的，莫非您是亲眼看见的？"我故意打趣地问道。

"咋能看不见呢！有位书记还亲自跟我打了招呼，握过我的手嘛！"

我想，这位老师傅自然并不会知道，领导们大年初五来到这里，具体会给这座城市的现代产业做出怎样的规划和布局，但是，领导同志们每年都早早地来到这里，给辛勤耕耘在这里的人们带来了早春的气息，带来了播种和收获的信心，这是一定的，也是每一个生活在这里的人，包括这位老花匠，能感受到的。

种瓜得瓜，种豆得豆。大地母亲从来不会亏待辛勤耕耘的劳动者。对于劳动者和建设者们来说，春天也总是殷勤和慷慨的。她给大地万物送来丰沛的雨水和温暖的南风，并且竭尽全力把大地装点得分外妖娆。

久居北京的维吾尔族作家艾克拜尔·米吉提写过一篇散文，写的是中国光谷首席科学家、被誉为"中国光纤之父"的赵梓森院士的故事，其中写道："阳光是传导一切能量的，它哺育生命，培育果实，给我们带来光明。然而，光，又在给我们带来一场静悄悄的科技和生活革命。"在这座属于年轻人的创业城里，我也时时刻刻能感到一种蓬勃灿烂的"正能量"，感受到一种"光"的温暖、梦幻和力量。同时我也想到，这个美丽、神奇和丰盈的高科技产业领域，如果只依靠一支纤细的笔，怎么能够把这如同迪士尼般的"梦幻创奇"作为史诗而记录下来。不，作为一阕"筑梦史诗"，作为献给这座新型的、充满朝气的高新技术产业城的不平凡的奋斗历程的"纪实史诗"，它的创作，将要求一种同样崇高、雄伟和磅礴大气的文笔与文采。

我不时地询问自己：我能吗？我们能吗？

春风最暖，天道酬勤。我觉得，我是在二妃山下这座年轻的、产城一体的现代化产业大城里，乘着"光"的翅膀、梦想的翅膀，在一支雄伟的、大气磅礴的交响乐中飞翔和巡礼。这里的建设与发展，让我真实地看到了一个梦想成真的奇迹：在那片曾经被人遗忘和忽略的荒野上，当改革与梦想的春水奔腾而过，如今到处是鲜花的洪流。

2014 年早春，武昌二妃山庄

辑二 | 故国山河

母亲的红雨伞

献给我的老师、已故诗人曾卓先生。

这个故事是根据他的童年经历改写的……

——题记

我记忆中的母亲，是世界上最美丽的母亲。

母亲的模样，一直停留在我童年时代对她的印象上，从来也没有消失过。

那时候，我家窗外有一片小小的草地。

我和小伙伴们在草地上踢足球，母亲就坐在小窗边，一边为我缝补衣服，一边看着我们奔跑、欢呼。

当我偶尔抬起头，会看到母亲正在窗边，含着笑望着我……

上小学五年级的时候，我在一次演讲比赛中获得了第一名。

校长亲自给我颁发了奖品：一支小小的、带着黑色剑鞘的七星剑。

回到家，我骄傲地把小小的七星剑交给了母亲。

母亲高兴得把我紧紧地搂在了怀里。

我知道，在母亲的心中，一定正浮现着我灿烂的未来。

我们生活的这座江南的小城，是一个多雨的地区。

下雨的时候，母亲就会撑着一把红色的油纸伞，送我穿过铺满青石板路的深深的小巷，到小学校里去。

小巷的青石板路上，闪耀着亮晶晶的水花……

放学的时候，母亲也会静静地站在小巷口等着我。

我帮母亲撑着红雨伞，一起回家……

我知道，母亲生活得很孤单、很忧伤。

因为那是战乱的年月，日本侵略者踏上了我们祖国的土地。父亲很早就离开了我们。

我问过母亲："爸爸到哪里去了呢，为什么还不回家啊？"

母亲叹息一声，说："爸爸在很远的北边，那里正在打仗……"

我看见，母亲的眼睛里闪着晶莹的泪光。

不久，战火也渐渐逼近了我们生活的这座小城。

这是 1943 年的冬天，日本的军队向我们家乡发动了猛烈的攻击。许多人家，都开始逃难到四川和重庆的山区去了。

我们生活的小城，笼罩在一片兵荒马乱之中……

眼看着无法再在家乡生活下去了，我的祖父、叔叔、婶娘，也离别了自己的故土，从乡下逃难过来，接了母亲和我，再一起向南方逃难。

这是一个风雨交加的季节。

母亲的身体本来就虚弱，因为连续的惊吓和奔走，又冷又饿，逃到贵州的时候，得了重病。

但是母亲每天还是拼命挣扎着，跟着全家人一同步行。

我扶着母亲，感觉到母亲全身都在颤抖……

几天以后，母亲终于支持不下去了。

这时候，又风传日本人的骑兵就要到达这里。

这天，在一道破败的土墙边，脸色苍白的母亲坐下来，对家人说："我实在是一步也走不动了，我不能拖累了全家，你们好好带着我的儿子，先走吧……"

我可不愿意就这样撇下母亲。

母亲却吃力地叮嘱我说："孩子，听妈的话，跟着爷爷、叔叔和婶娘赶快离开这里，要好好地活下去，将来好好念书，妈就喜欢……"

"不，我不让妈妈一个人留在这里！"我哭着说。

"不用担心妈，"母亲凄然地笑了笑，把那把红雨伞递给我，说，"到了重庆，安顿下来后，一定要去打听你爸爸的消息……"

"拜托你们，一定好好照料我的儿子，他还小……"

这是母亲最后一句嘱咐爷爷、叔叔和婶娘的话。

然后，我们离开了母亲，继续往前逃难。

母亲身边留下的唯一的东西，就是我在演讲比赛中得到的那件奖品：那支小小的七星剑。我回过头，看见母亲艰难地倚坐在那堵破败的矮墙边。

母亲扶着那支小小的七星剑，吃力地向我扬着手，一直望着我们在逃难的人流中渐渐走远……

这是我最后一次见到的母亲。

从此以后，我再也没有见到和找到过母亲。

那个地方，在贵州都匀附近。

在异乡的土地上，没有一片遮风避雨的屋檐，身边也没有一个亲人，没有一张熟识的脸，眼前匆匆走过的，都是惊慌的逃难的人群，耳边响着的是凄惨的呻吟声和呼喊声，而日本强盗的铁蹄，随时就会踏过来……我不能想象，当时正处在饥寒交迫和病危中的母亲，会有着怎样的遭遇。

有多少次，我在心里默默呼唤着："妈妈，妈妈，你在哪里呢？"

两年后，日本强盗被赶走了，漫长的八年抗战结束了。

但是，战争也永远夺走了我最亲爱的母亲，还有我的童年。

——不，战争不仅仅夺走了我的母亲和我的童年。苦难的战争，毁掉了多少家庭、亲人和孩子的幸福啊！

战争结束后，我找到了我的父亲。

父亲告诉我说，这些年里，他和很多抗日将士一起，一直在北方参加战斗……

　　是无数的中国人，用最宝贵的生命，换来了最后的胜利！

　　又一个春天到来了。

　　我和父亲、祖父、祖母、叔叔、婶娘一起，回到了我们熟悉的家乡小城。

　　铺满青石板的深深的小巷，仍然湿漉漉、亮晶晶的。

　　小巷深处的桃花和杏花也都盛开了。

　　可是，我最亲爱的、最美丽的母亲，永远地不在了……

　　只有母亲留下的这把红色油纸伞，我还一直保存着。

　　站在湿漉漉的小巷口，我好像看见了，母亲正站在那里等着我，等着我和父亲接她回家……

2015 年清明

苍松翠柏家国梦

中国著名花腔女高音歌唱家、声乐教育家周小燕女士的名字，许多读者可能都耳熟能详，但是，说到她的父亲周苍柏先生，我们也许就比较陌生了。周苍柏（1888—1970年）是中国现代著名银行家、金融家，也是一位德高望重的爱国民主人士。周苍柏一家早年在武汉生活过一段时期，他的故居，位于今天的汉口黎黄陂路上，名为"黄陂村"五号和六号的两个小院落。当地老居民称之为"周公馆"。不过，要寻访周苍柏故居，我们得先从周家的私家园林"海光农圃"说起。

我在武汉东湖边居住了二十多年，几乎每天黄昏时分，都会去湖畔散散步、看看湖水。要说东湖最美的地方，在我看来，既不在游人熙攘的长天楼、行吟阁附近，也不在磨山脚下那片仿古的"楚城"周边，而是在古木森森、芳草萋萋的"海光农圃"一带。而海光农圃的最佳去处，又在幽静的"苍柏园"里。

苍柏园，是为纪念武汉东湖景区和"海光农圃"的创建者周苍柏而兴建的一处小园林。这里原本就是海光农圃的一部分。沿着湖边一条两旁长着高大的悬铃木的林荫道往南，可见海光农圃的高大牌坊。"海光农圃"

四个字，系周苍柏的父亲周韵宣先生在民国二十年（1931年）所书。走到尽头，就是苍柏园的小牌坊。进了小牌坊，拾级而上，可见几株足有环抱之粗的香樟树，古树的幽香会引导着你踏入一块平坦的芳草地，芳草地中央矗立着一座三人青铜塑像，那是周苍柏先生和他的长女周小燕，还有他的儿子周德佑———一位在中学念书时就秘密加入了中国共产党、年仅18岁就在抗日宣传前线不幸染病身亡的小提琴手。

这座塑像，是根据1937年周苍柏携儿子、女儿在东湖畔拍下的一帧照片创作的。这是我所见过的最美和最令人感动的塑像之一。亲情怡怡的两代人，却在20世纪30年代国难当头、山河破碎之际，毅然舍弃家园，共赴国难。当时，周苍柏几乎倾尽家产，甚至捐出了准备送儿子去欧洲留学的钱资，援助了正在汉口领导着全民抗日救国事业的共产党人，并与周恩来、董必武等人结下了深笃的友情。1949年10月，周先生去北平参加了新中国的开国大典，一回到武汉，他就把位于东湖西北岸边的、周氏家族培植和修整了数十年的私家园林"海光农圃"，捐赠给了新中国的人民政府，更名为"东湖公园"，也就是今天的东湖风景区前身，周先生因此也被后来人尊称为"东湖之父"。这座塑像，可以说凝聚着两代人的家国之梦。两代人用共同的赤子情怀，谱写了一曲气冲霄汉、响遏流云的爱国乐章。

与塑像毗邻的，是周苍柏母亲的一块小墓地。这是周先生当年亲自为慈母选定的墓地。他亲手栽植的七棵丹桂，环绕着母亲朴素的墓地。如今，这七棵桂树已近九十年树龄，一到秋天，桂花盛开，散发着浓郁的芬芳，仿佛是慈母默默的心香，日夜伴随在后辈们身旁。

墓地右侧有几丛翠绿的慈竹，掩映着一个小院门。进入院门，顿觉豁然开朗：两座古色古香的、有着雕梁飞檐和朱墙碧瓦的古典式屋宇，坐落在幽静和雅致的小院里。院子里栽种着高大的桂树和玉兰树，清澈的小潭里摇动着几株红荷，小小的、曲折的廊桥，连接着两座安静的屋宇。这里就是"周苍柏纪念馆"，馆里收藏着周先生当年穿过的大衣、弹过的钢琴、读过的书，等等，虽然陈设简单，却显得特别肃静、温馨和雅致。六七十年前的老器物，默默地见证和诉说着周先生和他的家人从前的故事……

周先生生于清光绪十四年（1888 年），其祖上由江西乐平迁至湖北武昌，先是在武昌大堤口开设"周天顺炉房"，后来搬到汉阳双街弹夹巷，改"周天顺炉房"为"周恒顺炉房"。后开始经营机器制造业，起名为"周恒顺机器制造厂"，这是武汉机器制造业的鼻祖。到周先生的父亲周韵宣这一代时，周家已由工业而又涉足商界。周韵宣在汉口龙王庙开设了"鼎孚行"，成为当时遐迩闻名的实业家和资本家。

殷实的家境，使周苍柏从小就受到了良好的教育。他是武昌县华林文华书院早期学子之一。在这所由美国基督教圣公会创办的高等学府里，他接受了人文主义和神学的启蒙。民国初年，他从文华书院转入上海南洋公学（即今天的上海交大前身）。这是他由文科迈向理工和商科的一个转折点。南洋公学读完之后，他远赴美国留学，在纽约大学攻读银行专业。1917 年，他学成归国回到上海，正式进入了金融界，先是担任上海商业银行总行会计，不久就回到了故乡汉口，担任上海银行汉口分行副行长，后任汉口分行行长。

周先生是在 1919 年回到汉口的，这时候他的长女小燕已满两周岁。他在汉口黎黄陂路置备了两座院落，作为全家人居住的公馆。黎黄陂路，是以曾任中华民国总统的黎元洪的名字命名的一条老街道，因黎元洪是湖北黄陂人，所以人称"黎黄陂"。黎黄陂路这一带过去属于旧俄租界，也是汉口开埠之后最繁华的街道之一。这条路上有许多百年老房子。靠近"美国海军青年会"那栋法式老建筑，有一条僻静的小巷，一拐进短短的小巷，你会发现这里别有洞天：三个古老的小院落一字排开，每个小院落里都有一座漂亮的小洋楼。这里的门牌为"黄陂村五号"和"黄陂村六号"，其中六号有两个院落。当地老居民都知道，这三栋小楼都属于"周公馆"。小楼都是青砖墙面、方尖形四脊瓦顶，阁楼上开着俗称的"老虎窗"，还有宽大的拱券门通往露台，露台上搭盖着红瓦顶。院子里有香樟树和梧桐树，使古旧的小楼显得十分优雅和幽静。

当年，周苍柏先生白天去离此不远的江汉路上、他所供职的上海银行汉口分行大楼上班，晚上就回到公馆里，和夫人董燕梁及孩子们待在一起，一家人亲情怡怡、其乐融融。周家的外地亲友来汉口，一般也在周公馆里下榻。那时候，汉口是座繁华大城，夜夜笙歌杂闻、舞影婆娑，可谓烟花干云、春风胜游之地。可是，周先生洁身自好，一直保持着晚间绝不外出参加交际应酬的生活习惯，把更多的时间留给了家人。这在当时就被汉口上层交际界传为美谈。

1938 年不仅对武汉这座大城来说是一个难忘的年份，也是周苍柏先生蒙受了深重的家国之痛的一年。这年春天，他的次子德佑，一位卓有才华的小提琴手，随"拓荒剧团"到鄂西北山区开展抗日宣传活动时染上恶疾，不治身亡，年仅 18 岁。这年 8 月，武汉沦陷。刚刚经历丧子之痛的周苍柏，只好把长女小燕、长子天佑送往异国他乡巴黎去学习音乐。山河破碎，亲人离散；故园有情，夕阳无语。周苍柏送走一双儿女后，便忍痛收拾行装，和夫人一道离开了日寇铁蹄践踏下的汉口，买棹西去重庆，一去就是漫长的八年。这期间，他的长子周天佑在 1940 年也不幸病亡于战火纷飞中的欧洲。

新中国成立后，周先生一家得以团聚，他和夫人、女儿先后迁到了上海和北京定居。留在汉口的公馆，则捐赠给了地方政府，先是做了武汉驻军某部的干部宿舍，后来又几经波折，已是物是人非。现在这座老公馆的产权，已经分属当地的几户人家了。所幸的是，这座老公馆并没有在历年的旧城改造中遭到拆毁，有关部门还在院门一侧钉上了刻着"周苍柏公馆，武汉市历史保护建筑"字样的铜牌。这让我想到了罗斯金的《建筑的七盏灯》里的一句话："毫无疑问，那些带有历史传说或记录着真实事件的老屋旧宅，比所有富丽堂皇但却毫无意义的宅第更有保护和考察的价值。"

"霭霭芳园谁氏家，朱门横锁夕阳斜。"时代变幻的风雨和人事代谢的沧桑，无情地涤荡过一座座曾经繁华的深门大宅。高悬的月亮，虽然还是过往岁月的那一轮，但弦歌消逝，华筵已散。大树依然在，老屋已无言，多少楼台水榭，都隐入了旧时光的苍茫烟雨之中，所谓"风流总被雨打风吹去"。

1970 年 2 月，一个寒冷的大雪天里，一代爱国名人和银行巨子周苍柏先生在北京逝世，享年 82 岁。斯人远矣，但是，体现在周先生和他的儿女们身上的民族大义与家国之梦，却永不泯灭，将与"海光农圃"和"苍柏园"边苍翠明丽的湖光山色同在。

2013 年初秋，东湖梨园

细雨中的沙湾镇

诗人郭沫若的长兄，名叫郭橙坞，喜欢画画，也喜欢篆刻。他有一枚闲章，刻着"家在峨眉画里"六个字。郭沫若七岁的时候，就牢牢记住了长兄刻的这六个字。在后来漫长的一生中，无论走到哪里，他都为故乡乐山的这方画山绣水感到自豪。

乐山，从北周时起就称为嘉州，取"郡土嘉美"之意。隋朝大业二年（606年）改叫眉州。到了唐朝，又复称为嘉州，统辖着今天的乐山、峨眉等地。宋朝以后，一直到明朝，又叫嘉定。清雍正十二年（1734年），嘉定州升为嘉定府，府下的龙游县改名为乐山县，因城西南五里处有一座"至乐山"，故有此名。此后，乐山这个地名一直沿用至今。

郭沫若故里沙湾镇（今沙湾区），位于乐山市西南边，离市区约三十八公里。这是一个依山傍水的灵秀小镇。小镇背靠着峨眉山第二峰绥山，面朝着滚滚的大渡河，下傍清清的青衣江，还有一条名叫茶溪的小河，蜿蜒穿过小镇，滋育着生活在这里的每一户人家。

为什么叫沙湾呢？原来，波涛汹涌的大渡河从西南边流到绥山脚下，忽然转出了一个大水湾，折向东北方向奔流而去，所以人们就把这里叫沙湾。大渡河与青衣江在沙湾附近汇合后，不舍昼夜，又奔向了辽阔的岷江，乐山市就坐落在三江汇流的近岸。江声浩荡，生命不息。奔腾的流水，润泽着两岸青翠的草木和繁盛的生命，也赋予生活在这里的一代代儿女更多的灵秀、智慧和梦想。

光绪十八年（1892 年）农历冬月十六日，郭沫若出生在沙湾镇上一座有着三十六间房屋的三进式四合院落里。按照当时小镇的生活气象看，这是一个中等偏上的富裕家庭。据说，他的母亲怀上他时，曾梦见一只豹子突然咬住了她的虎口，所以，郭沫若出生后，乳名就叫"文豹"。这个名字很有气势，后来的事实证明，这个乳名还真富有预见意味。发蒙后，郭沫若有了一个学名叫郭开贞，号尚武。他后来果然在北伐战争中有过一段戎马尚武的生涯。"沫若"二字是他后来取的笔名，源自他家乡的两条河流——大渡河、青衣江在古时候分别称为沫水、若水。

郭沫若是大渡河和青衣江的儿子。他说过，他的生命，也像大渡河的流水一样，一直在崇山峻岭中迂回曲折地奔流着。他很小的时候就幻想过，自己也能像奔向远方的河流那样，冲出四川盆地，离开自己深井般的"家"，出去过一种自由的生活。"只要一出了夔门，我便要乘风破浪！"他在自传里这样写道。

初夏时节，我们一行应作家阿来先生邀请，前往乐山、眉山一带"看四川"。到沙湾的当天，诗人、历史小说家熊召政先生就给我念诵了他写的一首《沙湾镇郭沫若旧居》："自古书生多忧患，拼将热血洗铜陀。不教岁月山中老，岂肯心针石上磨。粉墨春秋悲释老，浮沉人事忆东坡。莫言天地今非昔，沫水滔滔唱九歌。"召政兄对诞生过苏轼、郭沫若这等大才子的乐山、眉山一带，尤为心仪，短短数年间，曾经"三访嘉州"。苏轼后来被贬至湖北黄州当团练副使，黄州正是召政的老家，所以，召政又有"此心只在嘉州黄州之间"之语。

一条南北走向的直街，穿过古朴的沙湾镇。街道两旁是摆着山货、竹器、小吃的小门铺。郭沫若故居就在这条主街道的偏北处，坐北朝南，是一座比较典型的、有着青砖黛瓦的川西大户民居风格的老宅子。据说，这座老宅始建于清朝嘉庆年间，原本是属于镇子上以经营药材、土特产和酒米油盐闻名的"郭鸣兴达号"的一间临街铺面。到了郭沫若父亲郭朝沛手上时，家道中兴，遂扩建为一座有三十六间左右厢房的三进式四合院落。当时的沙湾镇已有二百来户人家。

穿过前厅，是一个小天井。房屋檐柱不高，但各个厢房房间分布均匀有序。院子后的花园里，有郭沫若四五岁时发蒙受教的"绥山山馆"。为小沫若发蒙的先生叫沈焕章，是当时四川犍为县的一位廪生，学问颇好。郭父把他请到沙湾，在家中办起私塾，教孩子们念书。郭沫若和他的大哥，还有伯父家的几个堂兄弟，都是这位老廪生教出来的。

1904年冬天的一个清晨，只有十来岁的郭沫若站在这里，临窗远眺峨眉山头的积雪，心里闪过兄长写的"家在峨眉画里"六个字，于是挥笔写下了一首七言诗："早起临轩满望愁，小园寒雀声啁啾。无端一夜风和雪，忍使峨眉白了头。"这是他童年时代留下的为数不多的诗篇之一，从中可见少年才华发扬的端倪。另有一首《村居即景》的五言律诗，也是写于十岁左右："闲居无所事，散步宅前田。屋角炊烟起，山腰浓雾眠。牧童横竹笛，村媪卖花钿。野鸟相呼急，双双浴水边。"花钿，就是花朵形状的银首饰之类的。这首诗清新隽永，透露了小小少年对家乡景色的迷恋和热爱。

郭沫若的少年诗才，当然得自于他的天资聪颖、心地灵秀，同时也与他的母亲有关。郭的母亲名杜邀贞，出身于破落的地方官家，15岁时从乐山杜家场嫁到沙湾镇郭家，相夫教子，为人贤淑；缝制刺绣，心灵手巧。郭沫若两三岁时，她就教儿子背诵了很多诗歌，其中有一首，郭沫若成年之后仍然记得："淡淡长江水，悠悠远客情。落花相与恨，到地亦有声。"母亲还会画荷花，郭沫若有一次说她画的荷叶纹路不对，母亲说："我是全凭自己想出来的，哪里能比你们有什么画谱、画帖呢？"

郭沫若后来回忆说：成年后，"我之所以倾向于诗歌和文艺，首先给予了我以决定影响的就是我的母亲。"从他早期写的家书里，也能感觉到，他对自己母亲的感情很深。1914年他东渡扶桑求学，在写回沙湾的第一封信上，就这样向母亲保证说："男前在国中，毫未尝过辛苦，致怠惰成性，几有不可救药之慨；男自今以后，当痛自刷新，力求实际学业成就，虽苦犹甘，下自问心无愧，上足报我父母天高地厚之恩于万一，而答诸兄长之培海之勤，所矢志盟心日夕自励者也。"

1905 年，13 岁的郭沫若告别了沙湾镇，坐着一只小木船，在滔滔的大渡河上顺流而下，去往乐山县城，报考当时新办的高等小学。此一去也，沙湾镇一直要等到三十多年后，才能再见到这个胸怀大志的川西子弟。其时已是 1939 年了，正值中国全面抗战时期，郭沫若已经四十多岁，因老父仙逝，他回乡料理后事，才重返沙湾。郭父治丧时，蒋介石、毛泽东等国共政要及各界名流，均有挽幛挽联致唁，郭父哀荣之隆，也显示出郭沫若当时备受推崇的声望。这些国共政要及各界名流的挽幛致唁图片和文字说明，在沙湾镇故居都有保存和展示。

在故居里，还有这样一个细节：郭沫若带着夫人于立群回乡时住的那个卧室，只是一间"偏房"。讲解者说，这位夫人不是原配，按照规矩不能住在"正房"。那间正房，是郭沫若的原配张琼华夫人住的。郭沫若的原配张琼华，在郭沫若离开老家近七十年间，始终留在郭家，操持家务，侍奉公婆，直至 1980 年去世。

这是一位在郭沫若巨大的名声里默默生活了一辈子的女人。郭的名声对她来说，不是什么荣耀，而是毕生的阴影。大渡河和青衣江的流水，日夜拍打着沙湾镇的护岸，呜咽低回，不也像是这位可怜的女性，在漫长而孤独的、近乎被遗弃的岁月里，幽幽的、无尽的叹息和絮语吗？

在故居里院的后墙上，悬挂着一块"汾阳世第"的匾额。熟谙历史掌故的熊召政兄给我介绍说，郭氏先世，可追溯到唐代开国功臣郭子仪，所以，后来许多郭姓人家，都自称是郭子仪"郭汾阳"后人。

大江滔滔，小河涓涓。绥山育秀，沫水钟灵。秀雅的山水，培育出了一代盖世文豪。我来拜谒沙湾镇时，正好逢上绵绵细雨。那么，细雨中的沙湾镇，你可还在怀念，一百多年前穿行在你的小巷里、奔跑在你的小街上的，那个乳名叫做"文豹"的少年？

2014 年 6 月 29 日，东湖梨园

中山舰往事

——纪念中国人民抗日战争胜利70周年

　　那是一个庄严的时刻。在宽阔的长江江面上，在寂静的黑暗中，只听见起重机沉重地、缓慢地绞动着铁链和钢缆的声音。声音越来越沉重，铁链喧哗，粗大的、缓缓卷动的钢缆在移动，卷扬机的铁臂缓慢地、吃力地绞动着粗大的钢缆……

　　渐渐的，平静的江面开始颤动，随着江水的颤动越来越剧烈，大江翻腾，浪花四射。只见一个巨大的、长满厚厚的水藻和苔状物的沉船船头，缓缓地露出了江面。卷扬机的铁臂继续在加紧吃力地绞动着粗大的钢缆……

　　终于，巨大的沉船就像一条沉睡的巨鲸，哗然出水，巨大的水流从古老的船体上流下，"中山"二字在船体上隐约可见。不一会儿，整个船体显现在辽阔的大江之上和阳光之下。伤痕累累、重见天日的沉船上，被毁坏的炮台、扭曲变形的舷窗、断裂的桅杆和船舷、裂开的甲板……隐约可辨。

　　船体右边有一个巨大的被炸开的豁口，从豁口里还在不断地涌出水流。一只江豚仿佛不知道外面发生了什么事情，茫然地从那个巨大的、长满水藻的豁口里探出头来，吃惊地望着外面。当它终于明白沉船已经出水时，便赶紧从那个豁口里钻出,用一个漂亮的弧度跃入了大江中。接着,从豁口里又相继跃出了数只江豚。当船体上厚厚的水藻和苔状物在阳光下脱落后,巨大的"中山"二字显现了出来……

这一天是 1997 年 1 月 28 日。上午 10 时许,在长江底下沉睡了将近六十年的一代名舰"中山舰",被打捞出水,重见天日。——不,人们打捞出的不仅仅是一艘沉没的老船,而是一座铭记着中华民族不畏强暴、永不屈服的信念和意志的不朽丰碑!

想起来,是那么遥远了!是啊,是那么地遥远了!清宣统二年(1910年),清廷筹办海军事务的大臣载洵和当时的北洋海军提督,也就是后来的中山舰舰长萨师俊的叔祖父萨镇冰大人,为了重建在甲午战争中全军覆没的北洋水师,特意在日本订购了一批军舰,其中有一艘炮舰,是在日本长崎订购的,它就是后来的中山舰。

那一天,身穿北洋海军制服的海军提督萨镇冰和日本三菱造船厂的厂长、工程师等,站在一艘崭新的军舰的开阔的甲板上。萨镇冰一脸的肃威和正气,一边抽着黑色的烟斗,一边打量着这艘威武的军舰。日方的工程师在一边介绍说:"萨将军,这是到目前为止,我们所造出来的最好的炮舰了!我知道,萨将军是英国格林尼治皇家海军学院的骄傲,那么,能够为您这样的海军大将效力,不仅是我们三菱造船厂的荣幸,就是我个人也甚感荣幸!"

萨镇冰一一巡视和抚摩着那高指蓝天的一门门崭新的大炮,说:"我们中国有两句古诗,'愿欲一轻济,惜哉无方舟。'现在有了这样的铁甲船舰,在下可以一偿多年的夙愿了,'闲居非吾志,甘心赴国忧。'"日方工程师附和着说:"啊,我懂,我懂。"

日方厂长问道:"请问萨将军,贵国将如何命名这艘耗资不菲的军舰?"萨镇冰回答说:"拟以'永丰'为号,取羽毛丰满之意。"

日方工程师听了,连表称赞:"是啊是啊,这艘大船的确就像一只即将展翅飞翔的海鹰,请允许我也用两句中国古诗来为萨将军壮行,'长风破浪会有时,直挂云帆济沧海!'"萨镇冰说:"我们后会有期!"崭新的永丰舰在晴朗的天空下和辽阔的大海边显得威武、雄壮。双方握手、揖别之后，中华民国的国旗在永丰舰上缓缓地、高高地升了起来。

旗帜飘扬，汽笛长鸣，大海茫茫。巨大的铁锚哗然出水，永丰舰乘风破浪驶离了长崎岛，海鸥追逐在军舰船尾。萨镇冰大人站在船头甲板上，抽着烟斗望着茫茫大海。军舰高高的烟囱冒着滚滚浓烟……萨镇冰把崭新的永丰舰从日本长崎接回了吴淞口后，正式编入北洋政府海军第一舰队服役。一代名舰波澜壮阔的航程，从此开始了……

茫茫的大海上，一道炽亮的闪电划破了黑沉沉的天空。电闪雷鸣之下，永丰舰在黑夜沉沉的大海上迎风破浪、昂首前行。

这是一个风雨交加的夜晚。以永丰舰为首的一支军舰编队，正在大海上浩浩荡荡地破浪向前。大雨倾盆的前甲板上，站满了群情激昂的海军将士们。这时候，年轻英俊的孙中山，挥动着有力的手臂，正在发表演讲：

"从我中华民国拥有正式的海军那天起，诸位想必也都同时开始了各自的军旅生涯。大家都明白一个道理，海军是离不开水的！那么好吧，今天这漫天的惊雷，这倾盆的大雨，就是欢迎我海军将士们南下护国的最隆重的仪式！"

孙中山话音刚落，又是一阵电闪雷鸣，把整个甲板照得炽亮。巍然屹立在暴雨中的海军将士们振臂高呼："坚决拥护孙先生！誓死护国到底！"

孙中山继续说道："……我中华民族的历史，从来就是风风雨雨的历史，多少年来，外国列强对我中华版图虎视眈眈、得寸进尺！而以袁世凯为首的军阀奸贼们却倒行逆施，对外卖国求荣，对内复辟帝制，愚弄人民，妄图把我中华民族重新拖回残酷和黑暗的封建专制时代！你们说，我们能够答应吗？"

从整支舰队的每一个甲板上，都同时传来整齐而激昂的口号声："拥护孙先生！誓死护国到底！""护国到底！护法到底！"

沉沉黑夜，茫茫大海。舰队在大风雨中昂然前行。历史，总是艰难地解答着一个又一个难题，一步步向前迈进的。从民国六年（1917 年）的讨袁护法战争，到民国十一年（1922 年）讨伐粤军总司令陈炯明在广州的叛乱，永丰舰先后在南海水域、潮汕一带和琼州海峡上，有如一只浴火的凤凰，经历了无数次炮火的洗礼，屡建奇功。民国十一年，为讨伐与北洋政府勾结的粤军总司令陈炯明的叛军，孙中山化装后登上永丰舰，在舰上与全体官兵浴血奋战 55 天，直至取得胜利，安全脱险。可是谁也没有想到，仅仅过了不到三年，因为积劳成疾，一代伟人在北京与世长辞……

那天，在永丰舰上，四周装饰着洁白绢花和黑纱的孙中山巨幅遗像，悬挂在永丰舰前甲板指挥台上方，他凝重的目光似乎仍在注视着眼前的战舰。舰上全体官兵庄严肃立，列队在前甲板上，接受着国民政府党政要员和军界代表们的检阅。军舰已经被冲洗得十分干净，威武的舰炮直指远方，舰上的军旗降下了半旗。大海肃静，舰身上的"永丰"二字已经换成了崭新的铜板鎏金的"中山"两字。

广东省省长胡汉民发表沉痛的演说："……中山先生虽然离开了我们，他的英名将永远与天地同在，与大海同在，与我们这艘英雄之舰同在！现在我宣布，为了永远铭记中山先生一生的丰功伟绩，永丰舰自即日起正式改名为'中山舰'！"将士们齐声高呼口号："继承先生遗志！""努力革命到底！"中山舰四周的军舰上也响起同样雄壮的口号声，一面面大旗在猎猎作响，汽笛长鸣，声震海天……

民国十五年（1926 年），也就是中山舰正式改名后的第二年，当时担任黄浦军官学校校长和国民革命军第一军军长的蒋介石，一心想篡夺国民党党政军最高权力。为了排除第一军中的共产党员，他一手制造了震惊中外的"中山舰事件"，以莫须有的罪名，逮捕了当时的中山舰舰长、共产党人李之龙，派兵解除了中山舰上的武装，使这艘英雄的战舰蒙受了又一次腥风血雨。

又过了十二年，到了民国二十七年，即 1938 年。这是一个屈辱的年份，也是每一个中华子孙永难忘记的年份。这一年，日本军队在华北长驱直入，北京、天津、徐州、上海，相继沦陷。紧接着，大武汉也成了日军进攻的目标，危在旦夕。"保卫大武汉！""沉睡了十年的武汉苏醒了！""武汉，在日寇的炮火中复活！"等标语醒目地印在当时所有进步的报纸头条。旋律激昂的《保卫大武汉》的歌声，响彻中国的天空。这年 10 月，中山舰奉命从岳阳城下开赴长江金口水域布防巡弋，参与大武汉保卫战。

秋日里，洁白的芦花在江边摇曳。大片大片的，层层叠叠的美丽的芦花，看上去就像片片的白云，沿着长江岸一直开放到无边无际。透过芦花，还可以看见美丽的、安静的田野，水牛，牧童，在田野上劳作的农民，以及炊烟升起的村庄。大江滔滔，开阔的江面上，中山舰破浪向前，两岸美丽的景色一一闪过。

这时候，中山舰新一代船长、43 岁的萨师俊将军，脖子上挂着望远镜，正从船舷边走过来。一位刚刚来到军舰上的见习生见到他，连忙立正、敬礼："萨舰长，您好！"萨师俊问他："你刚才一个人站在那里观看什么？"见习生说："我在欣赏大江两岸的秋色，舰长先生，这里真是太美了！"

萨师俊望着两岸的秋色，感慨地说："是啊，是非常美。长江是我们的母亲河，养育着两岸广袤的大地和淳朴的百姓，只是可惜，这么美丽的土地，却遭到了日本侵略者铁蹄的践踏……"

见习生说："可是我们有信心，有决心，和日本鬼子血战到底！誓死保卫我们的人民，保卫祖国的大好河山！再说了，我们有自己的军舰！我们随时可以迎战日本侵略者！"

萨师俊满意地说："你说得非常好，年轻人！我们有自己的军舰！当然，更重要的是，我们有必胜的信念！你府上哪里？"见习生回答说："报告舰长，鄙乡是山东蓬莱。""山东蓬莱？哦，那可是一个好地方啊！明代抗击倭寇的名将戚继光将军，就是山东蓬莱人。请问年轻人，读过戚继光将军的诗吗？"萨师俊问道。

见习生说："报告舰长，不瞒您说，我非常喜欢戚继光的诗，'江潭独抱孤臣节，身世何须渔夫谋。'""一片丹心风浪里，心怀击楫敢忘忧。"萨师俊接着念诵道。见习生又说："我还记得他的一首《马上作》，'南北驰驱报主情，江花边月笑平生。'"萨师俊接着也念诵了出来："一年三百六十日，多是横戈马上行。"他又说道："很好，年轻人，等有一天，我们赶走了日本侵略者，天下太平了，我们一起去你的家乡蓬莱，拜谒这位伟大的抗倭名将和戎马诗人!"见习生一听,兴奋地说:"那太好了,萨舰长,我们一言为定!"

大江滔滔。洁白的芦花在两岸怒放、飘舞,祖国的大好河山尽收眼底……

萨师俊舰长这一年只有43岁。他是烟台海军学校毕业的高才生。好像是命运的有意安排,当年在日本长崎订购这艘军舰的北洋政府海军大臣萨镇冰,正是萨师俊的叔祖父。萨镇冰早年作为北洋水师的副将参加过著名的甲午海战,后来还担任过吴淞炮台总台官和海军提督。如今,这艘有着光荣履历的英雄之舰,又传到了他的孙子辈手上,这其中莫非有某种因果联系?

大敌当前,山雨欲来。中山舰当时担负的是从湖北嘉鱼、新堤至武昌县金口镇长江江面和两岸要塞的警戒与运输任务。

一天,萨师俊舰长奉命正在和其他士兵一起拆除军舰上的主、副大炮。士兵们把大炮拆下,抬着运送到岸边的要塞上。一位枪炮上士含着热泪恳求萨师俊不要再拆了:"萨舰长,我们不能再拆了!您知道,拆了舰上的主、副三门大炮,就等于打掉了中山舰的三颗门牙!"萨师俊也忍痛说道:"你说得很对,上士!可是,眼下这两岸的要塞空空如也,武器火力薄弱,形同虚设。有道是唇亡齿寒……不过请你们相信,拆下舰上的大炮安装在陆地要塞上,也是为了抗战。再说了,拆了阿式105毫米炮和马式1磅炮,我们不是还有五门火炮吗?请大家不要担心,没有了门牙,只要弟兄们齐心协力,照样可以把敌人咬碎、嚼烂!"当时,为了加强武汉外围陆地防空火力和长江两岸要塞工事,海军司令部命令中山舰撤下主、副三门大炮,安装到陆地要塞工事上。萨舰长顾全大局,服从了海军司令部的命令,忍痛拆炮。后来的事实证明,正是海军司令部的这道命令,为中山舰日后作战失利埋下了隐患。

就在萨舰长和将士们忍痛拆炮的时候,在日军空军的作战指挥部里,一名空军军官面前,正摊着数张中山舰的全景照片。日军军官踌躇满志地说:"不错,我们要寻找的就是这艘舰艇!多么完美的军舰啊,这可是三菱公司当年得意的杰作之一！可惜的是，它就要在我们的手上变成一堆废铁了！"

日军轰炸大队的一名队长脸色冷峻地报告说："将军，我们查过有关资料，这艘军舰上装有阿式105毫米炮一门，47毫米炮四门，马式1磅炮两门……"日军军官笑着说："你的资料已经过时了！据陆军作战部最新的侦察情报，中山舰已于近日拆除了主、副大炮，用这些大炮支援他们的陆战部队去了。现在正是你们出击的最佳时机！"

不久，在日军的临时机场上，满脸显露着骄横之色的轰炸队队长和他的轰炸行动组成员，列队在一排即将起飞的轰炸机前。他们同时掏出写着"必胜之师"日文字样的白布条，狠狠地勒在各自的额头上。然后，队长做了个登机出发的手势。轰炸组成员快捷地登上各自的轰炸机。一架架轰炸机的天窗被用力地拉上，每一个人都在天窗里做着"必胜"的手势。接着，一架架轰炸机联袂起飞，飞速而去……

一架架轰炸机穿过云层，快速地向长江边飞来。一片片田野、芦花、村庄迅速掠过。长江岸边，几位正在劳作的农民，惊恐地看着飞机这么低矮地飞掠而过；一个小牧童骑在水牛背上，也睁大眼睛惊恐地看着飞机从眼前飞掠而过……

此时，中山舰上，警报大作。信号兵大喊着："发现两架敌机！"萨师俊在舰长指挥室里紧盯着前方："火炮准备！高射机枪准备！"

江面上，两架敌机越来越近，一瞬间就飞临中山舰上空。舰上火炮和高射机枪一阵扫射，敌机在低空盘旋一阵后，甩下一串炸弹，迅速飞去。炸弹在江面上掀起了巨大的水柱……

江岸上，目睹了此景的农民欢呼着说："看，小日本鬼子的飞机逃跑了。""这群强盗，原来也害怕咱们的军舰啊！"

萨师俊站在军舰前甲板上，用望远镜望着远处，对身边的将士们命令道："各单位注意！这只是日军的两架侦察机，轰炸机编队很可能就在后面。迅速进入战斗状态！"

果然，这时候，日军队长在驾驶舱里对着报话器下达命令："按照预定方案编队，目标，正前方江面上的中国军舰！全队超低空飞翔！速战速决！"六架轰炸机迅速变换了编队方式，飞速划过天空，降下了高度。一个个轰炸机巨大的黑影掠过洁白的芦花丛。快速飞过而产生的飓风，扬起大团大团的芦花，折断了大片大片的芦花杆，一群正在芦花丛中寻觅食物的白鹭被惊起，张开洁白的翅羽飞向了蓝天。

在中山舰甲板上，萨师俊舰长站在一门大炮前，目光紧盯着前方，对身旁的那个见习生说："不要怕，年轻人，这就是战争！去，把我的双筒猎枪也拿出来！装满子弹！所有的武器都要派上用场！"

不一会儿，天空中隐隐传来飞机轰鸣声。六架敌机摆成左右进攻的阵势，直冲着中山舰而来。紧接着，一枚枚重磅炸弹投向了中山舰。江面上腾起了冲天浓烟和巨大的水柱。 这时候，中山舰上的火炮、机枪一起开了火，交叉火力形成的弹花，在天空不断地炸开。敌机一次次俯冲袭击，重磅炸弹一次次命中舰体，一个又一个炮手、士兵在爆炸中牺牲，军舰上浓烟滚滚，火光冲天……

就在此时，日军的一架轰炸机上又丢下一枚致命的炸弹，炸弹长驱直入，击中了中山舰的水下船身。炸弹开花，船体被撕开一个大豁口。随着军舰一阵剧烈的摇晃，巨大的水流冲进舱内。几位士兵迅速用自己的身体去堵豁口，但巨大的水流把士兵冲开了……

在前甲板指挥台上，萨舰长指挥着高射机枪手说："一架一架地给我咬住，放！"高射机枪对着天空喷出火舌，一架日机被射中，带着长长的黑烟栽入江中。"好样的！就这样打！一架一架地给我敲！"萨师俊话音刚落，又一枚炮弹落下来……"小心！"萨舰长忙把枪炮上士往旁边一推，炸弹却在他自己身边爆炸了，他的一条腿被炸断了！

"舰长！您的腿！"枪炮上士和见习生等赶紧去搀扶舰长。萨舰长两眼怒睁，一把抓住见习生手上拿着的双筒猎枪："不要管我！快盯住敌机！"这时，一架轰炸机再一次朝着中山舰超低空飞翔而来，低得几乎可以看清飞机上的一切。

萨舰长用双筒猎枪追踪和瞄准了这架飞机的机舱。"好久没有打猎了，今天让你尝尝老子的枪法！"就在飞机再一次俯冲的一瞬间，双筒猎枪射出了一串愤怒的子弹！子弹穿过玻璃，射中了机舱里的驾驶员，轰炸机摇摇晃晃地一头栽进江中，在水中爆炸了，分解的机身和巨大的水柱、火柱冲天而起。剩下的四架敌机，迅速地向西北方向爬高，溜走了……

敌机暂时飞走了。浓烟滚滚的军舰上，一些头缠绷带的士兵围绕在舰长身边。副舰长向萨舰长报告说："右舷船壳受到重创，出现一个纵横两米的十字形豁口；锅炉舱、上甲板左舷、驾驶台左侧等，也严重受创！最糟糕的是，有枚炮弹从后甲板穿进，从船底穿出，打了个'对穿'，江水正在大量涌入舰内……"

萨舰长的断腿已被殷红的鲜血染红了。他艰难地扶着一挺高射机枪站起来，命令说："先组织人员堵住和排除江水，以免船体下沉。其余人员迅速检查武器，备足弹药，以防新一轮轰炸！"那个见习生含着眼泪说："萨舰长，您的腿……"萨舰长安慰他道："不要难过，年轻人，你忘了抗倭大将戚继光是怎么说的了？'万众一心兮泰山可撼；惟忠与义兮气冲斗牛……'"

见习生和全体将士都紧紧地围绕在舰长身边，齐声诵读："主将亲我兮胜如父母；干犯军法兮身不自由；号令明兮赏罚信，赴水火兮敢迟留……"

萨舰长鼓励大家说："说得好，弟兄们，我们都是顶天立地的中国军人！我们祖国的大好河山，岂能容日本强盗任意逞凶和践踏！不过，我们一时无法得到友军的驰援，只能在这宽阔的江面上孤军奋战了！"将士们慷慨激昂地回答道："人在舰在！我们要战斗到最后的一兵一卒！"

萨舰长说："我中山舰乃一代英雄之舰，自它诞生之日起，亲身参与和见证了上海起义南下护法、琼州海峡东征平叛、国父蒙难复又脱险，以及发生在广州黄埔的中山舰事件，真可谓历尽沧桑，是中山先生万难不辞的坚强信念和我中华民族坚强不屈的伟大精神的象征！你们说得对，我们要人在舰在，誓与中山舰共存亡！"

这时，信号兵大声报告说："敌机又来了！"云层中，四架轰炸机再次返回。日军队长眼里露着骄横与凶狠，下达了命令："继续超低空飞翔！瞄准目标，炸沉中山舰！"四架敌机同时俯冲而来。

"轰"的一声，又一颗炸弹击中舰尾。锅炉舱中弹了。失去动力的中山舰一阵剧烈摇晃，失去平衡，渐渐向左倾斜。舰上所有的火炮、机枪都在开火，弹花在空中不断地飞溅、炸开，炮手瞄准敌机，射出一串串炮弹。一架敌机中了炮弹，拖着长长的黑烟，朝着岸边冲去，一头栽进了芦花丛中，爆炸起火。芦花丛顿时成了一片火海……

这时候，渐渐失去动力的中山舰，正在随着江水往下漂游着，眼看就要到达金口段的一处沙洲——铁板洲了。一眼看去，这块沙洲把长江金口段分成了南北两个航道。中山舰的舰体倾斜越来越严重，左边甲板已浸入江水。萨舰长看了看江面情势，命令副舰长说："南边航道靠近金口镇，为避免伤及无辜，我们得选择走北边的航道。"副舰长沉痛地说："翼仲兄，舰上几乎所有的救生舢板都被炸成了碎片，只剩下一艘舢板可以勉强下水，请您和几位重伤员马上离舰登岸吧！这里交给我！"

"不，请你即刻安排那些重伤员迅速离舰！对了，还有那个见习生，他还是个娃娃兵呢。不要迟疑！我是一舰之长，理应与此舰共存亡！"萨师俊坚定地说道。副舰长还想劝阻他："您是我们海军的一代英才，我有责任保护你……"萨师俊道："叔奋兄，没有时间再争执了！请迅速执行我的命令！我不会离开中山舰半步的！"说着，他又艰难地抱起了一挺高射机枪，瞄准，射击，一串子弹排空而去……又一架敌机被机枪射中，拖着长长的浓烟，折戟沉江了。

浓烟滚滚、火光冲天的江面上，一艘小舢板渐渐驶离正在严重倾斜和下沉的中山舰。小舢板艰难地穿过火红的江水和浓烟，坐在小舢板上的重伤兵和那个见习生，都含着眼泪，依依地望着正在炮火中缓缓下沉的中山舰……

大火熊熊的中山舰上，又被敌机投下数枚炸弹，副舰长不幸殉难了，几乎所有的炮都被炸毁了。萨师俊满脸鲜血，从烟火中再一次艰难地站起来，用受伤的手臂抓住了一挺机枪。一个拖着断腿的士兵缓缓地爬过来，又一个士兵爬过来，几名士兵叠在一起，用身体做了机枪的支架。萨舰长用尚能活动的那只手臂拉开了枪栓，一双血红的眼睛瞄准了正俯冲过来的敌机，一排子弹排空而去……敌机被打中了，在空中摇晃着，翻滚着，又撞上了另一架飞速而来的飞机，两架飞机在低空中撞成了碎片。

这时候，宽阔的江面被火光、血水映照得通红通红的。中山舰舰首朝上，正在缓缓地下沉着……

这一刻是 1938 年 10 月 24 日午后 3 时 50 分。萨师俊舰长和坚持战斗到了最后一刻的二十四名中山舰将士，全部壮烈殉国。英勇的中山舰也终因受创过重，沉入了金口龙床矶江底，结束了它二十五年轰轰烈烈的壮丽航程。中山舰沉没两天后，武汉三镇沦陷。中华民族的全民抗战，进入了更加严酷的阶段。

2015 年 5 月 10 日，东湖梨园

金上京九百年

一

宋太祖开宝九年（976 年），39 岁的南唐后主李煜被虏降宋。一代亡国之君在失去人身自由的日子里，怅然南望故国江山，在宋京汴梁（今河南开封）写下了他一生中最沉痛的哀歌，《破阵子》即其中之一，被视为千古念诵的亡国之音："四十年来家国，三千里地山河。凤阁龙楼连霄汉，玉树琼花作烟萝。几曾识干戈？一旦归为臣虏，沈腰潘鬓消磨。最是仓皇辞庙日，教坊犹奏别离歌。垂泪对宫娥。"

孰料一百五十多年后，历史上又出现了惊人相似的一幕。

1114 年秋天，生活在中国最北方的女真族完颜部英雄的首领完颜阿骨打，率领两千五百女真兵在涞流水畔誓师伐辽，并于 1115 年农历正月初一立国称帝，取国号为"金"，称完颜阿骨打为金太祖。金太祖率领女真大军一路南下，直捣黄龙府，然后又连克辽东京、辽上京、辽中京、辽西京，辽南京。天辅七年（1123 年），55 岁的阿骨打在征战途中染上恶疾，不治而殁。他的胞弟吴乞买，史称金太宗，受太祖遗命而继位，双手接过了伐辽战旗，继续南下征伐。天会三年（1125年），金太宗俘获辽国天祚帝，灭辽大业得以完成。接着，野心勃勃的吴乞买和他的女真军马蹄又踏向了中原大地。1126年冬天，汴京沦陷，宋徽宗、宋钦宗父子二人被俘。至此，自960年陈桥兵变建立起来的、统治了整个中原一百六十多年的北宋政权，宣告灭亡。此即历史上的"靖康之耻"。从这一年开始，女真族入住中原地区，中国历史进入了一个由北方少数民族统治的长达一百多年的大金王朝时期。

第二年春天，与李煜一样知乐能词、工书善画的徽宗赵佶，与其子钦宗赵桓，还有皇室亲眷、嫔妃、宫娥等一万四千多人（一说有三万多人），被金兵掳往北方的冰天雪地，分批踏上了与李煜一样的幽囚之路。北行途中，赵佶回首大宋江山，也写下了一篇血泪哀歌《燕山亭·北行见杏花》。其中有这样的词句：

"裁剪冰绡，轻叠数重，淡着燕脂匀注。新样靓妆，艳溢香融，羞杀蕊珠宫女……天遥地远，万水千山，知他故宫何处？……"

这是中国历史上又一位"垂泪对宫娥"的无助君主所发出的亡国之音，其中的沉痛与哀绝之情，一点也不亚于南唐后主李煜的词。

让我们想象一下，1128年4月，一个风沙弥漫、乍暖还寒的春天里，在通往遥远的北方的驿路上，那悲凉而屈辱的一幕吧：

失魂落魄的徽、钦二帝，连同皇室里的老少亲眷、文武官员、嫔妃宫娥、教坊男女、诸色工匠……再加上从宋廷中劫收的宫室用品、传国印玺、金银珠宝、绫罗绸缎、图册典籍、字画珍玩，还有劫掠自中原民间的大量财物……大宋王朝建国以来几乎所有库存家底，都被装进了囚车和牛车，全部押往遥远的北方——金朝国都上京，即今天的阿城。

这一支长长的、失去了家国江山的亡命贵族队伍，还有那些已经失去了家园的无助的官员与仆从，离了故土，离了中原，过了黄河，过了幽州，过了燕山，过了苍茫的塞外边关……一路向北，蜿蜒数百里，真是叫天天不应，欲哭而无泪，只有关外的血雨腥风，呼啸、吹刮在他们耳畔。他们分期分批，在被押送的漫漫长途上行走了好几个月，于1128年8月21日抵达了金上京——这一片有着漫长和严寒的冰雪季的土地上……

"家山回首三千里，目断天南无雁飞。"当无助的宋徽宗在荒凉的驿路上写下这凄然的诗句的时候，他还不知道，到了金上京，他们的噩梦才刚刚开始。

二

"按出虎水"，是根据早期女真语音译而来的名称。"按出虎"是"金"的意思，据说这条水流中产金。女真族完颜部落世代居住在此水之源，所以阿骨打以"金"命名自己的国号，又称"金源国"。

按出虎水，即今天流经阿城东南郊的阿什河。阿什河是女真人的"母亲河"，他们在阿什河岸边升起了第一缕炊烟；他们在阿什河边盖起了第一座小茅屋；他们在阿什河边的晚霞中沐浴、歌唱、嬉戏，享受大地母亲赐予他们的收获。《金史》里记载，女真完颜部早期过着"耕垦树艺"的生活，后来迁徙和定居在阿什河边，"始筑室，有栋宇之制，人呼其地为'纳葛里'"。何为"纳葛里"呢？金源历史文化学者、金上京历史博物馆馆长刘学颜先生在他的著作里描述说："女真语'纳葛里'，汉语意为定居点。所谓的定居，在当时的条件下仅为土室苫草而已，然而部众的生存手段却有了扩展，从单一的渔猎转向畜牧与农耕，后来发展成'烧炭冶铁'，从此文明的曙光闪现于这片原始的荒野！"

是的，按出虎水是女真人的"幼发拉底"，我们不难想象，筚路蓝缕时期的金源文明，就像按出虎水两岸丰美的水草，郁郁葱葱，蓬蓬勃勃。阿骨打的先祖们，沿着古老的按出虎水流经的地方，留下了一串串征战和拓荒的脚印。

黏土的房子，曾经是他们所有人的家；陶罐里的泉水，灌溉过门前的青杨树、椴树和桦树；美丽的大熊星座和小熊星座，是照耀过他们的灿烂华灯。他们用勤劳和智慧的手指，触摸和寻找一颗颗金色的种子。他们在太阳之下耕作、舞蹈、相爱，拥抱丰收、苦难和幸福，创造自己的文化和史诗。

从茫茫的张广才岭余脉一路铺展下来的广袤大地，就像母亲敞开的胸怀，拥纳和哺育着女真人的子嗣。四季呼啸的风声，是他们孩子的摇篮曲。他们在勇猛的苍鹰"海东青"的铁一般的翅膀下，仰望着苍穹；他们也在长尾雉鸡的啼叫和呦呦鹿鸣的黎明中醒来，然后去阳光照耀的大地上播种农作物；他们在沙沙的玉米林里午睡；他们去开满牛蒡花和野百合的河流边放牧；暮色降临的时候，他们吹着响亮的呼哨声，伴着海东青在天边的长啸，从旷野返回各自的营寨，宝石般的晚星，带回了所有的牛、羊和其他牲畜，再小的小羊也记得母亲的气息，听得见母亲唤归的声音，记得每一条回家的黄泥小路……

女真人的文明进程是缓慢和艰辛的。即使到了 1115 年，当北宋的统治者在广大的中原地区和长江以南，享尽烟花干云的人间繁华，享受着奢靡无度的锦衣玉食的时候，完颜阿骨打在阿什河左岸亲手创立的大金王朝的"皇宫"，也仅仅是一顶骑兵大帐而已。刘学颜在他的书中给我们再现了阿骨打"登基"时的场景：

"……阿骨打坐在帐前摆放于雪地的虎皮椅上，接受众人的朝贺。群臣呈放九副犁杖，以示不忘稼穑之本；宗翰（大臣）等人献上甲胄弓矢，以冀完成灭辽的大业。金太祖当年称帝的地方，后人呼为'皇帝寨'。"

无论是骑兵大帐、"皇帝寨"，还是人们称的"小城子"，总之，大金王朝的"起点"，就是这么低、这么简陋。

阿什河畔到处长满了牛蒡、芦苇和低矮的椴树。阿骨打率领的开国将士们，有不少人大业未竟身先死，阿什河两岸的故土下，埋葬着他们的尸骨。冬天到了，两岸的枝枝叶叶也都化作了深厚的泥土。但是，谁又能担保，已经变成了泥土的将士们的骸骨，不在大金历史崭新的春天到来的时候，又萌发出生命的枝叶，甚至结出果实，来鼓舞和养育这个勇往直前的民族呢？

这也正是这位传奇般的开国英雄,以及他所率领的舍生忘死的将士们使我顿生感慨的地方。

阿骨打伐辽途中不幸病殁,他的遗体被渍以大盐,运回上京安葬。安葬处即今天的金太祖陵。而此时,上京宫殿尚未营筑。等到金太宗继位后第二年,阿骨打留下的那面战旗,才在规模宏大的金上京皇宫和都城的上空飘扬起来。

《金史·太祖本纪》里这样评说完颜阿骨打的一生:"太祖英谟睿略,豁达大度,知人善任,人乐为用……金有天下百十有九年,太祖数年之间算无遗策,兵无留行,底定大业,传之子孙。呜呼,雄哉。"《金史》为元人所撰,历史学家们普遍认为,元代的蒙古人与金代的女真人之间,有过一段无法抹去的"世仇"。而《金史》却能如此颂赞金太祖的一生,这也许真的只有一种可能:完颜阿骨打是中国古代历史上一位少见的、几近完美的英雄君王。

三

阿什河畔的冬天,比其他任何地方来得都要早。从西伯利亚荒原吹来的寒风,总是最先掠过平阔的蒙古草原,掠过茫茫的额尔古纳河,把无尽的寒意送往北方的每一道水域、每一片旷野。

1128 年 8 月 21 日,徽宗、钦宗父子二人被押抵上京。三天后,徽宗、钦宗、郑太后(徽宗之妻)、朱皇后(钦宗之妻),皆头系素帕、身着素衣、外披羊皮,其余文武官员和嫔妃、公主、驸马等皇室人员一千余人,均裸露上身,披着羊皮,被逼迫着跪拜在太祖庙前,举行了一场尊严扫地的"牵羊礼"。钦宗的夫人朱氏不堪此辱,当天晚上就悬梁自尽了。

第二天,金太宗吴乞买降封徽宗赵佶为"昏德公",钦宗赵桓为"重昏侯",如给这两个亡国皇帝的脸上刺上了耻辱的"红字",然后把他们双双幽囚在阿什河畔的一座破茅草屋中。三个月后，又被押送至五国城（今依兰县）继续过着幽囚的生活。而所有的皇室女眷三百多人，皆沦为宫中下人，被发配到洗衣房中从事苦役……

寒冷的冬天越过张广才岭的余脉大青山，来到了北方的边城。衰草摧折，万木萧索。接着，第一场大雪，也飘落到了阿什河两岸，寒冷开始封冻着这里的土地。

河山破碎，家国沦亡，亡国之君，和他们的家眷、臣子一道，领受了比来自大自然的寒冷更加刺骨锥心的痛苦与屈辱。

"彻夜西风撼破扉，萧条孤馆一灯微。家山回首三千里，目断天南无雁飞。"这是萦绕在徽宗赵佶心头的无尽的凄凉。

钦宗赵桓，也有诗才，当时写过一首《眼儿媚》："宸传三百旧京华，仁孝自名家。一旦奸邪，倾天拆地，忍听琵琶。如今在外多萧索，迤逦近胡沙。家邦万里，伶仃父子，向晓霜花。"真是其情也悲，其声也哀。

金朝初期的一位著名词人吴激（字彦高），本是宋朝宰臣之后，在大宋沦亡、家国蒙羞的荫翳之下，其词也充满了苍凉的家山之思，后人比之庾信的《哀江南赋》。一首《人月圆》，同样唱出了那一代亡国文臣悲凉的心声："南朝千古伤心事，犹唱后庭花。旧时王谢，堂前燕子，飞向谁家？恍然一梦，仙肌胜雪，宫鬓堆鸦。江州司马，青衫泪湿，同是天涯。"

有一天，吴激在阿什河畔遇见一名年老的歌姬，歌姬告诉吴激，自己本是梨园旧籍，善鼓瑟，跟随亡国皇帝流落而来，却不知明天的命运将是如何……吴激掩泪长叹，因感而赋《春从天上来》一首：

"海角飘零。叹汉苑秦宫，坠露飞萤。梦里天上，金屋银屏。歌吹竞举青冥。问当时遗谱，有绝艺鼓瑟湘灵。促哀弹，似林莺呖呖，山溜泠泠。梨园太平乐府，醉几度东风，鬓变星星。舞彻中原，尘飞沧海，风雪万里龙庭。写胡笳幽怨，人憔悴，不似丹青。酒微醒，对一窗凉月，灯火青荧。"

何为"亡国之音哀以思"？何为"干戈浩荡，事随天地反复"？这就是了。

与此同时，在形制和规模上直追北宋都城汴京和辽上京临潢府的金上京皇城，也在阿什河畔拔地而起。成王败寇，此消彼长；干戈起落，天地苍黄。历史就是如此地吊诡，又如此地真实。曾经何其繁华奢靡的汴京陷落了，汴京街道上闪过了异族的刀光剑影，马蹄踏过之处，留下的是一片血腥、尸骸和亡国奴的悲鸣。但是在遥远的北方，阿骨打一手创立起来的大金王朝，正随着一座金碧辉煌的皇宫的崛起而进入了它的全盛时期。

"金上京的皇城气势宏大，五重宫殿在中轴线上由南向北依次排开，两侧辅以殿阁回廊，极尽辉煌。"刘学颜先生在他的书中如此描述道，"金上京作为金朝第一都，在 12 世纪东北亚地区列为繁华的大都会之一。驿路四通八达，车毂辐辏，漕运繁忙……"金上京全盛时，总面积达到三百多万平方公里，行政区域划分为五京十九路，其中上京路辖区最为广大，迅速成为大金王朝政治、经济、文化的中心。词人吴激笔下的"风雪万里龙庭"，正在荒野朔风之中崛起。

大自然是慷慨的，土地是不朽的。然而历史，总是充满了风云变幻。发源于茫茫的张广才岭山脉之中的这股"按出虎"之水，它是哺育着一个艰辛的民族的母亲河，但是谁也不能预言，它在什么时候又会愤怒、泛滥和咆哮，更不能预言，泛滥的洪水，将会冲破哪一道历史的闸门奔涌而出。

那是一道庄严的历史的水闸。水闸的这一面是筚路蓝缕、开国拓疆的艰辛，是一个自强不息的民族的力量和信念；水闸的另一面，却是人性的死敌、正义的对立面，是脱缰的欲望、霸权的野心和挥霍无度的骄奢气焰……

当金碧辉煌的金上京皇城建成，一幅壮绝古今的历史图景展现在世界面前，同时，一个决定女真人兴亡命运的大神秘，也悄悄拉开了帷幕……

四

2013 年夏末，一个残阳如血的黄昏，我跟随熊召政、刘学颜等几位研究金朝历史和文化的朋友，盘桓在金上京皇城五重殿的遗址上。野草飞舞，白杨萧萧。空旷的大地上，早已不见了九百年前那座气势宏伟、金碧辉煌的大金宫殿。这里只剩下了一片荒凉的废墟。不，连废墟也谈不上了。曾经的繁华、骄奢和霸气，都被无情的时间收割而去了。深厚的泥土下，年年腐烂、年年重生的荒草丛中，掩埋着一个沉沉的千年大梦。只有血色般的残阳，给它做了无声的装饰……

大金王朝自阿骨打立国之日起，政权绵延了近一百二十年（1115—1234 年），历经十帝，并建有金上京、金中都两都和上京会宁府（今黑龙江阿城）、东京辽阳府（今辽宁辽阳）、北京大定府（今内蒙古宁城）、西京大同府（今山西大同）、南京开封府（今河南开封）五京。金上京，作为大金王朝的第一都城，先后有太祖、太宗、熙宗、海陵王四位皇帝在此登基执政。

传说西元前 753 年，罗慕洛兄弟俩在一头母狼哺育过他们的台伯河畔的巴拉丁山丘，建起一座方形城，即历史上最早的罗马城。当时的罗马城被誉为"永恒之城"。一座古老而苦难的都城，一个伟大而强健的未来的帝国，一种将对未来的历史产生巨大影响的复合文明，在一个长满伞状的松树的山丘上，开始了它的童年期——这情景与阿骨打当年立国于小小的"皇帝寨"，何其相似乃尔！

然而，任何朝代和政权，似乎都难逃那个兴废交替、往复循环的命运"周期律"。号称是"永恒的罗马"从它的诞生到最后的覆灭，历经了一千多年风雨的洗礼与演变，而终成一片废墟。金上京，在中国遥远的北方一隅，存世却只有短短的三十八年，真可谓"其兴也勃焉，其亡也忽焉"。

金上京由繁盛而急遽地走向衰败，从一座金碧辉煌的北方大都会，很快被夷为平地，只留下一片空旷的土地和几个孤独的土阜，供后人怅望、凭吊、翻耕，泥土之下，是一块块断瓦残砖，瓦片上残存的翠色琉璃，似乎还在诉说着曾经的繁华与荣耀……当然，还有繁华与荣耀背后的骄奢、颓靡、膨胀的野心、霸权的欲望以及由此带来的人性沦丧、宫廷血腥。

刘学颜先生在他的书中描述了金上京历史上两次重大的劫难：1149年海陵王完颜亮发动宫廷政变，弑杀金熙宗完颜亶（太祖的孙子）而自立为王，并于 1153 年迁都燕京。海陵王迁都后，深恐上京原有的政治基础对自己不利，于是在正隆二年（1157年）下诏，彻底毁掉上京所有的宫殿、宗庙和其他皇家建筑，"夷其址，耕垦之"，并削掉上京号，止称会宁府。大金王朝第五代皇帝金世宗完颜雍即位后，"复号上京，诏命重修"，但是，到了金朝末年，另一支在北方崛起的游牧民族——铁木真领导的蒙古军，用一把熊熊的冲天大火，把好不容易复建起来的上京城再次焚为焦土。这就是至今在阿城民间还流传着的蒙古军采用白家雀计，火烧白城的故事……

总之，一座金碧辉煌的大都城，从此就在这片土地上消逝了。曾经显赫一时的大金王朝，就这样随着金上京的最后一把冲天大火的燃烧，而宣告了末日的来临。

九百年后的这个黄昏，站在这片苍茫的废墟之上，聆听着金上京历史上那些惊心动魄的故事，我的内心受到了极大的震动。我感觉到，在这片荒凉的废墟上，仿佛还弥漫着一种经久不散的、英雄末世一般的悲怆与沉痛的气息，还回荡着一种如同屈原的《国殇》与《招魂》，如同李华的《吊古战场文》一般悲怆和沉重的叹息。所谓"河水萦带，群山纠纷"，所谓"蓬断草枯，凛若霜晨"……都像永恒的雕塑一样，留在了这片被血红的夕阳映照着的、空旷的遗址和废墟之上。是的，一切都被岁月的风雨浇淋成了荒芜的景象。夕阳下偶尔可见露出地面的残砖瓦砾，我仿佛还听见，在深深的草丛里和泥土下，传来了那些被幽禁过、被凌辱过，甚至被虐杀了的生命与亡灵，在哭泣、在呜咽的声音……

没有什么是能够真正永恒和不朽的，除了这深厚的、无言的大地，除了这辽阔的、默默的苍穹。皇位、权力、功名、奢华……都不能够真正地传之久远。盘桓在暮色中的金上京废墟上，我仿佛还听到了，伟大而忧郁的诗人但丁面对着古罗马的废墟而发出的喃喃低语："这里的每一块石头，都值得我们尊敬，但是唯有托起这座古老皇城的土地，才能真正永恒，也比人们所说的更有价值……"

2014年7月，初稿于呼伦贝尔
2014年11月，修改于东湖梨园

铁马秋风大散关

这是谱写在阔大的画布上的战争史诗和英雄史诗：浓重的油彩，崇高的主题，密集的细节，大气磅礴的写实风格，再现了那些风云际会的峥嵘岁月，刻画了战争年代里的英雄群像，傲岸不屈的民族性格，还有那激情燃烧的时代精神。

这也是进入了中国当代美术宝库的一些杰出的作品和经典的画卷，无论它是在表现硝烟弥漫的战争，描画不同时期的重大历史事件，还是刻画共和国的领袖们，抑或再现新中国的建设成就和民族风情，抒写新中国的城乡新貌和如画江山。

艺术家以饱满的创作激情、非凡的绘画功力和细腻的艺术笔触，真实地传达出了那个年代里的血与火的奋斗、真善美的追求，共和国一代儿女的满腔热情，以及对祖国的热爱，对生活的希望，对未来的憧憬和信念。同时，这一幅幅作品，也把属于画家个人的艺术创造力和艺术个性，表达得淋漓尽致，丰富多彩。

当历史的硝烟散去，人民共和国的开国领袖和第一代的英雄们都已经成为先驱和丰碑，矗立在了人们的心头。这些大气磅礴的史诗画卷，也经过了漫长的岁月的检验和裁定，渐渐成为美术史上无可争议的经典。

这时候，重新回望和打量这一代艺术家的人生和艺术足迹，我们将会记起一个创造了这一幅幅杰出和光辉的画卷的艺术家的名字：范迪宽。

范迪宽是新中国第一代著名的军旅画家之一。他从 15 岁起就投笔从戎，然后被部队送往西南人民艺术学院美术系深造。刚刚从硝烟中走过来的青年画家，沐浴着新生的人民共和国的和平的阳光，享受着久违了的艺术的甘露，开始了自己极为珍视的校园生活。

正是在这里，他受到俄罗斯及苏联现实主义美术创作的巨大影响。那时候，别洛夫的《送葬》和《三套车》，列宾的《伏尔加河上的纤夫》，希施金的散发着浓郁的俄罗斯大地气息的风景油画，还有列维坦的带有宏大叙事风格的《弗拉基米尔路》等作品，在青年范迪宽的心头产生了巨大的震动。俄罗斯现实主义绘画作品中表现出来的坚忍、博大、英勇、崇高的民族精神和艺术境界，为范迪宽日后的艺术追求，埋下了一颗颗金色的种子。

不久，举世震惊的朝鲜战争爆发。像许多爱国激情熊熊燃烧的艺术家一样，范迪宽打起背包，背起画架，毫不犹豫地告别了阳光明媚的学院，在雄壮的志愿军军歌声中，两次跨过鸭绿江，奔赴到了硝烟弥漫的抗美援朝战场，成了一名出生入死的战地画家。他所在的那支部队，即以上甘岭战役闻名于世的第十五军。他所在的四十四师一三〇团，是上甘岭战役中的英雄团。这也是他一生引以为骄傲的一段军旅岁月。

数千年以来，人类文明史几乎就是一部战争与和平的交响诗。战争与和平，不但催生了世界文学长廊中最伟大的小说，也孕育了世界美术画廊中最厚重、最宏大的经典作品。尤其是在第二次世界大战期间，苏联、美国等二战参与国，都诞生了一批在战火硝烟中，用手中的画笔纪录历史的战地画家，创作出了无数充盈着爱国主义精神和英雄主义激情的传世之作。

在中国也是如此。我们拥有一大批著名的军旅作家、军旅戏剧家、军旅音乐家、军旅画家和军旅摄影家。范迪宽是中国军旅画家中少有的亲身参与过中原战役、淮海战役、渡江战役、进军大西南、十万大军进山剿匪以及朝鲜战争等多场重大战役的一位画家。他是军人中的艺术家。他一手握着钢枪，一手握着画笔，出没在枪林弹雨之中。他不仅是战火岁月的讲述者和艺术再现者，而且是直接的参与者、见证者。他亲身经历的那些宏大、壮烈的战争场面，以及中国军人英勇无畏、视死如归的精神力量，成为他一生进行军事题材创作的重要动力和资源。他的作品，以崇高的精神境界、纯净的艺术品位、凝重的表现风格和厚重的写实功底，展示了中国革命进程中一幅幅气势恢宏的历史画卷。

今天的青少年一代，对于半个多世纪前的那场朝鲜战争的了解，多半是通过著名军旅作家魏巍的那篇《谁是最可爱的人》，以及《英雄儿女》《上甘岭》和《打击侵略者》等黑白电影。其实，在绘画领域，也有几幅曾经广为流传的作品，也像《谁是最可爱的人》《上甘岭》和《英雄儿女》一样，已经成为这个题材的经典之作。而且，它们都出自同一位画家之手。这就是范迪宽在抗美援朝期间创作的著名油画《炸不断的电话线》和《黄昏的山谷》，以及 20 世纪 70 年代创作的巨幅油画《英雄阵地上甘岭》。

这些作品，以极其写实的手法，捕捉和再现了朝鲜战争中的那些感人的瞬间。作品里所张扬的革命英雄主义和浪漫主义精神，感染和鼓舞了无数的前线将士，也激励着生活在祖国后方的人民和读者。

上甘岭战役，早已作为一个惊心动魄、以少胜多的阵地战经典案例，进入了世界战争史册。这场战役的惨烈与悲壮，中国人民志愿军将士们惊天地、泣鬼神，所向披靡的大无畏精神，在范迪宽先生的巨幅油画《英雄阵地上甘岭》中，得到了充分的表达与彰显。

范迪宽先生的夫人、画家李莉，给我谈过《英雄阵地上甘岭》的创作故事。她让我仔细看了这幅作品中的一些细节。例如，那位已经身负重伤，却正在艰难地冲出坑道加入战斗的战士；还有那位子弹已经打光，正在奋力抢起枪托砸向敌人的英勇的战士；还有那位一只手臂打着绷带，而用另一只手臂扣动着扳机，继续向侵略者射出仇恨的子弹的战士……气势恢宏的全景式画面，史诗般的宏大叙事，生动而细致的细节表现，极其逼真的现实主义技法，使这幅作品成为反映抗美援朝这场著名战役的经典作品。

这幅画现藏中国军事博物馆中。

真正的艺术是可以穿透汗漫的岁月而不朽的。《英雄阵地上甘岭》这幅作品，从它诞生那天起，就被打上了"不朽"的标记。纪念抗美援朝六十周年之际，当人们点开中国所有的军事网站，映入眼帘的画作，就是范迪宽的《英雄阵地上甘岭》。《人民日报》刊登过一幅范迪宽独自坐在上甘岭山顶上的老照片。珍贵的照片，见证了那一代艺术家真诚、坚实的艺术足迹和"梅花香自苦寒来"的创作甘苦。

这张珍贵的照片的提供者、配图文字的撰稿人，是范迪宽当年的战友、广州军区离休老干部曾清泉先生。他告诉我说：正因为亲身经历了血与火的锤炼，见证了无数的壮烈牺牲和排山倒海般的前仆后继，一位军旅画家胸中汹涌的万丈豪情，才化作了笔底的壮阔波澜。"吞吐大荒，挟天风海雨，声情悲壮，梦云惊断，气势夺人的绝唱。"与范迪宽相识三十多年的老朋友、著名画家周韶华先生，对范迪宽艺术人格和艺术气质如是赞叹。

美丽的青藏高原，是人类、自然和神灵共舞的一片圣洁的土地，也是令无数艺术家魂牵梦绕的地方。20世纪60年代初期，范迪宽的艺术触角，已经渐渐从自己熟悉的战争题材，伸向更为开阔和丰富的题材领域了。他在1964年为报纸创作过一组连载散文《西藏写生记》及一组西藏速写。他是当时最早的历尽艰辛而奔赴雪域高原、亲身去体验和感受新西藏的人民生活并在那里采风创作的画家之一。这些以西藏高原风情和草原牧民、新西藏的建设者为题材的作品，也是新中国成立后最早反映西藏风情的一批创作成果。

在大半年的时间里，他几乎跑遍了西藏的山山水水。对艺术的执着和军人的气度，常常使他将生死置之度外。有一次，他在靠近尼泊尔的公路旁写生，一块从山上飞来的大石几乎将他的画板击穿，然而他只是从容淡定地挪了个地方，继续作画。那幅风格峻朗的《巡逻在喜马拉雅山下》，便是青藏高原之行的艺术结晶之一。

九月，刚好是秋收季节。我由日喀则前往拉孜，所以沿途有幸欣赏到了冈底斯山下的瑰丽秋色。

秋天的天空深得犹如用群青和普鲁士蓝涂抹了一般。它深邃、平静，还有些神秘。上边有寥寥无几的云朵缓缓浮动着，显得这秋空更加爽朗动人；往下是深赭色的群山，山峰上积满了白雪；山脚下一块块成熟了的青稞田，沿着雅鲁藏布江向远方伸延，变成了一条真正金色的河谷。登高望去，纵览拉孜平原全景，更会使人心旷神怡，领受到秋天的魅力和丰收的喜悦。这里到处都是一排排手持镰刀的农民。他们笑逐颜开，赤露着胳膊紧张地收获着青稞，但又忍不住心里的欢喜，唱着那些反复不断的不知名的歌，歌里还夹杂着一声声闹趣的叫声。田头、村边、道上，到处是满驮着青稞的牦牛、毛驴，在赶牲口人的吆喝声中来往奔忙着，使这个平原完全沸腾了起来，构成了一曲丰收景象的热烈乐章。它激励着我，使我立刻卷入在这欢笑之中。我走到一块正在收割的青稞地旁，拿起一把镰刀，加入了他们的行列。

这是范迪宽当时创作的《西藏写生记·拉孜——金色的河谷》中的一节。今天，脱离了画作，仅仅把这些文字当作优美的散文来看，也毫不逊色。画家眼中的西藏牧民们的新生活、新风貌，神秘而美丽的边疆山水风情，还有画家身处大自然和生活第一线的那份热情、喜悦与激动，都通过这些优美的散文般的文字传达了出来。与这些散文文字配发在一起的、带着新鲜的生活气息的速写组画《在世界屋脊上》，在当时也获得了大家一致的好评，并且在20世纪60年代的全军美展上获得了"优秀创作奖"。在《解放军报》连载以后，更是在全国和全军轰动一时。

范迪宽的速写作品，虽是来自火热生活第一线上的"急就章"，却也以洗练的线条生动而又准确地勾勒出了环境的特征、人物的神韵，传达出了浓郁的生活气息。这些作品，同样也显示出一位优秀的画家卓异和扎实的艺术功底。

进入20世纪70年代和80年代，范迪宽的艺术创作也进入了一个黄金时期。这时候，他的绘画呈现出一种天地与立、大河前横、风卷云舒、气吞万里的宏伟气象。1978年，他和夫人李莉共同创作完成了巨幅油画《大江滔滔·毛泽东1927年在武昌》。这是纪念毛泽东主席诞辰85周年的献礼作品。这幅作品，大胆地突破了那个年代里在表现领袖人物题材方面的单一而拘谨的创作模式，以毛泽东主席站在黄鹤楼下、长江之滨的一个背影作为主体，借着滚滚东流的大江、沉重的锚链，生动地渲染出了那个风雨如磐、波澜壮阔的时代背景，展现了一代伟人在那个年代里心事浩茫、为着中华民族的命运而忧戚不已的复杂心境。这幅作品，因其新颖、大气的艺术构思，成熟的艺术表现力，而在当年的全国美展上好评如潮。

油画名作《山重水复》《刘邓大军南征》，也是范迪宽的两幅重大的军事题材杰作。在《山重水复》这幅作品里，他再一次采取了全景式的结构方式，以史诗般的气势，浓重的色彩再现了人民军队在战争年代的一场山高水远、勇往直前的远征。尽管征途漫漫，但革命的浪漫主义和理想主义弥漫在郁郁葱葱的崇山峻岭之中。这是画家对中国人民解放军这个滚滚铁流般的英雄群体的讴歌与礼赞；这是画家对人类历史进程终会山重水复、柳暗花明的伟大信念的激情抒发和深情畅想。这两幅作品，也已经成为我国军事题材绘画中的经典杰作。

生活在江城武汉的人，也许会对另一幅作品所表现的场景和事件更为熟知，更觉得亲切，那就是范迪宽和著名油画家唐小禾先生合作的巨幅油画《万里长江横渡》。这幅作品，同样是以那个年代里常见的现实主义和革命浪漫主义相结合的手法，再现了一代伟人中流击水、横渡长江的壮举。这是那个年代里的一幅众所周知的艺术佳作。在参加了当时的全军美展后，备受瞩目，成为人们对于那个激情年代里的"红色记忆"的一部分。这些纪录时代重大事件或重大主题的作品，具有不可复制的珍贵的历史价值和美学价值，自然在中国美术长廊中举足轻重。

唐小禾先生谈起和范迪宽先生朝夕相处的那些创作岁月，充满了对兄弟般感情的怀念。他说，作为一名15岁起就开始军旅生涯的艺术家，范迪宽对军队一直怀有深厚的感情，军事题材自然成为艺术创作中最突出、最耀眼的部分。他也如一位擅长演奏黄钟大吕和交响乐的音乐家，绘画作品里充满了金戈铁马的奔腾之音和浑厚而嘹亮的军号之音。但是，他的表现形式和表现手段，又是极为辽阔、丰富，是多姿多彩、异常开放的。

因为有早年在西南人民艺术学院里受过的严格的专业训练，范迪宽较早地具备了扎实的写实功底和很高的艺术修养，不仅擅长油画创作，还擅长版画和中国水墨画。他在 20 世纪 70 年代创作的著名版画作品《祖国的儿子》，以英俊的解放军战士为作品的主人公。透过卫兵冷峻的神色和坚毅的目光，我们感到了闪烁在士兵身上的那份守护国土的神圣感和军人的精神之美。在这幅作品里，扑面而来的还有中国军人那种无坚不摧的精神力量。同样是参加过全军美展的黑白版画《家信》，整幅画面充满了浓郁的生活气息，通过大雁、长笛、家书这些温情的元素，很生动地传递了军人生活中人性化的一面。国画《功到自然成》，则巧妙地抓取了部队炊事员见缝插针练投弹的一个细节，既反映了连队大练兵的现实场景，又富有诙谐的生活情趣。许多年过去了，有不少当年看过这幅作品的观众还记得，画面上那位胖胖的扎着白围裙的小战士的形象，是那么生动，那么亲切。

作为一代军旅画家的范迪宽先生，不但创作了一系列杰出的、大气磅礴的史诗般的作品，也不遗余力地培养了一批在中国画坛颇具实力的中青年军旅画家。他的同样大气的人品和画风，也直接影响着一大批后来的青年画家。

一名军人宽阔的情怀和艺术世界里，并不仅仅有铁马冰河和战争硝烟。作为一名和祖国血肉相连的艺术家，作为一名在血与火的战争中走来的职业军人，范迪宽也许比许多人更懂得和平年月的珍贵、更懂得如何去领略祖国美丽的画山绣水。

他是那么热爱祖国的山川河流。一身戎装，并不能遮掩他骨子里的浪漫与细腻。当硝烟远去之后，他手执画笔雕刀，搜尽奇峰打草稿，踏遍青山人未老。他的足迹几乎遍及华夏大地。所到之处，无不留下一张张美轮美奂、清风明月一般的风景画。创作于 20 世纪 70 年代的长江写意系列，是他风景画中的杰作。这组作品突破了中国山水、花鸟画的传统视野，以他独特的艺术语言展开了一幅奇异的长江画卷，描绘了这条母亲之江的浩荡博大和灵秀飞扬。《东湖初雪》，是范迪宽创作中少见的城市风景画作之一。作品构图清新单纯，精妙地发挥了水墨色彩的特点，既富有冰洁玉清的意境，又充满韵味十足的生活气息。因为这些风景画，一位军旅画家的艺术才华和细腻的心灵世界得到全面而丰富的体现。从这些美丽的奏鸣曲一般的画作中，我们似乎能聆听到一位内心世界异常丰富的大地之子和自然山川、江河大地的深情对话。

大自然以一种无与伦比的美学原则，在茫茫苍苍的大地画卷上，描绘出一幅幅变幻莫测的山河岁月图景。而以这些为养分创作的作品，就是画家献给祖国大地的恋曲与颂歌。我相信，一代代观众和读者，都会因为这些真诚的作品，因为这些饱含深情的色彩，而感到欣悦，而感激我们的艺术家。1985 年，刚刚落成的湖北美术馆举办的第一位画家的作品展，就是范迪宽先生的。

伟大的风景默默无语。回望范迪宽先生所走过的人生道路和他非凡的艺术足迹，我们看到，他的脚步几乎穿越了中国革命历史的所有重要岁月，他的画笔再现了中国现代革命史上许多光辉的史篇。这是画家的光荣，也是艺术的光荣。虽然画家离开我们已有多年，但是我们仍然能够从这些经典的作品中，感受到他穿越岁月而直抵永恒和不朽的艺术之美与精神之光。

2014 年深秋时节，东湖畔

龙港风雨录

如果我们选择了最能为人类的幸福而劳动的职业，那么，重担就不能把我们压倒，因为这是为大家而献身。那时我们所感到的就不是可怜的、有限的、自私的乐趣，我们的幸福将属于千百万人，我们的事业将默默地，但是永恒发挥作用地存在下去。而面对我们的骨灰，高尚的人们将洒下热泪……

——马克思

一

有一个动人的场景，常常在我的脑海里闪现：电闪雷鸣之夜，黎明前黑茫茫的幕阜山群蜿蜒无边。电光不时映照出天边巍峨的山影和丛林。透过沉沉的夜色，一支年轻的红军队伍，在崇山峻岭间匆匆赶路。他们身上单薄的军衣已经由灰色褪成了白色。大雨滂沱。后面的战士紧踏着前面战

114

士的脚步，默默无声地前进。有人含着泪水在用一把白荻覆盖住倒在路边的战友的遗体，在雷雨中匆匆含泪敬礼与告别。一双双穿着草鞋的脚踩过红土地上的泥泞，一双双强劲的手攀缘着峻峭的山石。雨水、汗水、泪水，交流在一起。闪电映照出一张张年轻而坚定的脸庞，映照着他们八角帽上的闪闪的红星……

这是 1929 年秋天，苦久不雨的鄂南山区，连日来竟暴雨如注，有若翻江倒海一般。这是中国革命历史上的一个多事之秋。这一年，震惊中外的蒋桂军阀战争爆发了。这年 10 月间，以彭德怀为军长的红五军，在继续巩固湘赣苏区的同时，另由纵队长李灿和党代表何长工率领红五军第五纵队，毅然挺进鄂东南，开辟了一个新的革命根据地，从而使湘赣苏区和鄂东南苏区南起井冈山、北抵长江连成了一片。然而不久，形势急剧变化。国民党新编第二十二师罗霖部的两个旅四个团和川军郭汝栋部的五个团，乘红五纵队暂时离开鄂东南之机，疯狂侵占了这片火把刚刚点燃的新生的苏区。紧要关头，32 岁的彭德怀军长，率领他的转战湘鄂赣边区多年的红军弟兄们，于翌年 5 月也来到了鄂东南苏区的中心、地处鄂赣两省的要塞小镇龙港。

风雨中行进而来的红五军，宛如一支不可阻挡的铁流，向着革命所召唤的地方，义无反顾地走来……

革命，就是这样，总要艰难地奔赴历史，通过完成一个个伟大的使命而一步步向前。既然伟大的中国革命选择了这样一个地方开始它的又一段艰难的征程，那么，龙港——这个偏僻而陌生的古镇，从此便同整个中国革命事业的命运紧紧地连在了一起，血肉相关，不可分离了。这个古镇一度成为当时湘鄂赣边区鄂东南苏区的政治、军事、经济和文化的中心，被誉为中国土地革命时期的"小莫斯科"。

斗转星移，柳色秋风。当革命经过了半个多世纪的长途跋涉，终于穿过了这幽深而艰辛的历史巷道，大踏步地走向了新中国光明的道途，龙港这个边城小镇也如同冲破了黑暗和乌云的昨夜之星，熠熠闪耀在了共和国光荣的史册之上，光彩夺目，永不坠落……

二

啊，长相忆，在龙港。

龙港地处鄂赣之交，北临富河水，南依幕阜山。山峰对峙，谷地开阔，河流萦绕，素有"三山锁平地，两水戏蛟龙"之称，自古以来就是鄂东南的第一门户，为兵家必争之地。千百年来，勤劳淳朴的山民们，在这片贫瘠而多难的土地上，创造出了自己的文化和史诗。这里是吴越文化和荆楚文化交融之地，龙港的画山绣水，不仅养育了代代英才，淳朴的风土人情，也使古老的土地充满了不息的生机与活力。这里的古民居建筑"泉山画屋"，这里的民间手工"龙港布贴"……都足以向世人展现山民们朴素而具创造性的智慧，精巧的画梁雕镂间，绵密的线纹针脚里，包涵着何等丰富的民俗故事……

然而，数千年的封建统治和压迫，又使龙港处于漫长的水深火热之中。陈列在龙港历史纪念馆里的一张张按着手印的"卖身契"，使我们知道，有多少龙港人被迫卖掉亲生的儿女子孙而远走他乡，又有多少人被迫失去了人身自由，成了不平等的社会制度的牺牲品。但是，"哪里有压迫，哪里就有反抗"，当历史进入了 20 世纪初叶，背负着三座大山重压的龙港，就像一座沉默的火山，即将爆发！

20 世纪初叶的中华大地，外有帝国列强入侵，内有大小军阀混战，政府腐败无能，百姓生灵涂炭。而当山河破碎、天低吴楚之时，有多少热血澎湃的青年，忍受着民族救赎与自救的煎熬，在漫漫长夜里"目眇眇兮愁予"；又有多少从黑暗中觉醒的仁人志士，肩负起救国救民于水火的宏图大业，"起看星斗正阑干"。甘露寺，是龙港最早成立的一个农民自发组织"甘露会"的遗址。锈迹斑斑的长矛铁铳，仿佛在向我们诉说当年的穷兄弟们的斗争与誓愿。然而，自发的斗争可以反抗一时的欺压，却不能从根本上动摇压在人民头上的黑暗势力。1917 年，"十月革命一声炮响，给我们送来了马克思列宁主义"，这时候，数起数落的龙港志士们，才开始逢到了真正的"甘露"。1925 年底，龙港人民的一位优秀儿子肖作舟，带着共产党的指示，从武昌甲等工程学校回到故乡，秘密串联，宣传革命，在龙港这片地火奔突的山乡，播撒了第一颗革命火种。不久，全县第一个党支部在龙港宣告成立，成员有肖作舟、张召红、刘歧山、华鄂阳等人。紧接着，龙港第一个农民协会也秘密成立。作为龙港地区党的早期组织者和领导者之一的张召红，当地人称为"麻子红"，当选了第一届农协主席。从此，这个苦大仇深的农民之子的生命，便和共产党、和龙港的革命事业紧紧地连在了一起，直到英勇就义的那一天。

在龙港历史纪念馆里，我看到了一本题名为"党义"的读书笔记。发黄的纸页和拙朴而工整的字迹，记录下了一个革命者的足迹和心迹。这本笔记就是张召红学习《共产党宣言》《国家与革命》等马列著作时写下的笔记，距今已有七十多年了。纪念馆的陆馆长带着我，也带着这本烈士的遗物，在张召红出生的村庄，见到了一位久远的历史的见证人——张召红当年的一位学生。这本笔记就是这位学生当年在反动派清乡时，用一截小小的竹筒保藏下来的。年已耄耋的老人回忆起当年的"麻子红"的音容笑貌，仍然禁不住老泪纵横……

1927 年早春时节，龙港地区的另一位"播火者"肖作舟，被选派到毛泽东在武昌创办的中央农民运动讲习所学习。结业后，肖又以湖北省农协特派员身份再次回到故乡，领导和发展当地的农民运动。这期间，党中央在汉口召开了著名的"八七"会议，确定了中国土地革命和武装夺取政权的总方针。在这种形势下，龙港的农民运动蓬勃发展，一万多名贫苦弟兄聚集到了农民协会鲜红的犁头旗下。同时，龙港党组织以南山垅为秘密据点，加紧组织和部署武装暴动计划。

在茅草茂密的南山垅山谷间，我们看到了当年党组织召开秘密会议的那个山洞。洞壁上，煤油灯熏黑的痕迹历历可见。领我们进入这个山洞的，是担任过燕区苏维埃主席的刘南川烈士的儿子刘正烽老人。老人今年已经八十多岁了。当年，他不满十岁，曾多次借打猪草、砍柴为掩护，为藏在山洞中的亲人们送饭送水。他告诉我说，他这一生，最挂牵的就是这个山洞，通向这个山洞的好几条秘密小道，都是他今生今世永远不能忘记的。

他熟悉山道上的每一块石头、每一股泉水、每一棵树桩。是呀，谁能够想到，谁能够相信，影响着龙港历史的一个划时代的武装暴动计划，就是在这样一个简陋的、茅草深掩的山洞里形成的。不久，由张召红、蔡略贵、成雄三位革命者分别领导了茶寮、朝阳、黄桥三乡的农民暴动，给予了当地气焰嚣张的土豪劣绅以及统治了此地千百年的封建势力以沉重的打击。这些农民武装暴动以铁的事实告诉了百姓：人民，只有人民，才是推动历史车轮滚滚向前的动力。

武装暴动的枪声，震彻了古老的山坳，也唤醒了幕阜山区千百万如沉默的火山一般的劳苦大众。他们追随着鲜红的"铁锤镰刀犁头旗"，追随着那些坚定的革命者，在百谷通源、千溪分注的崇山峻岭之间，奋斗、抗争、寻找、转战……是的，他们本来就是一群被苦难所奴役的无产者。他们现在失去的只是镣铐和锁链而已。响应着一个开天辟地的号令，为了他们自己的解放和子孙孩子们的幸福，他们毅然拿起了梭镖和红缨枪，把生命拴在自己的裤腰带上，一个个前仆后继而不屈不挠，最终在血与火的山岭间踏出了一条武装割据的道路。热血与烈火，映红了幕阜山漫山遍野的杜鹃花……

可是，就在龙港的农民运动蓬勃兴起、武装夺取政权的斗争步步展开、步步前行的时候，长期以来一直在龙港组织、参加秘密进步活动的共产党员肖作舟，因为叛徒的告密而被捕入狱。在公堂上，面对敌人的各种利诱和残酷折磨，他坚贞不屈，大义凛然，几次踢翻案桌，痛斥奸贼，表现了一个英勇的共产党人的浩然正气。1927年11月24日，这位龙港人民的忠诚儿子、龙港地区马列主义真理最早的播种者，被刽子手杀害在阳新县城，年仅26岁。

但是，威武不屈的龙港人民就像金竹岭上的翠竹一样，百折不弯，坚韧不拔。反革命的血腥屠杀，吓不倒坚强的共产党人。他们没有被笼罩着天日的白色恐怖所恐吓、所征服。先烈们用生命之火点燃的革命火把，已经燃遍了整个山乡。经受了大革命锻炼的龙港父老乡亲，正在以强大的信念等待着，呼唤着和憧憬着新的革命高潮的到来。

三

翻开《彭德怀自述》一书，我看到了这位出身农家而又着尽了铁衣的共和国开国元勋对于 1929 年的一段革命历程的回忆：

"……进至阳新县龙燕区，该地群众对红军的热爱，比平江群众有过之而无不及。外地红军到达该区，均不愿离开。群众对伤病人员之照顾，真是无微不至。沿途欢迎红军之口号声、歌声、锣鼓声，响彻云霄。当年天旱，苦久不雨。可是红军路过，茶水满布，宿营用水煮饭，亦不感困难。妇女老小，人手一扇，站立道侧，替红军扇凉。到宿营地时，房屋打扫得干干净净，开好铺，他们自己露宿，决不让红军露营。在营地终日歌声、口号声不绝于耳。不间断的宣传鼓动，对敌军一层又一层地警戒，封锁消息，保护红军。粮食缺乏，农民将自己仅有的一点粮食、薯丝、玉米、稻米，自动地送到各部门口，倒在桶里就走了……"

今天，重新读着这段凝结着一位开国老帅的充满感激之情的回忆时，我们不能不感到，这是英雄的龙港人民用自己的实际行动，在中国革命的史诗中写下的一阕无言的华章。鄂南的酷暑是有名的，而当地的人民却妇女老幼人手一扇，站在路边为红军队伍扇凉。这已是远非一般意义的鱼水情意所能概括的。相比之下，孟子所称道的"箪食壶浆，以迎王师"，也显得何其遥远了。

今天，在龙港老街的一条深巷里，我们走进一间古旧的房子，重温龙港当年如火的战争岁月，感受当年的热情氛围。这是当年的彭德怀军长进驻龙港时的起居室和办公室。一盏马灯，一张简易地图，一双草鞋，一架简朴的木床，加上一颗赤诚的丹心，这位要饭打柴出身的革命家，就在这里度过了他一生中最难忘的一段岁月。

红军的到来，为处于低潮中的龙港革命队伍和广大军民带来了毛泽东在井冈山战斗所积累的斗争经验。在红五军的协助下，这个地区的党组织和武装力量，在腥风血雨中重新恢复和发展。当时，龙燕区的工农民主政府，赤卫队、游击队等工农武装相继成立。从当年留在工农民主政府所在地墙壁上的一幅幅壁画，从写在山墙上的《中国共产党十大政纲》，从一份当时鄂东南各县区工农民主政府联席会议通过的《土地问题决议案》里，我们都能真实地感受到当时的农民们扬眉吐气、意气昂扬、当家做主人的精神面貌。

与此同时，龙港人民也以全部的热情和力量，投入到了拥军"扩红"之中。母送子，妻送郎，阿妹送阿哥，送自己的亲人参加红军，成了当时龙港人最大的自豪。妇女们组成了一支支洗衣队、唱歌队、护理队，"红孩子"们肩扛红缨枪，守护着山头的"消息树"，鲜红的大旗下也飘扬着一面面少先队和儿童团的旗帜……

在一个名叫白岭的小村里，我们见到了两位已到耄耋之年的老婆婆。她们两人当年都是有名的拥军模范，其中一位现在仍能准确地唱出当时那令她自豪的红色歌曲和拥军山歌，另一位老人讲起当时她和小姐妹们为红军做的军鞋堆积如山的情景，昏花的眸子里顿时充满了神奇的光彩。是的，龙港人民倾尽自己的深情和力量支援着红军、支援着革命。那时候，中国的大地上也许还没有第二个镇子像龙港这样，聚集着那么多的共产党人和红军将士。今天，在"湘鄂赣边区鄂东南革命烈士陵园"里的烈士纪念堂里，有数万烈士的名字，而龙港籍的烈士最多。烈士多的地方，寡妇就多；寡妇多的地方，孝子也多。一位当年在红五军领导革命的老前辈说过，革命选中了龙港，真是让龙港、让龙港人民受苦了！当年，他们的祖辈倒下了，父辈又紧紧跟上；父辈倒下了，又站立起了孙子这一代！风风雨雨，情怀不改，痴心不变。革命，就是这样，被我们的人民用铁骨铮铮的肩膀，用永不屈服的脊梁背负着，一步步走向了它的明天。而在红旗飘展过的地方，在一次次的胜利背后，却永远地躺下了我们的数不清的人民和子弟兵战士……

当年龙港人民曾帮助红五军建立起一所后方医院，一所残疾军人医院，还有一所中医院。多少人爬山过涧去采来草药，救治着红军战士们的创伤。然而，战争是残酷的，艰苦的环境和条件，也使多少年轻的伤病员失去了最后站起来的机会。于是，伴随着这一座座医院旧址遗留下来的，便是一片片掩埋着红五军战士和赤卫队队员们忠骨的墓地：白岭烈士墓群、骆家梁烈士墓群、鹅塘堰烈士墓地、岩泉烈士墓群……

一片又一片被岁月的荒草掩盖了的墓群告诉我们，将近三千名红军战士的英灵，默默地躺在这里，已经有半个多世纪了！除了少数几块小小的残存的石碑能告诉我们一些长眠者的名字和身份，其余的，连他们的名字和籍贯都无从知道了。他们在这块土地上劳动、受苦和牺牲，他们在远离家乡的地方流泪、流血，过早地抛下了自己的父母、妻子和孩子。可以想象，假如他们能够活到今天，那么，我们的共和国该又有多少的将军、委员和部长。人称同一个时期的大别山革命老区的红安县是我国的将军县——三百名将军同一个故乡，这无疑是红安人民的光荣与自豪。鄂南的阳新县却被称为"烈士县"，单是看留在龙港大地上的一片片烈士墓群，便会感到"烈士县"这个称号的重量了。死者长已矣，而幸存者的心中，却只有不尽的哀思、怀念与景仰。半个多世纪后的今天，当先烈们的尸骨也化成了这红色的泥土，我们作为后来者，重新踏上这片土地，寻找着、缅怀着他们的血色人生和煌煌功绩的时候，出现在我们面前的，却只有这一片片白茫茫的荻花，在强劲的朔风中萧瑟摇曳；一簇簇洁白的山茶花，在墓丘之旁向我们点头致意，宛若先烈们不死的英魂，在由衷地祝福着我们这些幸福地活在世上的人……

在骆家梁，我们看到一位白发苍苍的老奶奶。当红军的丈夫躺倒在这里时，她还是一位二十来岁的小媳妇。从那时起，她便年年守护着这片墓地，年年清明带着孩子前来祭扫，在每一个坟头上撒下纸钱，插上纸幡。秋去春来，风风雨雨，一群世界上最好的人，永远地活在她的善良的心上，任多漫长的岁月，也改变不了那痛苦的记忆。是啊，岁月可以使这一片片低沉的墓群变得遥远，但饱经风霜的龙港人却从来不敢忘记他们。我们的人民用自己的心灵，用深厚的泥土，庇护着这些曾经浴血奋战的先烈的忠魂。没有高大的纪念碑，没有辉煌的墓志铭，人民就用不尽的哀思和怀念的深情建造起一座座非人工的"纪念碑"，矗立在各自的心中，矗立在龙港一代又一代人的记忆里。

四

1930 年 6 月，遵照中央和中央军委的指示，以彭德怀为总指挥的中国工农红军第三军团，在大冶县宣告成立，军团下辖红五、红八两军。不久，直属中央领导的鄂东南特委、鄂东南苏维埃政府，也宣告成立。鄂东南特委、鄂东南苏维埃政府、鄂东南兵工厂、工农兵银行，还有"少共"鄂东特委、劳动总社、特委电台及编讲所等 48 个工作机关，全部设在龙港。以龙港镇为中心的湘鄂赣边区鄂东南苏区的全盛时期，就此到来。

彭杨学校和列宁学校，是彭德怀总指挥亲自创建的两所军政干部学校。当年，就是从这里，一大批优秀的红军政工干部培训结业后奔赴全国各地，成为中国革命的强大的领导力量。龙港这个红色小镇，因此也享有了"小莫斯科"的美称。后来这里流传着一首歌谣，赞美当时的景象："当年小小莫斯科，谱出南天正气歌。多少英雄遗爱在，人间正道栋梁多。"

遥想当年，古老的街道和山冈，成为沸沸腾腾的革命大本营，成为强大的革命的红火熔炉。龙港人民和工农红军一道，轰轰烈烈地开展了政治、军事、经济、文化、卫生等各项建设工作。无数个不眠之夜里，革命的电波就从特委电台所在的一栋简陋的小楼上，发往四面八方；中央红军的指示和一个个胜利的消息，也越过千山万水，传到了这山区小镇上来，有如从天外吹来的春风，给小镇上的军民以不断的振奋和信心，也使得躲藏在暗处的反动派惊恐万状、颤抖不已。

在鄂东南兵工厂，我们看到了当时制造出来的一种奇怪的"麻尾弹"，还有一种硕大如铁西瓜般的土地雷。这些土制的武器里融进了人民对反动派的仇恨，巨大的杀伤力足以使国民党反动派失魄丧胆。在龙港，几乎无人不知晓一个被人称为"吴胡子"的人。他就是当年的鄂东南特委书记吴致民。吴又名胡梓，化名吴铁汉，长着满脸的胡子，经常化装成货郎走街串巷，一身的传奇色彩。国民党武汉政府叛变革命后，他以中共湖北省委特派员身份来到鄂东南，组织秋收起义。龙港镇上，至今仍然保存着他当年工作时住过的一个小居所。 1935 年，他在与白匪的一次激战中不幸牺牲，时年 35 岁。又一位年轻的革命领导者长眠在了龙港的大地上，龙港人把他的墓碑高高地建在了青山之上。青山有幸埋忠骨，而革命的步履却没有停下，仍然踏着先烈们的足迹在继续向前。

1931 年 2 月，鄂东南特委在龙港镇上组建了一支强大的武装力量，号称"中国工农红军独立第三师"。在当年红三师司令部所在地，我们看到了司号员使用过的一把破旧的铜号。正是这支铜号，无数次吹响了战斗的号令。根据地军民紧密配合中央红军，一次次粉碎了国民党的反革命围剿，使当时以龙港为中心的鄂东南苏区扩大到了包括周围 16 个县、方圆三百多公里、300 万人口的广大区域。鄂东南苏区的进步工作，受到了当时中央苏维埃政府主席毛泽东的高度赞扬。1934 年春天，在第二次全国工农代表大会上，毛泽东表扬说："湘鄂赣边区阳新县的一些地方……那里的同志们都有进步的工作，同样值得我们大家称赞！"

在今天看来，那个年代真如狄更斯所说的，那是最好的年代，又是最坏的年代；那是光明的时期，又是黑暗的时期；那是希望的春天，又是失望的冬天；他们有一切在他们的前面，他们又一无所有在他们的前面……当时无论是哪一级干部，无一例外都是一双麻鞋、一顶斗笠、一挂蓑衣、一盏风灯或者一支松明子……高山急流、寒冬酷暑，风里来，雨里去。他们的足迹踏遍龙港的山山水水，他们把党的温暖、革命的信心和胜利的消息，送进了每一位贫苦工农的心中。他们是火把的传递者，他们自身也是一支支火把。当时的乡亲们称赞他们是"不要家、不要钱、不要命"的百姓官，称自己的苏维埃政府是干净、实在的"提包政府"。倒也是呢，自从共产党人来到龙港地区，人们所看到的共产党人，全都是这个样子的。

五

1932 年 6 月，鄂东南苏区第一次党代会在龙港镇上召开。这次会议给正在稳步发展的鄂东南苏区带来了巨大的灾难。王明的错误路线在这次会议上得到贯彻。军事上推行冒险主义，组织上搞宗派主义，排斥坚持正确路线的同志，大搞肃反扩大化，结果使鄂东南根据地越打越小，革命受到巨大损失。最终，鄂东南苏区的第四次反围剿斗争失败，龙港镇被国民党反动派占领。这一年的 10 月 3 日，鄂东南特委及其 48 个工作机关被迫转移。国民党反动派随之对鄂东南苏区实施白色恐怖，扬言要血洗彻头彻尾"赤化了"的龙港，每一块石头要过上三刀，每一株茅草也要砍上三刀！

腥风血雨，乌云压顶，艰苦卓绝的龙港父老和兄弟姐妹们，再一次进入了一个黑暗的时期。肖汉洲，这位鄂东南苏区的儿童团长，龙港河东地下党的秘密联络员，多次穿过敌人的封锁线，把情报塞进脚踝上的伤口处，再用稻草扎紧，送给我们的队伍。1933 年，他不幸被捕，在河西肖家祠堂，与自己的父亲以及怀有身孕的姐姐一起，被反动派残酷地杀害了，年仅 15 岁。陈春意，一个担任过龙燕区慰劳队队长和妇女协会主任的年轻的小媳妇，也在同年慷慨就义，血染龙燕山冈。一腔腔殷红的布尔什维克之血，谱写成了一阕悲壮的革命正气诗篇。

在畈田铺，我们见到了已经 89 岁的老红军战士刘道友老人。他曾经亲眼看见"天足会"主任刘冬英被敌人杀害。刘冬英遇害时，她的刚满周岁的儿子还在她的胸怀里吃着奶。然而敌人丧心病狂，连无知的婴孩也不肯放过，母子二人惨死在刽子手的屠刀之下。当时年幼的刘道友无声地咬碎了自己的舌头……

反动派丧尽天良，把对共产党、对红军的仇恨全部倾泻在龙港百姓的身上。他们不仅大肆屠杀红军家属和革命群众，而且毫无人道地把红军和赤卫队的遗孀儿女强行卖掉，或逼使女人们改嫁他乡。仅仅在鄂东南特委转移后的短短三年里，被杀害的龙港人就有三万多，被迫害和拍卖的革命者家属有一千四百多人。忠诚的龙港人民为中国革命所付出的巨大牺牲，怎能不使每一位踏上这片土地的人为之震惊和流泪！

但是就在白色恐怖笼罩着龙港的天空，腥风血雨涤荡着苦难的龙港大地的日子里，张召红这位担任过龙燕区第一个农民协会主席，后来又担任了鄂东南突击大队队长、交通大队队长和冲锋连连长的热血汉子，与蔡略贵、袁风鸣等战友一道，先后组织起了金竹岭、后山和小箕坳等地的三支游击队，在敌人疯狂的搜剿和屠杀之时，在家乡的崇山峻岭之间，日夜出没，坚持开展武装斗争。三支游击队牵制了敌人三十个团的兵力，掩护了红三师、红十六军和鄂东南特委的安全转移。将近五年的浴血奋战，使"麻子红"的名声威震遐迩，在龙港的革命斗争史上留下了一支响彻云霄的赤胆英雄的赞歌。

1935年10月，在地处鄂赣边界的牛筋树的一次激战中，张召红不幸遇难，时年39岁。他留给后人的，除了他传奇般的人生故事，再就是那本珍贵的、染血的"党义"了。

青山不老，英魂常在。风雨如晦，鸡鸣不已。在革命没有取得最后的胜利之前，龙港人民的斗争永远不会结束……

六

当岁月的脚步跨进了1949年的门槛，在解放战争胜利的号角声中，这年春天，历尽风风雨雨的龙港人，终于赢得了最后的胜利。他们再一次敲锣打鼓，放响土铳，欢迎亲人解放军，欢庆着自己的胜利和解放！

解放是荣耀的，解放也是用无数烈士的生命换来的。龙港，当我们沿着历史的足迹，寻觅、流连在这片多情又多艰的土地之上，我们怎能不为你苦难的昨天而深深地叹息，又怎能不因你为革命付出的巨大牺牲而肃然起敬！一切都可以忘记，却唯独不应，也不能够忘记你的鲜血、你的伤痕、你的深情、你的坚贞不屈的伟大信念……

雨果在一篇著名的悼念文章里说过这样一段话："大地与苍穹都有阴晴圆缺，但是这人间与天上一样，消失之后就是再现。那些像火炬那样的男人或女人，在这种形式下熄灭了，在思想的形式下又将复燃。于是人们发现，曾经被认为是熄灭了的，其实永远不会熄灭。这火炬将燃得比以往任何时候更加光彩夺目。"

那么，且把你风雨如晦的过去的岁月刻画在心上，而将更深情的目光投向你的今天和明天吧。龙港，我愿向你英雄的土地，献上我的最崇高的敬意；向你鲜血染过的山冈与河滩，向你旗帜飘展过的老街与深巷，向你的天空、你的田野，向你迎送过红军队伍的每一条山道、每一个小村……献上我的最崇高的敬意！

2012 年春天

夕阳下的赵州桥

　　西班牙诗人洛尔迦在叹息"再小的手，也无法把水的门儿推开"的时候，中国诗人艾青却在祖国的北方这样吟唱："当土地与土地被水分割了的时候，当道路与道路被水截断了的时候，智慧的人类伫立在水边，于是产生了桥。苦于跋涉的人类，应该感谢桥啊！"

　　祖先们的行脚，虽然蹒跚在艰难曲折的风雨路途上，但是没有任何力量能够阻挡住历史的步履。智慧过人的中国桥梁建筑大匠们，凭着各自的双手，把一座座技艺高超、精美绝伦的桥梁作品，呈现在世人面前，也贡献给了未来的世界桥梁建筑艺术史和科技史。

　　此刻，我正站在夕阳下的赵州桥边。

　　这是一座闻名中外的中国老桥。赵州桥又名安济桥、大石桥。它凌跨在赵具县城南郊不远处的洨河上，是一座"敞肩式"（又称"空腹式"）的单孔圆弧弓形石拱桥。此桥建成于隋朝大业年间，距离今天已有一千四百多年了。桥梁学家论证，像赵州桥这样的敞肩拱桥，在欧洲，一直到了14世纪才出现，比我国晚了七百多年。

　　千百年来，赵州桥承受着车辆、人畜的反复碾压，经受了大大小小十数次的地震、战争的考验，也饱尝无数次的暴风骤雨和山洪泛滥的侵袭，至今仍然傲然屹立，睥睨沧桑而千古独步。其驾石飞梁之姿，有若长虹卧波，更似苍龙凌空。

宋人杜德源有诗《题安济桥》赞曰："驾石飞梁尽一虹，苍龙惊蛰背磨空。坦平箭直千人过，驿马驰驱万国通。云吐月轮高拱北，雨添春水去朝东。休夸世俗遗仙迹，自古神丁役此工。"这首诗不仅点明了这座名桥给人们带来的交通的便利，还向为建筑这座桥梁而付出了辛劳、才智与卓越的工艺的能工巧匠们，献上了由衷的敬意和热情的礼赞。

李春，据说是今天的河北省隆尧人，是修建赵州桥的主持者。因为这座桥，他成为世界古代史上著名的建桥大匠之一。李通，可能是今天的河北省唐县人。他凭着自己的手艺，参加了赵州桥的修建。因为这座桥，他作为中国历史上最著名的石匠之一而被载入了史册。

桥比人长寿。盘桓和流连在这座壮丽的老桥上，我们会发现桥面上的那些类似驴蹄印、车道沟，还有拱圈下的手印的痕迹。民间传说，赵州桥为建造业的祖师爷鲁班所修。那一天，鲁班修好了赵州桥，八仙之一的张果老骑着驴，柴荣推着车，来到了桥头。他俩问鲁班："此桥经得起我们两人走吗？"鲁班说："哪里的话！这么坚固的石桥，还经不起你们走吗？"于是，张果老背着装有太阳、月亮的褡裢，柴荣推着载有"五岳名山"的车子，一起过桥，把这座桥压得直摇晃。鲁班见势不妙，急忙跳下河去，用手在桥东侧使劲推住，免得桥梁被压坏。结果，因为双方用力太大，就在桥面上留下了驴蹄印、车道沟，拱圈下也留下了手印。柴荣因为推车过猛，跌倒在桥上，一膝着地，压下了膝盖印。所以直到今天，这些印迹还都历历在目。

民间传说的演绎成分和牵强附会固不足为信，不过留在桥面上的这些不同的印迹，却显示出一种力学原理，那就是：对于用纵向并列法砌筑的石拱桥，重车靠桥边行驶对桥的安全当然不利，因此，所有的驴蹄印、车道沟、膝印等，都在靠东侧三分之一的桥面宽度以内。这些所谓的"仙迹"，其实就是行车外缘的界限，意在提醒人们，载重的车辆应该从桥的中央通过。

原来的"手印"，因为石桥东侧拱券倒塌，已经不复存在了。东侧有所谓的"仙迹"的地方，是石桥受力最多的地方，用"手"托住，对桥的安全当然有利。它显然是在提醒后人，万一石桥发生裂痕，可在留有手印处用木柱支撑和顶住，以便从容修理。这些造桥巨匠们的高超智慧和细致、周全的用心，于此可见。

赵州桥是一座伟大而不朽的老桥。它不仅是中国桥梁建筑鼎盛时期的一件典范性的作品，也是中国和世界桥梁建筑史上的一颗璀璨的明珠，体现着我国古代拱桥的结构科学和建造技术的最高成就。

金色的晚霞映照着美丽的赵州桥。伟大的造桥者们早已经化作燕赵大地上的一粒粒泥土和尘埃，但是他们留下的这座千古名桥，却能够"奇巧固护，甲于天下"，如"初月出云"，若"长虹饮涧"。他们的生命与才智，无疑都融化在这座石桥的每一个令人叹为观止的工艺细节里了。他们的生命将与这座老桥同在，与日月共生辉。

2013 年初秋，武昌

丽尼先生

雨果曾经咏赞："鹰，就是才华。"丽尼先生也写过一篇散文诗《鹰之歌》："鹰是我所爱的。它有着两个强健的翅膀。鹰的歌声是嘹喨而清脆的……"写《鹰之歌》时，丽尼25岁。

在现代散文作家中，我偏爱那一直被冷落的两位，一是写过《黄昏之献》《鹰之歌》的丽尼，一是写过《海星》《囚绿记》的陆蠡。世路崎岖，命运蹇舛。陆蠡在抗战时期死于日寇酷刑之下，年仅34岁；丽尼虽然迈进了新中国的大门，却也历尽沧桑、受尽磨难，两个人都属于"未完成的天才"。陆蠡在世时，丽尼是他的挚友。陆蠡殉难后，丽尼用心校订了亡友留下的译著、屠格涅夫的小说《罗亭》，有人看见，在这部手稿上，几乎每一行都有丽尼据俄文原著校订的密密麻麻的蝇头小楷。

一本书无论有多悲怆，也永远不会像生活一样悲怆。丽尼先生一生的经历，胜过任何一本悲怆的书。

1909年，他出生在湖北省孝昌县白沙镇栗树湾，原名郭安仁，曾在汉口博学中学念书。这所中学的前身是英国基督教伦敦会创办的博学书院。丽尼悲怆的人生之书，从幼小的时候就打开了。他幼小时有过一个青梅竹马的女友，不幸的是这个外国小女孩早早地夭折了，给他留下了一生的痛。他为她写下了《月季花之献》《失去》《拉丽山达》等散文诗篇。这些作品如同冰心所说的，"是梦中的真，是真中的梦，是回忆时含泪的微笑"，也使我想到日本作家国木田独步的那段名言：如果说少年的欢乐是诗，那么，少年的悲哀也是诗；如果说蕴藏在大自然心中的欢乐是应该歌唱的，那么，向着大自然之心私语的悲哀也是应该歌唱的了。"一个年少，一个黄金时代之梦，一经过去，就再也没有回返的时候了。"为了纪念她，他用她的名字的译音"丽尼"，做了自己终生的笔名。

悲怆的故事还在继续。丽尼中学毕业后，先是流浪到了上海，一度在上海劳动大学当旁听生。因为他的英语基础好，不久就辗转到了泉州黎明中学，当了一名英语教师。在泉州，这位心地单纯的诗人深深地爱上了一位华侨的女儿。不久，他们的恋情被女孩子家里知道了，遭到了粗暴的干涉。最终他不得不离校出走，而女孩子将被迫和一个自己并不喜欢的男子结婚，这个男子就是这所学校的校董，本省的一位有钱的士绅。可是，女孩子对丽尼痴情难舍，竟然在结婚前夕，冒着大雨跑到鼓浪屿，找到了他，表示愿意跟随他流浪到任何一个地方，永不分离。然而，一文不名的散文诗人，既没有勇气，也没有能力带着她去往天涯海角。理智告诉他，他不能用一时的欢乐去埋下可能会使她一生受苦受累的祸根。他痛苦地辞谢了她的爱。女孩子只好绝望地返回家里去。结果是，寂寞的死亡在等待她，女孩子没过多久就悒郁而逝……

巴金先生的小说《春天里的秋天》，就是以丽尼的这段经历为原型写成的。然而，小说里的悲伤怎比得上生活本身的悲伤？这是命运给予丽尼的又一次痛彻心扉的打击。

离开泉州之后，丽尼像一只受伤的小兽，默默躲进树丛里，自己舔干了伤口，然后回到故乡，在武汉美专教书糊口。不料造化弄人，相似的一幕又在散文诗人身上重演。在武汉美专，他又与一个已有未婚夫的女学生相爱了。女学生姓许，未婚夫尚在国外留学。他们的恋爱，同样遭到了女方父亲坚决的反对。霸道的父亲把女孩子关起来，交给她一盘绳索和一把利刀，叫她要么自杀，要么就断绝和丽尼的来往。但是，这个女孩子最终没有屈服，她靠了母亲和哥哥的帮助，逃出了家门，拿到了一张开往南京的船票。在南京的朋友们帮助了这两个惊鸿一般的年轻人，他们结了婚，从此生活在了一起……这个女孩子，就是丽尼先生的夫人许严女士。

丽尼和许严患难与共、相濡以沫，一起度过了此后的许多颠沛流离的日子。他们在上海亭子间里生活了很多年。丽尼除了教书、译书，还写下了不少清丽传世的散文名作。写于抗战时期的那篇《江南的记忆》，巴金先生曾一再称道。其中有一段是：

"我记得，在一次夜行车上，我曾经一手搂着发热的孩子，用另一只手在一个小小的本子上，握着短短的铅笔，兴奋而又惭愧地，借着月光，写下了几个大字，'江南，美丽的土地，我们的！'……"

"江南，美丽的土地，我们的！"可以说是中国现代散文史上最为脍炙人口的名句之一。

丽尼先生是现代文学史上优秀的散文家，然而一般人并不知道，他还是中国现代出版领域的一位前辈。从 20 世纪 30 年代到 50 年代，他一直在出版界工作。1930 年，丽尼到上海后，就参加了"左联"，并和巴金、吴朗西等一起创办了著名的文化生活出版社。他早期的三集散文名作，也都是经巴金之手，在"文生"出版的：《黄昏之献》（1935 年）、《鹰之歌》（1936 年）、《白夜》（1937 年）。抗战爆发后，丽尼回到武汉，在战时的一个军事译著机构担任翻译，几乎中断了文学创作生涯。

新中国成立后，丽尼先是担任武汉中南人民出版社编辑部副主任，后任中南人民文学艺术出版社副社长兼总编辑。同时也在武汉大学中文系担任教职，每周去珞珈山讲授一次外国文学。

中南人民出版社是 1951 年在新华书店中南总分店编审出版部的班底上成立的，隶属中共中央中南局宣传部和中南行政（军政）委员会新闻出版局。社内设有编委会办公室、第一编辑室、第二编辑室和《中南农民》（期刊）编辑室等部门，有编辑三十多人，社址在汉口市黄兴路 25 号。1952 年 10 月 1 日，中南人民文学艺术出版社组建，社长胡青坡，副社长兼总编辑由郭安仁即丽尼担任。1954年，中南行政大区撤销后，中南人民出版社、中南人民文学艺术出版社、中南工人出版社、武汉通俗出版社等统一调整合并，组建了湖北人民出版社。

曾在中南文学艺术出版社和丽尼共事的作家胡青坡，曾回忆说："我和安仁同志一起工作期间，他充分表现了他的长者风度，对于青年作者和新老作家的作品都是一丝不苟地审阅，或提出意见或进行修改，务使其达到出版水平，从不草率。他宽容大度、和蔼可亲，我尊重他，遇事共同商量，他对我的意见也是尊重的。我们常常促膝而谈，几乎每晚都海阔天空、漫无边际地谈到深夜。我们的思想感情是相通的，所以至今，我和大家一样怀念着他。"

老作家王西彦先生在《坠落的鹰——怀念丽尼》里写到了这样一幕："有一次，我有事过江到汉口，因为正好他第二天有课，就到出版社去约他一起回珞珈山。我们从汉口乘轮渡到武昌，已是傍晚时分。为了便于谈话，我们在黄鹤楼码头雇了一辆四轮马车，在斜照的夕阳里，听着赶车人清脆的马鞭声和马蹄的得得声，不禁想起了普希金的小说《驿站长》，那个孤独的老驿站长的女儿和过路军官的爱情故事就成为我们谈话的题目……"王西彦还记得，当时丽尼先生的临时寓所在珞珈山有名的"十八栋"（教工宿舍）。

我在进入湖北出版界当编辑时的一位老领导、老出版家蔡学俭（笔名老鸣）先生，当年和丽尼也是同事。蔡老视我为"小友"，在赠我的一本散文集《归燕集》上题字曰："请不要从艺术的角度去苛求，这只是一个老人情感的抒发。"正是从蔡老的书中和讲述中，我知道了丽尼先生晚年又一段沉痛的、令人扼腕喟叹的遭遇。

丽尼晚年，一个人在南方的暨南大学任教，他的夫人许严和女儿留在北京工作。"文革"期间，他受到了不公正的待遇，被迫天天去参加繁重的体力劳动。

有一天，他得知自己的老伴获准来广州照料他的生活，他很高兴，请了假去车站接人。可是，到了车站，他远远地看见了令他痛苦的一幕：老伴的头发被剃光了，胸前挂着块黑牌，正被两个人押着。如果不是仔细辨认，丽尼几乎认不出她就是自己的老伴许严了。当许严看见丽尼认出了她，正要向她这里走过来时，许严竟然大叫了一声："还不快走！"这是这对已经多年未见面的老夫妻，在车站上说过的唯一的话。许严知道，当时北京到处在抓人，丽尼已经六十多岁了，如果被这帮人抓到北京去，那会是什么下场呢！为了保全丽尼，这位四十多年前在父亲的绳索和利刀面前不肯低头的女性，此刻仍然不顾安危，宁肯自己去承担所有非人的惩罚和折磨，就这样和自己最亲爱的人永别了！

当年，巴金先生写《春天里的秋天》时，哪里能想到，那悲怆的命运纠缠着丽尼，竟然会一直到他的晚年呢。倒是丽尼自己在那篇《鹰之歌》里写到过，有一个夜晚，那只飞出去的年轻的鹰，再也没有谁看见它飞回来，原来它在黎明时分，被猎人的枪弹击穿了身体，披散着羽毛跌落在大地上……这难道是他为自己的命运写下的谶语吗？

1968 年夏天，丽尼先生因被强迫着在酷暑中劳作过度而晕倒在地，第二天就告别了人世。他的遗物仅有四口小书箱，里面有一套俄文版的《屠格涅夫全集》。

早在 1937 年，在杭州西湖畔，三个意气风发的年轻人就曾兴致勃勃地一起商量，要分工译出屠格涅夫的六大长篇小说，组成一套《屠格涅夫选集》。这三个年轻人就是巴金、丽尼和陆蠡。三人做了一些分工，丽尼译《贵族之家》和《前夜》；陆蠡译《罗亭》和《烟》；巴金译《父与子》和《处女地》，以及屠格涅夫的《散文诗》。三个人在抗战的炮火声中，在沦陷区漫漫的长夜里，开始了默默而艰辛的翻译工作。抗战胜利后，他们果然向自己的同胞献上了屠氏的六大长篇小说的精美译文。

新中国诞生以后，丽尼还翻译了俄罗斯作家柯罗连科的短篇小说集《阴影》，法国纪德的中篇名作《田园交响曲》，高尔基的中篇小说《天蓝的生活》，契诃夫的戏剧名作《伊凡诺夫》《海鸥》《万尼亚舅舅》等。只是，他梦想有一天要译完《屠格涅夫全集》的心愿，到死也没能实现。

2015 年谷雨，东湖畔

传家只为传书种

——记近代藏书名家徐恕先生

　　近代以来，较之江浙地区，湖北的藏书家并不算多。比较著名的有宜都杨守敬，黄冈刘卓云，枝江张继煦，襄阳杨立生，沔阳卢靖、卢弼兄弟，蒲圻张国淦，蕲春方觉慧，汉口刘昌润等。武昌徐恕先生的箕志堂藏书，不仅藏品保存完善，而且不少刻本、抄本也极为稀见。尤其是徐氏在新中国成立后，"不以货财遗子孙"，慷慨解囊，化私为公，将自己毕生的珍贵收藏全部捐献给了国家，更为后世出版界和藏书界留下了一段书香恒久的佳话。

　　徐恕（1890—1959 年），字行可，小字六一，号强诊、彊簃。湖北武昌县（今武汉市江夏区）人。伦明著《辛亥以来藏书纪事诗》，第 150 条为徐恕诗纪，述徐氏藏书行状云："家有余财志不纷，宋雕元椠漫云云。自标一帜黄汪外，天下英雄独使君。武昌徐行可恕，所储皆士用书，大多稿本、精校本。尝舍南浔刘翰怡家，两岁尽读其所藏。南北诸书店，每得一善本，争致之君。暇则出游，志不在山水名胜，而在访书。闻某家有一未见书，必展转录得其副而后已。一切仕宦声利悉谢不顾，日汲汲于故纸。版不问宋元，人不问古近，一扫向来藏书家痼习，与余所抱之旨，殆不谋而相合也。"

幼年时代，徐恕从黄陂刘凤章先生学习时，就开始亲近典籍。清光绪三十三年（1907 年），他 17 岁，赴日留学。次年，为胞弟奔丧回国，在南浔著名藏书家刘翰怡家客居两年，乃有机会披阅嘉业堂藏书。因为浸淫经史典籍日深，而渐渐绝意于仕宦名利，专心以访书、收书、藏书为乐，日积月累，收藏叠加，规模渐显。徐氏收藏尤以明清善本、抄本、校本、稿本为多，被赞为"一时独步"。其藏书楼有"箕志堂""藏棱斋""知论物斋""徐氏文房"等名号。藏书印则有"小字六一""行可珍秘""自恣荆楚""用儒雅文字章句之业取天下先""不为一家之蓄，俟诸三代精英""学以七略为宗""为刊目录散黄金""有穷遐方绝域尽天下古文奇字之志""江夏徐氏藏本"等数十枚。

徐恕先生毕生兴趣也不仅仅在于藏书。他既访书又问学，与当时的王葆心、章太炎、黄季刚、陈伯弢、杨树达、余嘉锡、马一浮、熊十力、郑振铎、傅增湘、张元济、徐森玉、陈乃乾等书界巨擘和学者方家时相过从，成为挚友，同时还经常与大藏书家徐乃昌、伦明等人切磋目录版本之学。在成为一代藏书大家的同时，他在金石、考据、目录、志略等方面皆有学识，并在这些门类的藏书中留下了不少宝贵的点勘和题识，多见于书衣之上或卷末跋尾。

徐恕先生的目录考据之路，可追及他早年的执教时期。1929 年，他曾执教于武昌文华图书馆学专科学校，教授的课目为"四库提要类目"。他所拟出的讲授提纲，条目清晰，妥当有序，当时在文献学方面用功甚勤的余嘉锡，对徐氏所列具的讲授条目十分赞同，遂引为同道，不久又荐举徐氏进京讲学，后结为儿女姻亲。徐家的长女孝婉，嫁给了余家公子余逊。余逊后来任北京大学教授，是著名的历史学家。徐家五女孝莹，嫁给了杨明照，杨后来成为研究《文心雕龙》的专家，四川大学教授。因为余嘉锡的举荐，徐恕先生曾执教于北平辅仁大学，讲授韩文和中国文学。后因"一·二八"事件阻隔交通，遂辞去教职。有学者后来回忆说，徐氏在辅仁大学任教时，于诠释文义、辨析古文笔法之余，尤其注重务实求真、戒避浮夸、明理立志的学问风气，而且身体力行，为人师表，对诸生多有勉励之语。

徐恕先生藏书的故事，在近代许多大学者的诗文里留下了美谈。黄侃先生曾在徐家借住，只为读其所藏。民国十四年，黄侃离开武昌时，为徐恕留诗曰："南来七载属交君，又作征蓬惨欲分。此研好为吾辈谶，相从终得似龙云。"杨守敬先生和他的门人熊会贞合撰《水经注疏》时，尚未刻成即仙逝。熊会贞承担起惺吾先生未竟的事业，又花费了二十多年时间，增增补补，终得完稿，其间常得助和受惠于徐氏丰富的藏书。熊先生在《水经注疏》稿本（台湾中华书局影印本）卷首题识曰："友人徐恕行可，博学多闻，嗜书成癖，尤好是编。每得秘籍，必持送以供考证，益我良多，永矢弗谖。"近代学者蔡尚思先生在他的自传中也数次写到，1931到1935年间，他在武昌求学时，除了向文华公书林、湖北省立图书馆借书外，"同时也向汉口藏书家徐恕借书来读"，"永春（福建省立第十二中学校长）郑翘松，武汉徐恕（行可）等藏书家都是我在这方面的恩人。"

徐恕先生一生敬惜字纸、酷爱典籍。抗战时期，武汉沦陷，徐氏为抢救三镇冷摊上的流散古籍，常节衣缩食，奔走在江南江北的陋巷冷摊之间，有时候还要冒着被日军哨卡盘问搜身的危险。凡是进入视野的故纸旧本，徐恕先生必亲自检出过目。有时碰见自家已有复本的善册，他也常劝身边书友收下，以救书而救国。1944年下半年，汉口屡遭日机空袭。据徐恕先生的孙女徐力文回忆，祖父当时有半数藏书存放在武昌积玉桥旧居，为保护藏书，祖父曾只身冒险摆渡，把一船船藏书抢运到了汉口的租界里。当时炸弹轰响之处，离他的藏书处仅有咫尺之远，祖父却坐拥书城，视死如归，大有书在人在、书亡人亡的气概。

徐恕先生曾经有言：愿自己所藏的诸多珍本孤本，如同读书种子一般，"化作千百万身，惠及大卜学人。"这是他作为一位了不起的大藏书家区别于一般书贾的地方。他收藏的黄侃评注本《尔雅正名评》一书，系章氏国学讲习会校印，十分难得。章太炎识曰："《尔雅正名评》则徐行可所得者，其间精核之语不少，行可将举以付梓，余先为登之《制言》。"王大隆纂刻乙亥、丙子、丁丑三辑《丛编》时，徐氏也曾慨然将自己所藏稿本和抄本出借，并捐资襄助。他因为敬重陈伯弢先生的德行学问，也曾慷慨出资，为之补刻《缀学堂丛稿》数种。涵芬楼版的《四部丛刊》里，有几种善本也出自徐氏藏书。

徐恕先生藏书，惠人多矣。新中国成立后影印出版的不少珍贵典籍，皆出自徐氏所藏。如1957年科学出版社刊行的《水经注疏》抄本。清代曾被列为禁毁之书的明崇祯刊本《明经世文编》，据说国内仅存四部，或缺卷，或缺页，唯以徐氏藏本最为完整，便以此为蓝本，于1962年由中华书局刊行。明万历刊本《黄鹤楼集》，亦为海内孤本。武昌黄鹤楼重建之时，湖北人民出版社影印徐氏藏书，使该刊本问世。

新中国成立后，徐恕先生将其所藏图书十万余卷册，全部捐献给了国家。一片赤诚的爱国情怀，由兹可见。在这一点上，徐恕先生可与天津的大学者和大藏书家周叔弢先生相媲美。两位大收藏家，一南一北，堪为后世崇仰的楷模。徐氏藏品中的明清善本、抄本、稿本、批校本近万册，现藏于湖北省图书馆。另有宋、元、明、清画卷、册页、扇面、手札、楹联、金石片、铜镜、刀币、瓦当、封泥、印章、拓本碑帖等文物七千余件，以及徐氏私人藏印二百余方，均藏于湖北省博物馆。据说，徐恕先生刚刚献出了自己终生所爱所藏，旋又用奖金托友人在京购得"武英殿聚珍版丛书"足本631册，只为补足和丰富所献之书。爱书人的心事，谁能真正体会和理解？ 1956年9月，徐恕先生又向中国科学院武汉分院捐赠了五百箱、三万余册藏书，其中大部分为线装古籍稿本、精校本等。这一部分藏品在1960年也归入了湖北省图书馆。省图拥有了徐恕先生捐赠的藏书，不仅在馆藏数量上大有增加，在古籍收藏质量上更是令人艳羡。

除了前面提到的那些孤本、善本，再如纪晓岚手批《史通故训补》，清代朴学大师戴震的手稿本《雅经》，顾景星《黄公说字》抄本等，皆为徐氏独藏。湖北省入选《中国古籍善本书目》的批校题跋本共有198部，徐氏旧藏就占了六七成，而且是四部兼收，门类齐全，尤以小学和清人文集最为丰富。

徐氏所藏文物，以明清两季的书画居多。画家如吴门文徵明及其子文嘉、文彭、玄孙文点，江夏吴伟，松江董其昌，浙江蓝瑛，明末清初四大高僧之一的朱耷，清初四王中的王时敏、王鉴、王翚，金陵八家中的龚贤、高岑、胡慥等人的作品，皆有收藏，仅董其昌一人的作品就有十二件。其中董其昌墨笔山水轴、仇英文姬出塞扇面、朱耷荷花水鸟图扇面、陈谟青绿山水轴、江夏派创始人吴伟的雪渔图轴等，皆为稀见精品。书法作品则有文徵明、张瑞图、倪元璐、黄道周、吴宽、李东阳、陈道复、戴本孝、王穉登、奚冈、莫有芝、王铎、何绍基、邓石如、伊秉绶等名家的真迹，立轴、手卷、条幅、扇面、楹联，无所不有。碑帖、器物中则有《岳麓寺碑》等珍稀碑拓。岳麓寺碑立于唐开元十八年（730 年）九月，由李邕撰文并书。徐恕先生所藏乃南宋时的拓本，有王福庵题序，黄侃跋诗。徐恕先生私人藏印有二百余方，其中多为民国名家如徐新周、钟以敬、王提、李尹桑、黄廷荣、吴隐、吴朴堂、唐醉石、方去疾等人所治，被赞为"印石双美"。

徐恕先生尝谓："不以货财遗子孙，古人之修德。书非货财，自当化私为公，归之国家。"他曾摘出陆放翁《剑南诗稿》里"传家只为传书种"一句，专请篆刻家吴朴堂治藏书印一枚，借此表述情志，亦向后人传达了心声。

2015 年初春，东湖梨园

世间已无谢无量

　　武昌东湖长天楼上的楼名匾额，共有两块，一块比较新的，容易识别，一看就是大家熟悉的"毛体字"，是后人从毛泽东主席手迹中集字所得。而挂在二楼正中央，朝向湖水的那块匾额，比较古旧了，也没有任何署名，一般人都不知道这字体娟秀的"长天楼"三个字出自何人之手。每次我陪外地来的文化界客人登楼，都会故意先卖个关子，考问一下客人，是否熟悉这是谁家书体。但来客大都茫然摇头，不敢断定。有一次，我陪两位书法家登楼，结果也是一样。于是我就带点卖弄见识的意味告诉客人：这三个字出自近代学者谢无量之手。不过，有的朋友似乎对"谢无量"这个名字也有点茫然。这就不能不让人顿生"旧时王谢堂前燕"的感慨了。

　　谢无量（1884—1964 年）是四川乐至人，字大澄，号希范，后易名沉，字无量，别署"啬庵"。他是近代著名学者、诗人、书法家。谢生于清末，少年时即以诗名世，人称"神童"，却又鄙视科举，不齿应试。1901 年曾与李叔同、黄炎培等一同考入南洋公学，课余与马一浮等创办翻译会社，编辑出版《翻译世界》杂志，同时也与章太炎、邹容、章士钊等交游，为名重一时的《苏报》撰稿。

1906 年，谢无量赴京任《京报》主笔，撰写社论和时事评论。三年后返蜀，被聘为成都存古学堂监督（校长）。其时清廷宣布停止科举，然又倡导"保存国学"，在全国创办了七所"存古学堂"，成都亦有其一。谢无量当时已拥有"蜀中奇才"美誉，却以一少年"白丁"身份，担任了以"秀才"为学子的成都存古学堂监督，兼授辞章，教学之余，潜心研究古典文学。是年秋天，四川成立"咨议局"，谢与张澜等一起参加立宪运动，并受托撰写《国会请愿书》，其中有言："天下情势危急未有如今日之亟者，内则有盗贼水旱之警，外则有强邻逼处之忧……当局宜博咨天下之贤士，群策群力，急起直追，以救危之于万一。"他在请愿书中呼吁当局，"亟盼速定大计而开国会，以顺人心。宗社安危，在此一举。"

辛亥革命爆发后，他与张澜等在四川参加了著名的保路运动，堪称辛亥元老。1912 年夏，谢无量离川到南方各省游历，翌年赴上海，为中华书局编辑，并陆续出版了《中国大文学史》《中国哲学史》《中国妇女文学史》等著作。1917 年 7 月，孙中山在上海撰写《建国方略》时，驰函约见谢无量，并以所著诸稿，征求谢的意见，谢提出了自己的一些想法。数年后，孙中山委任其为大本营参议，1924 年 5 月又任命其为大元帅府特务秘书（机要秘书）。是年秋天，谢跟随孙中山北上。1931 年 2 月，谢无量曾出任国民政府监察院监察委员。

"九·一八"事变后，谢在上海创办《国难月刊》，主张改组政府，抗击日寇。1932 年"一·二八"事变后，谢与蔡元培、宋庆龄、鲁迅、杨杏佛等组织"中国民权保障同盟"，后来又参与过沈钧儒等组建的上海各界救国联合会活动。1937 年抗日战争爆发后，谢先撤至汉口，次年转香港，1940 年返回重庆、成都，期间生活清苦，靠鬻文卖字为生。

新中国成立后，谢无量历任川西文物管理委员会委员、川西博物馆馆长、四川文史研究馆馆员、省政协委员等职。1956 年 1 月，他作为第二届全国政治协商会议特邀代表，受到毛泽东接见。毛主席在中南海设便宴招待谢无量，同席的还有中央文史馆馆长章士钊。此后，谢无量即留在北京，担任中央文史馆副馆长，住在铁狮子胡同红楼寓所。年逾古稀时，中国人民大学校长吴玉章聘请谢到校任教授，主讲《文心雕龙》。1964 年 12 月 7 日，谢无量病逝，享年 80 岁。

谢无量先生是一代书家。大半生居住湖北的川籍书法家、古典诗词学家吴丈蜀先生，曾对人言，当代书家中他最佩服的有两个人，一是于右任，一是谢无量。他说："我的字跟谢无量的字有明显的不同，我是中锋多，谢无量多用侧锋，他是帖学，但是都是一个路子，追求意趣，追求神韵，这是最高的追求。"《中国书法鉴赏大辞典》中载有吴丈蜀先生撰写的谢无量书法赏析一节，对谢氏书法的艺术评价甚高："由于他博古通今，含蕴深厚，兼之具有诗人气质，襟怀旷达，所以表现在书法上就超逸不凡，形成了他独特的风格，在书坛独树一帜。从他的手迹中可以看出他对魏晋六朝的碑帖下过相当的工夫。从行笔来看，受钟繇、二王及《张黑女墓志》的影响极为明显。从结体来看，则可窥见《瘗鹤铭》以及其他六朝造像的迹象。尽管他师承这些碑帖，但绝不做他们的奴隶，而能融会贯通，博采众长，创造出自己的书体……"

谢的字结体听其自然，不受拘束，运笔如行云流水，天趣盎然，因此也被誉为归真返璞的"孩儿体"。于右任对他的书法亦有赞美，说他是"干柴体"，"笔挟元气，风骨苍润，韵余于笔，我自愧弗如。"沈尹默也曾赞曰："无量书法，上溯魏晋之雅健，下启一代之雄风，笔力扛鼎，奇丽清新。"

四川的一位文史专家邓穆卿先生，与谢无量有所交。他曾撰文说："无量写字，多系条幅、横披、书卷等大小之行楷，楷书大字极为难见。唯灌县二王庙大殿右侧，悬有其斗大楷书'威镇江源'横匾一通，一笔不苟，气魄雄伟，结构至美，实为其书法中少见之品。其匾与殿左侧对称处于右任所写草书'是为不朽'大横匾相配……现无量书法作品，世不多见。唯草堂尚存其书杜诗《茅屋为秋风所破歌》一诗匾，虽非墨迹原件，但以精工刻之于楠木，尚不失无量笔墨情趣，尤因此书为无量晚年炉火纯青之作，可窥见其卓绝书艺，故常使欣赏者流连瞩目。"

谢氏学识渊博，研究范围覆盖了文、史、哲、经学等多个领域，堪称博学深思的一代学问大家。毛泽东曾评价谢无量说："谢无量先生是很有学问的，对中国古典文学和哲学都很有研究，思想也很进步，在苏联十月革命以前就写了《王充哲学》，这是提倡唯物史观的。"1956年，毛泽东宴请卫立煌将军，曾专门邀请谢无量作陪。

有意思的是，与谢无量同时代的另一位大学者吴宓（雨僧）先生，在他1945年1月8日的日记中，记下了对谢颇为不满的一笔。其时，他与谢都居住在成都，"访谒谢无量（原籍四川梓潼，久客芜湖，年六十四），肥而修整，无一丝白发，着鲜裘，于此接客甚多，均为求书来者。盖谢无量以名士鬻书，书法逸而肆，然今在成都最为人所推重，所入独丰。眷犹居渝，而在蓉得一少且美之女为其妻或妾，人羡其艳福。性好赌，恒作竹战，亦普通名士之收场耳。宓呈《五十生日诗》，谢君未及阅，遽以授其客汪某等，宓颇不悦，阻之未及。"

吴宓先生原本就是狂傲一时的诗人名士，"呈《五十生日诗》，谢君未及阅，遽以授其客汪某等"，显然是伤了他的自尊心，再加上谢无量其时"着鲜裘""所入独丰"，还"得一少且美之女为其妻或妾，人羡其艳福"，不能不同时刺激着诗人的感受，遂有此腹诽。

谢无量晚年任教四川大学时，在主讲《庄子》之外，还讲述过《汉魏以后四大思想史》。有人评价说，谢氏此课，对玄学、佛学、道学、理学融会贯通，作类比综合评述，其方法及见解，竟与西方之"比较学派"不谋而合，堪称一位勇于探索创新的学者。

谢无量与湖北和武汉渊源不浅。抗战初期，谢无量一家数口流寓安徽芜湖。芜湖情势危急之后，幸得撤出险境，来到武汉。居住在汉口的这段日子，据说也是他平生写字最多的时候。曾有朋友欲求他墨迹，特购白纸折扇数柄请他写字。谢无量执扇笑曰："君真深谋远虑也！"朋友不解，说："几许扇面，何得用此重辞？"谢回答说："目下方为隆冬时节，阁下即写扇面备来夏用，非深谋远虑而何？"即此亦可见谢氏的诙谐机智。也是在汉口时，曾有一位喜欢写字的人何某，颇为自负。有一天，他将所书条幅请谢无量品评。谢鄙其字劣，不明言，只是淡淡说了句："阁下之字，雅俗共赏。"何某不悟，竟飘飘然继问："先生以我所写字，得无俗耶？"谢遂掩口，举座亦哑然。

至于武昌东湖"长天楼"那三个字的匾额，是谢无量先生在何时何处所写，一直未见有任何当事人的回忆文字，我推想，其中必有故事，有待继续留心关注，也期待有知情者付诸文字，以存史料。

2015 年 5 月 2 日，东湖畔

辑三 ｜ 雪泥鸿爪

伊萨河畔的书香

清澈的伊萨河，绕过慕尼黑郊外的绿色山谷，潺潺流向远方，汇入了蓝色的多瑙河。坐落在伊萨河畔的布鲁顿古堡，小巧精致，有着安静的院门，白色的外墙，红色的屋顶上高耸着哥特式的塔尖，看上去就像一座小小的童话城堡。城堡外面清浅的护城河上，散落着几座干净的木质小桥。跨过小木桥，可以走到附近的田野上和池塘边，池塘里总是栖息着一些白色的天鹅和灰色的雁鹅……

可不要小看这座小小的古堡呢！它可是经过联合国认可的，属于联合国教科文组织的一个著名的文化项目，官方的名称为"国际青少年图书馆"。它是目前世界上唯一专门收藏和陈列各国和各种文字童书的图书馆，也是一座集图书借阅、儿童文化研究、各国和各地区儿童文学作家访问和交流于一体的专业文化机构。

创办这座儿童图书馆的人，是德国的一位犹太女性——叶拉·莱普曼夫人，她被人们称为布鲁顿古堡的"女王"。不仅在慕尼黑，在德国，就是在联合国，在全世界范围内，她的名字也是令人肃然起敬的。

事情得从这里说起。很久以前，有个名叫克罗蒂娅的小姑娘，曾经这样幻想：有一棵美丽的大树，浓荫郁郁，而很多的书，就像红色的樱桃、金黄色的橘子和褐色的栗子一样，长在茂密的树枝上。它们有大有小，有粗糙的，有光滑的，只要一伸手就可以摘下来。尤其是那些漂亮的图画书，总是长在那些最矮的树枝上，这样，小娃娃们一伸手就够得着……

四十多年前（1967年），叶拉·莱普曼夫人正是从自己的孙女小克罗蒂娅美好的想象中得到启发，倡议并创办了每年一度的"国际儿童图书节"。图书节的美好愿望是：让全世界喜欢书的孩子，都有条件去阅读一本好看的书，并且要让孩子们——无论是出生在贫穷家庭的孩子，还是生活在中产阶级家庭和富裕阶层的孩子——都这样相信，世界上真有这么一棵长满书的参天大树，在大树的绿荫下，所有的孩子，无论是蓝眼睛、黑眼睛，也无论是黄皮肤、白皮肤还是黑皮肤，都能够相聚在一起……

叶拉·莱普曼夫人的倡议首先得到了全世界儿童文学作家和插图画家一致的响应，第一届国际儿童图书节便在1967年4月2日举办了。4月2日这天正是童话家安徒生的诞辰。从此以后，每年这个时节，即温暖的四月天里，"国际青少年读物联盟"（IBBY）都要邀请各国轮流主持这个美好的节日。主持节日的国家，将选出本国一位优秀的儿童文学作家，为全世界的孩子们写出一篇关于读书的献辞；还要选出一位同样优秀的儿童文学插画家，为全世界的孩子绘制一幅特制的招贴画，以此来唤起人们对儿童和童年阅读的关注、热爱与重视。叶拉·莱普曼夫人在第一届图书节上发表的献辞《长满书的大树》里，这样描绘了自己崇高、美丽和伟大的梦想：要让这个世界真的出现那么一棵长满书的参天大树，在这棵大树之下，所有为儿童写书、画画、编辑童书的人，都团结在一起，让书里的文字像阳光一样洒满世界，照耀每一个孩子，让他们幸福、快乐地成长；让全世界的每一个孩子都拥有自己喜欢的书，都能分享阅读和求知的幸福与欢愉……

2012年秋天，我来到了慕尼黑布鲁顿古堡，走进了叶拉·莱普曼夫人创办的这座像美丽的童话城堡一样的儿童图书馆。我在这里翻阅着各种文字版本的、琳琅满目的童书，也在院子里的老苹果树下散步和休息，有时也走到院子外面，跨过小木桥，来到清清的池塘边，用午餐时特意省下的面包，去喂池塘里的灰雁鹅和白天鹅……

图书馆的院子里，长满了低矮的老苹果树。每棵苹果树上都结满了红的、绿的苹果。有的苹果成熟了，落在了树下的绿草地上，许多白头翁和椋鸟会飞来啄食……

我一边像小鸟一样吃着从草地上捡起的干净的苹果，一边想着：叶拉·莱普曼夫人当年的那个美好而崇高的愿望，不正是我们这些为儿童写作和工作的人，直到今天还在为之努力、渴望实现的一个梦想吗？让每个孩子都有书读，这是一个多么美好和善良的愿望啊！我们做到了吗？

在国际儿童图书馆做义工的琳达小姐，是来自塞尔维亚的一位儿童文学作家，她一边在这里做研究，一边充当暂时的图书管理员，还要给一些国家和地区的捐赠者和咨询者回复信件。在老苹果树下散步的时候，我向她请教了一些问题。交谈起来才知道，原来，她和我的一位塞尔维亚朋友、童话诗人奥·米卡·杰克斯也十分熟悉，我告诉她，我正在试着把米卡的一些儿童诗翻译成中文。琳达笑着说，那米卡可要好好地干一杯了。正是从琳达口中，我知道了叶拉·莱普曼夫人更多的故事。

二战期间，作为犹太人的叶拉，幸运地逃离了纳粹德国，在瑞士暂住了下来。但是她在内心里，总是对故乡德国割舍不下，尽管它曾经是犹太人的噩梦。她在自己的回忆里援引过海涅的话：每当我在深夜里想起德国，我就会焦灼难眠、热泪盈眶……这是一位真正的爱国者。战后，叶拉以盟国占领军文化官员的身份，返回自己的祖国。她开始在德国的废墟上四处呼吁和奔走。

但是她当时的特殊身份，却给她的工作带来了不少障碍，一些德国同胞甚至怀疑她的动机，并且以应该虑及德国的"文化安全"问题来审视她的倡议和愿望。然而，正如伟大的德语诗人里尔克的诗中所预言的：用你温柔的姿态，你可以把握世界，而依靠别的，肯定不能。叶拉在误解和困境之中并没有气馁，也没有放弃自己的美好梦想。她呼吁说，德国的孩子，和全世界的孩子一样纯洁，他们是无辜的，不应该继续生活在纳粹的阴影之中，何况，他们也是疯狂的战争和恶魔般的梦魇的受害者。如果没有人来帮助他们去拥抱健康、阳光和文学，他们就会背着沉重的红字走上歧途。她敞开自己宽容和温暖的女性和母性之心，渐渐融化了一些同胞的敌意的坚冰。

叶拉最早发出的一个具体的倡导就是：在慕尼黑组织一次国际儿童书展，展出她从世界各国募集到的4000册童书，以此来吸引德国的孩子和他们的父母亲，帮助他们重新建立起读书和生活的信心与幸福感，重新找回阅读、思考和想象力……她的倡导，赢得了人们的赞美和响应。许多年轻的父母，像被拉出了黑暗地窖的葡萄藤一样，对生活的信念瞬间得以复苏。他们怎么也没有想到，一本本来自不同国家和地区的小小童书，竟然拥有那么大的魔力，一夜间就可以改变许多德国的孩子、父母和家庭的精神状态。

叶拉并不满足于自己努力获得的最初的成果。她锲而不舍地继续奔走和游说，相继得到了洛克菲勒财团和美国总统夫人等不同阶层和名人的支持。经过数年的奔走，她终于让一棵"长满书的大树"——一个汇集了数万册来自全世界各种文字和版本的童书的图书馆，矗立在了慕尼黑郊外的那座童话般的古堡里。而这座古堡，同样来自一次伟大的捐赠。在图书馆落成仪式上，叶拉动情地说道："只有世界上的每一个孩子都学会了相互理解，我们才敢希望，拥有一个和平完整的世界……"

叶拉·莱普曼夫人美丽和善良的梦想，终于落地成真了。她以这座小小的图书馆为工作平台，又倡导和创办了前面说到的"国际青少年读物联盟"，创办了每两年颁发一次的全世界儿童文学最高奖——"安徒生奖"（也被称为"小诺贝尔奖"），以及联盟会刊《书鸟》杂志。琳达告诉我，如今，这座青少年图书馆得到了联合国教科文组织的认可、表彰和支持，全世界各国，包括中国的儿童出版社，每年都会向这里捐赠一些最新的童书。目前图书馆藏有近百万册、130多种文字的童书和儿童文学刊物。图书馆每年还会在全世界范围内邀请几位儿童文学作家或研究者来此访问和研究。每年想来这里工作，甚至做义工的大学生很多，琳达的工作内容之一就是给这些大学生回信。图书馆要求，凡来此工作的馆员，每人至少要会使用两三种语言，获得过图书馆学的学位，而且至少对自己母语国的儿童文学有一些研究成果……琳达说，这个小小的城堡，还有一个更响亮的名称——"小联合国"。

从 1967 年 4 月 2 日举办了第一届国际儿童图书节迄今，这个美丽的节日已经举办了四十多届。中国于 2006 年在澳门主持举办了第三十届盛会。我个人觉得非常荣幸的是，我们编辑出版了自 1967 年以来，历届国际儿童图书节上作家们的献辞、安徒生奖得主精彩的受奖演说辞、历届儿童图书节的彩色招贴画的汇编，名为《长满书的大树·安徒生文学奖获得者与儿童的对话》（黑马译）。这是"国际青少年读物联盟"正式授权和认可的唯一的中文译本。

《长满书的大树》译者黑马（毕冰宾）先生，是第一位进入 IBBY，走进布鲁顿古堡的翻译家。长期以来，他成为国际青少年图书馆与中国发生直接联系的唯一"使者"。这本书，为帮助我们了解 IBBY 的工作和意义，打开了一扇美丽的西窗。

这是一些"老天鹅"的话，是世界各国儿童文学大师们所描绘的神奇、美丽和丰富的"书的世界"的景象，所讲述的是一个个昨天的故事和明天的秘密。这是一只只"永恒的黑划子"和"想象的漂流瓶"。"什么也不能像书那样点燃探索的明灯，帮助我们用心灵去认识那些未知的事物。"——瑞典童话家林格伦在献辞中说。而希腊女诗人雷娜·卡萨奥斯告诉孩子们，每一本书，就像"黑暗中的萤火虫"，它们闪烁着，就像一些永恒的价值在闪光：爱、善、自由、美、温柔、正义，它们给生活以深刻的内涵，给我们匆匆而过的人生以意义。小小的萤火虫，"正以它们微弱的金色光点为武器，驱散随时要围困世界的黑暗。"

儿童文学作家们并不回避，也并不一味地用美丽的想象力去掩盖和粉饰这个世界上正在发生的灾难与残酷的事件。当装甲车和坦克冰冷的履带碾过那些美丽的花园和学校，孩子们的笔盒、书包和童年的梦都被埋进了废墟里，就像瓦砾下那些痛苦的、流泪的小草，橄榄树刚刚从冬天苏醒，灰白色的叶蕾就被大火烧焦；襁褓中的婴儿在甜美的睡梦中被爆炸声惊醒，蔚蓝的天空被铁丝网分割，再也看不见一只小鸟，这时候，我们也听到了那些愤怒的和充满良知与道义感的声音。1996年安徒生奖得主、以色列作家尤里·奥莱夫呼吁，儿童文学作家要帮助和拯救那些"如履薄冰的孩子"，因为，大屠杀曾经是他童年的一部分。1997年献辞的作者、斯洛文尼亚作家鲍里斯·诺瓦克则直言，孩子们不仅仅生活在光明里，同时也生存在阴影里。因此，他希望，"作为一个不能再真实的警告，希望成年人不要把他们的童年变成地狱。让我们都尽自己的一份力，让孩子们免受苦难！"也因此，1984年安徒生文学奖得主、奥地利作家克里斯蒂娜·涅斯特林格谈到她为儿童们写作时的一个精神支柱（她把它说成是写书的"办法"）就是："既然他们（孩子们）生长于斯的环境不鼓励他们建立自己的乌托邦，那我们就挽起他们的手，向他们展示这个世界可以变得如何美好、快乐、正义和人道。这样可以使孩子们向往一个更美好的世界。这种向往会使他们思考应该摆脱什么、应该创造些什么以实现他们的向往。"

埃尔汗姆·扎巴克赫特和哈拉赫·扎巴克赫特，是一对来自伊朗的小姐妹。她们家并不那么富裕，可是她们都很喜欢读书。她们的爸爸妈妈也尽量省吃俭用，给小姐妹俩买回她们最想读到的儿童书。1976年，国际儿童图书节组委会邀请这对小姐妹，为这届图书节写了一篇献辞，献给全世界爱读书的小朋友们。

献辞里说："我们能在书的神奇世界里旅行，同大树和清泉说话，真开心啊！我们还可以到大巨人和魔术师的房子里去，看看谁是好人，谁是坏人。在书的世界里，我们可以跟全世界的人交朋友，和书中的主人公一起去走遍全世界，与全世界的小朋友一起玩耍。读书时，我们就走进了一个神奇的世界，和小仙女们一起旅行。我们坐在小仙女美丽的翅膀上，把我们的愿望告诉她们，想要什么，她们就会给我们什么。"小姐妹俩还向我们讲述了她们阅读第一本书时的美好记忆：那是五年前，爸爸妈妈给她们买回了一本美丽的书，书名叫《神奇的小金鱼》。书里面的图画真是太美了，一下子就吸引了她们。第二年，小姐妹俩开始上学了，会认字了，她们又开始一遍遍地读那本书上的故事。她们都被故事里的小金鱼给迷住了！

"打那以后，我们就用心记住了这个故事，每天晚上，我们都会对这条小魔鱼说说我们的愿望。不过，我们要的东西从来不太多……

"直到现在，我们晚上躺在床上时，还会想着这本书，想象着自己就是书里的幸福的渔夫。我们把自己的愿望说给小金鱼听，早晨起床后，我们就尽自己的全力，让这愿望变成真的。"

看，一本你喜爱的书，就像是一位永远难忘的好朋友，就像是一个你随时乐意去就可以去的熟地方。而且，一本你喜欢的书，也是真正属于你自己的东西。因为，书中会有你的欢乐、你的忧愁、你的梦想，你的期待与渴望，书中也会有属于你的神奇的小金鱼。

儿童文学作家们的心都是相通的，他们互相之间并不太受地域、民族和文化背景的限制，越是优秀的作家越是如此。因为，他们的写作面向的对象就是整个人类——无论是玩耍中的儿童，还是坐在壁炉前取暖的老人。

2014 年春天，东湖梨园

外国文学图书馆的一个下午

　　一百多年前，当 20 世纪的曙光照临俄罗斯大地，一个旧的时代行将结束，一个全新的时代正在大踏步走近的时候，安东·巴甫洛维奇·契诃夫，情不自禁地借自己的剧中人之口，向着不可预知的未来致意："你好，新的生活……"面对正在走来的新世纪之春，他欣悦地对一位朋友、作家库普林说道："您看，这里的每一棵树，都是我亲自种植的，因此非常亲切。不过最重要的还不是这事。在我未来到以前，这里是一片生满荆棘的荒地，正是我将这荒地变成了经过垦殖的美丽园地。想一想吧，再过三四百年，这里将全部是美丽的花园，那时人们的生活将是多么惬意和美好……"

　　比契诃夫更早的时候，在一百八十多年前，诗人普希金从彼得堡重返故乡米哈依洛夫斯克村，看见自己当年策马而过的三棵松树边，又长出了一些青翠的小树，也情不自禁地向它们发出了欣悦的问候："你们好，我不曾认识的年轻一代……"诗人想象着，再过许多年，他虽然看不到这些小树如何成长壮大，看不到高大的树顶如何为那些过路人遮住阳光，但他相信，他的子孙，还有更多后来人，经过这片已经长大的橡树林的时候，将会"听见欢迎的喧响，并且还会把我追想"。

普希金的预言没有落空。他用毕生的热情歌唱过的俄罗斯大地、天空和树林，在将近两百年后，依然带着那迷人的抒情诗的光芒，隔着遥远而汗漫的时空，在召唤和温暖着后来的人们。

2014年深秋，阿尔巴特大街上已经飘起金色落叶的时候，我们来到了普希金、契诃夫和托尔斯泰的土地上。伏尔加河、涅瓦河、第聂伯河……以及诞生在这片肥沃的土地上，滋长在这些宽广的河流两岸的俄罗斯文学、苏联文学，曾经是我们这代人的光明和英雄梦。"我的灾难重重、忍耐不已的祖国啊！我们从儿童时代就习惯于她了，我们在少先队营地里，在卫国部队里，在战场上，都站在祖国的红旗前宣过誓，表达过我们的忠诚。"俄罗斯家喻户晓的文学家、诗人，曾三度为苏联和俄罗斯联邦的国歌作词的老作家谢尔盖·米哈尔科夫的这番话，说出了所有俄罗斯爱国者的心声。俄苏文学里，那种为了理想、为了信念、为了祖国、为了爱情而甘心踏上受苦受难的征途，乃至不惜英勇献身的爱国情怀和英雄主义精神，曾经让我们洒下热泪，至今想起来仍然会禁不住热血沸腾，泫然而有泪意。

一个阳光煦暖的午后，我们来到著名的俄罗斯外国文学图书馆，与几位俄罗斯作家见面。这座图书馆原名玛·伊·鲁德米娜图书馆，建于1922年，藏书500万册，是俄罗斯最大的公共图书馆之一。现任馆长是俄罗斯和国际图书馆界公认的一位德高望重的女士格尼耶娃。格尼耶娃女士秉持着她的前辈鲁德米娜的传统，以"把整个世界的文化置于人们心中"为自己的终身理想，这也是她的"图书馆之梦"。

这是一个轻松愉快、书香馥郁的下午。在与我们见面的作家中，玛格丽特·赫姆琳女士，凭着长篇小说《克洛茨沃格》和《调查员》，获得过俄罗斯国家奖和布克奖。当我谈到中俄两国儿童文学在历史上有过的相互影响，以及几乎相似的现状时，赫姆琳拿出了她带来的几件"道具"：一个几十年前的儿童布偶玩具小熊，一瓶属于旧俄罗斯时代的香水，一条同样属于过去年代的旧披肩，还有一个已经洗得有点发白的旧枕套。这让我感到意外，或者说我们的观点有点不谋而合——用赫姆琳女士的话说，也许并非全然是一种巧合——她用这些散发着过去年代的童年芬芳和日常生活气息的旧物品，说明了自己的一个文学主张：作家应该尊重和善待自己的祖国与民族的历史。而她个人的创作特点，往往是从某一个过去年代的小物件入手，层层生发开去，演绎出完整的故事和曲折的人物命运。她认为，透过文学作品里最小的细节描述，可以解读出大时代的特征，乃至描绘出整个时代和社会风貌。

俄罗斯给世人留下过一个错觉：历史不断发生断裂，社会制度发生过颠覆性的变革，文化上的转型更是好走极端。然而从赫姆琳女士和我们的一番对话中，我深深地感受到，俄罗斯人其实是非常尊重和善待历史的。赫姆琳女士捧给我们看的几件陈旧的小物品，就足以证明著名思想家别尔嘉耶夫在《俄罗斯思想》里做出的那个判断：俄罗斯人是在承续历史中生活着的。这也正是这个民族值得学习的许多优良素质之一。

另一位作家和翻译家瓦尔德万·瓦尔扎别江，目前正在从事的一项工作是翻译《摩西五经》。瓦尔扎别江喜欢中国诗歌，尤其喜欢李白的诗。他给我们讲述了他的儿子学汉语的故事，以及他本人从事文学创作四十多年来的一些经历，以此说明他的一个观点：文学创作需要良好的社会环境、政治环境。另外，即使岁月已经流逝，人们的生活方式也发生了很大变化，人们的价值观和文化观也出现了转型，但是作家的独立思考精神和坚守理想的信念，却不能动摇。瓦尔扎别江还用自己在当地政府部门申请某个"批复"，虽历尽周折却锲而不舍的小故事，从侧面告诉了我们俄罗斯作家的一个生存现状：虽然什么都缺乏保障，需要靠自己去努力，但是，只要不放弃追求，一切也皆有可能。

娜塔莉娅·伊万诺娃女士是一位作家、评论家、剧作家，还是俄罗斯老牌杂志《旗》现任执行主编、"别尔金文学奖"的负责人。她还是帕斯捷尔纳克、蒲宁研究专家，这两位诺贝尔文学奖获得者的传记纪录片脚本，都是伊万诺娃撰写的。她写的帕斯捷尔纳克传记《生活的四季》，获得过"皇村艺术奖"。伊万诺娃给我们讲述了《旗》杂志在苏联解体之后的出版境况，以及目前在不依靠任何政府资助的境遇下，坚持独立运作和出版的情形。她说，在俄罗斯，文学中心主义的时代已经一去不复返了，文学作家和文学杂志的生存都面临着严峻的考验，所幸的是，相比过去的年代，无论是思想环境还是文学环境，都有了更多的自由和宽松，新一代的俄罗斯文学正在成长和壮大。她自豪地说，"阅读一下我们的《旗》，你们会感受到这一点。"伊万诺娃还告诉我说，读大学时她就很喜爱中国的《红楼梦》《水浒传》《金瓶梅》，她形容这些作品"如同侦探小说一样"引人入胜。她的女儿在莫斯科大学、柏林大学、耶鲁大学读过书，最后选择在中国长春的一所大学教书。她的女儿也是一位作家，写了一部以中国为背景的长篇小说，她希望有一天这部小说能用中文在中国出版。她用女儿的经历，表达了对文化交流更有助于文化发展的期待。

俄罗斯人一直有着良好的阅读风气。在餐厅、咖啡馆、候机厅、地铁上，随处可见一些老年俄罗斯人在埋头读着厚厚的书。高速公路边的加油站里，也有很多定价较低的平装本最新小说销售。而去图书馆读书，更是俄罗斯人的日常生活方式之一。外国文学图书馆在图书借阅制度上，也依然沿袭着苏联的做法：年满 18 周岁的公民，或者持有合法护照入境的外国人，都可以免费在这里办理一张借书证。国家为了提升国民素质、倡导国民阅读，已经立法规定：所有的城市行政区、大学、科研单位，都须建立面向公众开放的公共图书馆。这其中只有一个例外，莫斯科大学图书馆，它一直没有对公众开放，也因此引起了莫斯科市民和全俄读者的不断的批评。

在外国文学图书馆里，我看到，每一间阅览室里，都坐满了安静的阅读者。图书馆走廊里，不时有抱着厚厚的精装本旧书的读者走过。这种情景使我想到曾经的一个说法：老一辈俄罗斯人，他们之所以强大、坚韧，无论在怎样的苦难面前都不会屈服，永不低下高贵的头颅，那是因为他们都是读着陀思妥耶夫斯基、普希金、屠格涅夫、果戈理、谢德林、老托尔斯泰这些文学大师的作品成长起来的，他们的书，是雪原上的篝火，是严冬里的太阳，是狂风中的橡树，照耀和坚守在俄罗斯辽阔、苦难的大地上……

这个美好的午后，在外国文学图书馆里，我似乎找到了那个曾经失去的、属于我们这代人的"光明梦"。

2015 年 2 月 12 日，东湖梨园

安娜的铃兰花

英国女作家朱迪斯·克尔的自传体小说《希特勒偷走了粉红兔》，是一部反思纳粹历史，讲述 20 世纪 30 年代里希特勒和纳粹统治德国时期，小女孩安娜跟着家人流徙异国他乡，度过自己"艰苦童年"的故事。当时，年仅九岁的朱迪斯，并不明白"逃难"的含义，她离开家、离开自己的祖国后，仍然惦记着留在家里的一只粉红色兔子玩偶，那是她小时候最心爱的东西。除了粉红兔，她当时还有一只玩偶小狗。"妈妈说每人只能带一个玩具。"犹豫再三，她带走了小狗，从此再没见过她的粉红兔子。

虽然故事发生在纳粹时期，但是作家并没有过多地去铺排和渲染那场恐怖的人间灾难，而是将小安娜和她的哥哥、同学、家人，在黑暗年代里未曾泯灭的对美好生活的信念、希望与热爱，作为整个小说的主线，书写了这一代孩子直面"艰苦童年"、乐观地走向新的生活的成长故事。

安娜的爸爸是一位有独立思想、反对希特勒和纳粹专制统治的犹太作家。在希特勒即将上台之前，他预感到，希特勒和纳粹在德国可能会赢得大选。"假如出现这种情况，让那帮人掌了权，他就不想在德国生活了。咱们谁也不愿在这儿的。"妈妈告诉即将迎来自己十岁生日的安娜。

"因为咱们是犹太人吗？"安娜问。

"不仅仅因为咱们是犹太人。你们的爸爸认为那时谁都不敢畅所欲言，他就无法写作了。纳粹不愿意听反对的声音。"

果然，在德国大选前夕，安娜的妈妈给爸爸整理了一个小旅行箱，爸爸搭乘夜间火车去了布拉格，逃离了德国。如果纳粹失败，爸爸就会回来；如果纳粹获胜，那么，小安娜这一家犹太人在德国就很难待下去了，到时候，妈妈会带着全家人去布拉格，去瑞士，和爸爸在一起，"在那儿一直住到所有灾难都过去。"

无论是爸爸、妈妈，还是其他亲人、亲戚，他们都有一个共识：虽然让孩子们在童年时代从一个国家流浪到另一个国家，生活将会很难很难——就像小安娜看过的一本书上所描写的"艰苦童年"一样，但是，"不能让孩子在这样的环境中成长"已经成了大家的流行语。

小安娜这一代犹太孩子生不逢时，他们注定要被迫离开熟悉的祖国，去陌生的异乡流浪。因为，希特勒赢得了大选，他很快就控制了整个德国。正如爸爸预料的那样，谁都不允许说个"不"字，谁如果反对希特勒，谁就会被关进监狱。

在这种境况下，妈妈带着小安娜和她的哥哥，忍痛离开了祖国，星夜逃往异乡。黑暗之中，火车轰隆隆地穿过德国，少女安娜的心里却一直在想着她在书上看到的那四个字：

艰苦童年……艰苦童年……艰苦童年……

临离开时，孩子们帮妈妈捆扎书时，心里还怀有这样的希望："所有的书还是要放回书架的！"可是接下来，"就跟悲剧里的剧情一样，糟糕的事情一件接一件。"纳粹不仅点燃了专制的大火，烧毁了象征着自由、民主、和平的国会大厦，还在各地干起了疯狂的焚书行径，不单单焚烧了安娜爸爸写的书，还烧了其他一些杰出作家的书，如爱因斯坦的书，弗洛伊德的书，乔治·威尔斯的书……

纳粹点燃的疯狂的大火，不仅烧痛了小安娜幼小的心，也烧毁了一代德国孩子童年的美梦。

在异国简陋的乡村小学校里，安娜虽然也在上课、念书、写诗，可是，她的心中藏着沉重的心事。她知道，她再也不能在自己的祖国、自己的城市里生活和念书了，不能和家乡的男孩子一起玩滑雪橇、溜冰的游戏了。她很怀念在祖国的那些快乐无忧的时光。

但是，这样的时光已经消逝了。她被迫着去承受童年生活和命运的重量。在异国他乡，她甚至亲眼看到了这样令她费解的事实：

当她遇见一个同样幼小的德国男孩时，本来觉得应该和他一起快乐玩耍、成为友好的小伙伴，可是，那个德国孩子的家长不仅仅不允许他们一起玩，甚至不允许他们说话。末了，德国男孩只能抱歉地做了个鬼脸，耸了耸肩。不是因为别的，就因为安娜是犹太孩子，而他们，是纳粹的孩子。

看到德国男孩被他的妈妈带着离开了，安娜感到十分迷茫和伤心。"不知那个德国男孩现在是怎么想的，不知他妈妈都讲了她和麦克斯什么坏话，也不知他长大后会成为什么样的人。"安娜这样在心里想道。

作为"逃离希特勒的难民"，安娜在苏黎世湖的渡船上，度过了自己的十岁生日。虽然也有爸爸妈妈和亲人的祝福和礼物，可是小安娜还是觉得，"我还不太习惯当难民。"

那么，如何给幼小的孩子去解释这种灾难呢？如何去安慰孩子迷惘和痛楚的心呢？

爸爸这样告诉她生活的真相："你在一个国家生活了一辈子，而这个国家突然被一群暴徒所占领，你得到一个陌生的地方谋生，无亲无友，一贫如洗。"

爸爸还这样鼓励正在成长的安娜："犹太人遍及世界各地。纳粹编造出可怕的谎言污蔑犹太人，所以，咱们这样的民族必须澄清谎言，这才是至关重要的。"

"怎么澄清呢？"安娜问爸爸。

"要表现得比其他的民族更为优秀。"爸爸告诉她说，比如，纳粹说犹太人不诚实，那么我们不仅要和别的民族一样诚实，还必须比他们更诚实；比别的民族更勤奋，证明咱们并不懒惰；比别的民族更慷慨，证明咱们并不吝啬；比别的民族更懂礼貌，证明咱们并不粗鲁。

爸爸也明白，这样的要求，对孩子来说似乎太苛刻，"但我觉得很有必要，因为犹太是一个伟大的民族，身为其中一员是幸事。你们在瑞士代表的是犹太民族，当我和妈妈回来时，我相信我们一定会为你们的所作所为感到骄傲。"

爸爸的话，不仅给小安娜带来了温暖的安慰和鼓励，更像是在黑暗中给小安娜点亮了一盏盏路灯，为她照亮了童年的小路。

就像盛开在艰苦童年里的春天的铃兰花，小安娜在一天天成长起来，坚强起来，成熟起来，散发出生命的芬芳。

当她看到，爸爸为了维持全家人的生活，拼命写作，疲倦不堪，而且只要一闭上眼，就会不断地做噩梦，梦见自己试图逃出德国，却在边境被纳粹拦了下来……安娜听着爸爸在梦中的叫喊，心如刀割，她低声祈祷上帝说："求求你，让我代替爸爸做噩梦吧！"

记得安徒生文学奖获得者、以色列作家尤里·奥莱夫曾经呼吁，儿童文学作家要帮助和拯救那些"如履薄冰的孩子"，因为，大屠杀曾经是他童年的一部分；另一位应邀为国际儿童图书节写过献辞的斯洛文尼亚作家鲍里斯·诺瓦克则直言，孩子们不仅仅生活在光明里，同时也生存在阴影里，因此他希望，"作为一个不能再真实的警告，希望成年人不要把他们的童年变成地狱。让我们都尽自己的一份力，让孩子们免受苦难！"同样是安徒生文学奖得主、奥地利作家克里斯蒂娜·涅斯特林格，谈到她为儿童们写作时的一个"精神支柱"就是："既然他们（孩子们）生长于斯的环境不鼓励他们建立自己的乌托邦，那我们就挽起他们的手，向他们展示这个世界可以变得如何美好、快乐、正义和人道。这样可以使孩子们向往一个更美好的世界。这种向往会使他们思考应该摆脱什么、应该创造些什么以实现他们的向往。"

朱迪斯·克尔就是用这样一本讲述黑暗年代却又充满了温暖和光亮的小说，回应和践行着爸爸的期望。

每一个孩子，都是上天赐予我们的天使、宝贝和奇迹。我们甚至会惊异地发现，越是在苦难、艰辛、疯狂和黑暗的年代，在我们的孩子们身上，越具有一种如同芬兰儿童文学作家托芙·扬森所谓的"非凡的自卫能力"：只有孩子才能将日常事激起的兴奋，以及面对怪异而不慌不忙的安全感完美地平衡起来。

你们听，在那天空中阴云密布、灾难即将来临的日子里，孩子们在雪地上玩雪橇时发出的开心的笑声，是多么美丽和爽朗！

你们看，当纳粹正在到处制造人间地狱的时候，那开放在 5 月里的一束束小巧的绿铃兰和白铃兰，正装满了箩筐，出现在街头巷尾，给焦灼不安的人们送来美丽的希望！

就在这样的 5 月的早晨，小安娜看见，一位老者手中的报纸头版上正登着一幅希特勒不可一世的讲演照片。可是，老者把报纸拦腰一折，"希特勒就不见了"，随后，他充满感激地嗅嗅春天的气息，微微一笑，把嘴里仅有的一颗门牙露了出来。

"春天的气息呀！"他说。

5 月是橄榄树返青的季节。严寒的冬天里，橄榄树的枝枝叶叶化成了泥土，但是，谁又能保证，那些死在纳粹的集中营里，已经变成橄榄树田的肥料的苦难者的骸骨，不在历史的春天到来的时候，又化作青葱的橄榄树叶，来点缀那明媚的德国和欧洲呢？

在《希特勒偷走了粉红兔》里，希特勒可以说是灾难、邪恶、黑暗和魔鬼的代名词，粉红兔却象征了孩子们的美梦、热爱、幸福、希望和信念。魔鬼最终真的能偷走孩子们的美梦、热爱与信念吗？不会的，永远不会的！最终，所有的征服者、霸权者、灾难制造者，也都将祸及自身。

"祝小安娜生日快乐！"

"祝 1935 年快乐！"

听，在艰苦的年代里，人们都在举杯祝愿。

是啊，谁能阻挡历史的脚步、春天的脚步呢？

2014 年 12 月 12 日，东湖梨园

格拉宁的散文步态

汪曾祺先生曾有一个说法：如果一个国家的散文不发达，就很难说这个国家的文学是发达的。

不能不说，俄罗斯是一个"散文大国"。

一代代俄罗斯诗人、作家、思想家、政论家、传记作家……用各种风格的文笔，试验了散文写作的各种可能。

康·帕乌斯托夫斯基不仅用优美的散文写出了《金蔷薇》《面向秋野》这样的文学评论集，还用同样优美的散文文笔，完成了六卷本自传体长篇小说《一生的故事》。

白银时代的思想家、作家洛扎诺夫，写过一册题名为"落叶集"的奇书，书中文字全部由一些零散的随想录和短小的札记片断构成，有的片段只有一行义字，例如：

"人们像花儿一样枯萎，凋零。"

"欧洲文明将毁于恻隐之心。"

有的片段甚至只是几个单词，或者一个闪念，例如：

"活得高尚吧。"

"看啊，想啊，吃啊。"

"甚至没有意思……"

这册《落叶集》分为两部，洛扎诺夫把它们分别命名为"第一筐""第二筐"。

我很喜欢这册包罗万象的散文集，它有着贾植芳翻译的那本《契诃夫手记》的意味。然而，洛扎诺夫并不把《落叶集》视为散文集，而是把它当作一部"札记体"长篇小说创作的。

1998 年，上海、云南的出版社出版了《白银时代俄国文丛》《俄罗斯白银时代文化丛书》两套书。抛开人类群星闪耀时的那种璀璨的思想光华不说，这两套书像是展开了俄罗斯散文的原野，让我们看到了俄罗斯欢欣岁月里斑斓多姿的散文形式和异常丰茂的散文生态。

出生于 1918 年、早已著作等身的俄罗斯老作家达·亚·格拉宁，写过一部名为《探索者》的长篇小说。在散文领域里，他也真的称得上一位永不疲倦的"探索者"。

20 世纪 80 年代里，我们这一代读者，大都读过他写的一本传记体小说《奇特的一生》。但格拉宁不认为他写的是"小说"，他说他写的是"文献散文"。

在谈到《奇特的一生》的创作时，他这样说道：

"文献散文越来越引起我的兴趣，创作使我厌烦了。您知道，创作归根到底在一定程度上是不真实的，情节归根到底全是想出来的。这一切似乎很自然，是文学中大家通用的方法，近来却使找烦躁，我开始寻找另外的方法来描写生活中最本质的东西。"

这本书的主人公柳比歇夫，是一位有着博大精深的专业学问的生物学家，同时又是一位知识面极其广博的"杂家"，一位一直在思考生命的真谛和人生的意义的思想家、哲学家。

格拉宁是怎样来写这位生物学家"奇特的一生"的呢？

他说："我不打算通俗地阐述他的思想或衡量他的贡献。我感兴趣的是另一个问题，他，我们同时代的人，一生干了那么多事，产生了那么多思想，这是用什么方法达到的？……柳比歇夫对我最有吸引力的精粹、核心正是这个方法。他的工作方法是一个创举，不问他其余的工作和研究如何，这种工作方法是独立存在的。"

在这本书中，柳比歇夫通过他的"时间统计法"，对自己进行了研究和试验，试验在读、写、听、思、工作等各方面，一生到底能做多少事情，怎么去做，如何让自己胜任工作，而且从容不迫……

生命是由一分钟一分钟、一小时一小时、一天天、一月月、一年年……构成的。时间统计，成了柳比歇夫生活的"骨架"。这不仅保证了他最高的工作效率，并且保证了他最旺盛的生命创造力。

与其说，格拉宁写的是一本生物科学家的传记，不如说，他写的是一本探索生命效率的科学著作。因此，这本书在文体形式上，也充满了奇特的"试验"风格，让我们明白了什么是"文献散文"。

格拉宁说："文献散文，往往会遇到材料成灾的问题。周围事实那么多，一本本的笔记本都记满了，使你陷入事实的汪洋大海，来不及深入研究，也无法站开一点，从远处通观全貌。文献散文与特写有区别，当然二者之间的界线是相对的，但总有一个界线。文献散文必须是散文，是文学，这一点很重要。文献散文的情节不是设计出来的，不是想出来的，而是从材料内部去发现，看到的。主人公也不能简单地加以临摹……"

毫无疑问，这种"文献散文"，比我们通常所认识的传记文学，更具难度和探索意义。

尼采说过：阅读一本书时，从一些句子的"步态"，就可以看出这个作者是否疲倦了。

2009 年，格拉宁先生 90 岁时，又出版了一本新书，《我记忆中的光怪陆离片段》。令人惊奇的是，如此高龄的作家，从他的散文步态里，我们竟然看不出丝毫的"疲倦"之意，他对散文文体的试验与探索，仍然是那样地兴致勃勃、充满好奇之心。

这部用短小的片段构成的长篇回忆之书，与洛扎诺夫的《落叶集》可谓一脉相承。只是，格拉宁为每一组"片段"都加了个小标题。

我们且引出一些"片段"，以窥"全豹"。

关于"幸福"，他写道：

"我习惯于认为，今天——是我一生中最幸福的一天，因为我们度过了大半生，回忆往事，美好的居多，瞻望未来，寄希望于更加美好。"

"一个人无论多么幸福——回首往事总不免发出一声叹息。"

在《预言》的一个片段里，他是这样写的。

赫鲁晓夫对尼克松说：

"你们的孙辈将生活在共产主义的美国。"

尼克松回答说：

"不，我认为你们的孙辈将生活在资本主义的俄国。"

当时是 1959 年。

种瓜得瓜，种豆得豆！

有许多片段，又如一段段文笔优美的散文诗。例如《秋色》《椴树》《旋律》，等等。且看《旋律》这个小片段：

窗外，亮晶晶的雨点滴答滴答地响着，它不单调，很有节奏，构成某种旋律，是的，是旋律。它时而出现，时而消失，非常和谐。听！它的速度在加快，越来越快，突然，舒缓，寂静下来。像音乐中的休止符，这意味着，在蓄积力量。令人迷惑的寂静啊，似在喘息，抑或瞬间沉思。我躺着，听着。这样美的享受，并非在每个音乐会上都能够获得。

还有一些片段，由生活的细节与瞬间触发的感受，而谈到了他的文学经验，兼及社会批评。例如《适度》这个片段：

"俄国人的餐桌上琳琅满目，应有尽有，馅饼、沙拉、白菜肉卷、大鱼、大肉。在其他各个方面我们也都一样不知分寸，不懂适度。我教育我的女儿要学会古希腊的规矩，凡事要把握分寸。艺术和文学一向遵循适度。"

在诸如《作家》《浪子》的片段里，他写的是他的文学观和艺术观，有时是由一些文坛掌故生发开来的。例如《作家》中的一段："歌德的秘书艾克曼跟随歌德并记下他说的每一句话，最终，出版了一本很厚的书。歌德知道这一点并且帮助他，把自己的思想说出来。与此同时，艾克曼还不停地提出各种问题，歌德不得不回答，从中梳理出自己的观点。艾克曼不仅记录，同时还设法挖掘他的思想，歌德说呀说的，跟随他的不是保镖，而是拿着记事本的秘书。他边走边说。我想，如果有更多的艾克曼，也将会有更多的歌德……重要的是，这不单是被疏漏的话语，更是那些能够引起人们关注和期待的思想。"

《我记忆中的光怪陆离片段》这本书的扉页上，写着这样的阅读提示："本书不属于任何文学体裁……书中以短小的形式，时而尖刻时而委婉地表达，展现了 20 世纪 30 年代末至今的社会现实、人的命运……"如此看来，这也不仅仅是一部风格独特的散文，而是又一部《落叶集》式的"札记体"长篇小说。

2015 年 1 月 18 日，东湖梨园

金色的皇村

一

整整两百年前（1815 年），圣彼得堡皇村中学的一位杰出的校友，未来的"俄罗斯诗歌的太阳"，刚满 16 岁的少年诗人普希金，在升级考试的考场上，首次当众朗诵了他的抒情长诗《皇村回忆》。那天，俄罗斯德高望重的老诗人杰尔查文也光临了考场。当他听完普希金朗诵的最后一节时，颤抖着站起身来，伸出双手要去拥抱这个少年诗人，嘴里还不停地嘀咕着："我还没有死，我还活着，还活着……"

当晚，普希金的父亲也应邀出席了学校的宴会。席间，一位大臣激动地对普希金的父亲说："如果您允许，我想亲自教贵公子学习写散文。"杰尔查文听了这话，连忙阻止说："不，不！您还是让他做一个诗人吧！您知道他是谁吗？他就是我——杰尔查文的接班人！"诗人茹科夫斯基也在一边欣喜地说道："这个少年，是上帝给俄国送来的礼物！"

是的，就是这个少年——亚历山大·谢尔盖耶维奇·普希金，不久就要成为俄罗斯诗歌的一颗太阳。而此时，在金色的皇村，他正在冲破四周的云彩，奋力跃出俄罗斯的黑夜和山冈，努力放射出自己天才的光芒。所有的人也都确信，他已经具备了喷薄而出的能量⋯⋯

两百年后的一个金色的秋天，我来到彼得堡，来到皇村，向我景仰的诗人顶礼。在我的心中，普希金不仅是俄罗斯文学的一部语言华美的"百科全书"，也是世界上一切诗人的最高标准。也正是普希金，教会了几代中国诗人如何热爱、如何"抒情"。而坐在彼得堡金色的秋日里，坐在皇村的白桦树下某一张落叶翻卷的长椅上，阅读伟大的普希金，也是我三十多年来的一个浪漫的美梦。

2014年深秋时节，我的这个美梦终于实现了。皇村的大门前，也真的摆着那样一张供我小憩和阅读的长椅。

有好几个阳光煦暖的午后，我静静地坐在那里，坐在皇村门前，不远处是雕塑家罗·罗·巴赫的那座普希金坐在铁长椅上沉思的青铜塑像，我仿佛也陷入了深深的秋冥之中。苏联画家安德烈·普加乔夫，也画过一幅同样题材的油画《秋思的普希金》：普希金三十多岁后重返皇村，身着深蓝色风衣，坐在飘满金色落叶的长椅上，好像正在构思他的诗篇，他的身边放着礼帽和手杖⋯⋯

我知道，我坐在这里，不仅是在感受普希金的皇村诗意，同时也在享受彼得堡的深秋之美。

> 我爱大自然凋萎时的五彩缤纷，
> 树林披上深红和金色的外衣，
> 树荫里，气息清新，风声沙沙，
> 轻绡似的浮动的雾气把天空遮蔽，
> 还有那少见的阳光，初降的寒冽
> 和远方来的白发隆冬的威胁。
> 每当秋天来临，我就又神采焕发，
> 俄罗斯的寒冷对我健康颇有裨益；
> 对于日常生活的习惯我又感到欢喜：

一次次感到饥饿，一个个睡梦飞逝；

热血在心里那么轻松愉快地跃动，

我又感到幸福、年轻，各种热望涌起，

我又充满了生命力——我的身体就是如此。

　　这是诗人对秋天的咏赞。普希金是一位对秋天情有独钟的诗人，他不太喜欢春天，他说过："解冻的天气令我难耐，血液在游荡，情感和思想也被愁闷遮掩。"他也不爱夏天，他说："夏天在扼杀精神上的一切才能，把我们折磨；我们像田地，苦于旱情。"而冬天，最终也使他感到厌倦："雪一下半年不停，人们都快变成了习惯于穴居的熊。"只有金色的秋天，他最喜欢。这也让我想到了今天许多俄罗斯人常说的一句话：不要和俄罗斯的秋天去比美，你无论如何也比不过它！

　　那么，在俄罗斯，该从哪里开始，去追寻普希金的诗歌踪迹呢？也许，我应该从扎哈罗沃的那棵老椴树开始……

二

　　在少年普希金进入皇村中学之前，他的诗歌种子是在那个名叫扎哈罗沃的村庄里播下的。扎哈罗沃周围有着美丽和恬静的乡村风光，平坦的田野，金色的白桦林，大团大团的云彩，幽静的灌木丛，闪亮的河水，还有四周长满杉树和椴树的，像镜子似的明亮的水塘……扎哈罗沃是普希金一家人夏日避暑的乡村领地，而少年诗人有关扎哈罗沃的记忆，又是和他的奶娘阿琳娜·罗季奥诺夫娜紧紧连在一起的。

　　这是一位善良和慈祥的俄罗斯农妇，她知道许多俄罗斯民间传说，满肚子的谚语和俗话，很会讲故事，还会唱许多民歌和摇篮曲。普希金从童年起就深深地爱着这位奶娘，老奶娘也成了他童年和成年以后最忠诚的、最可亲的心灵的友伴。普希金后来有许多抒情诗是献给这位奶娘的。人们说，献给奶娘的那一系列诗篇，是诗人所有抒情诗中最美丽、最动人的一部分。

"圣像前的黏土灯下，她的老脸皱皱巴巴，头上是曾祖母时代的旧帽子，下面凹陷的嘴巴里只剩下两颗黄牙。"这是奶娘为小普希金唱过的催眠曲。在扎哈罗沃村许多个宁静的夏夜里，少年普希金哪里也不愿意去，只愿意待在奶娘那黑咕隆咚的小屋里，听她翕动着瘪陷的嘴巴，讲那些永远新奇和有趣的民间故事。什么巫婆和古堡啦，妖精和游侠骑士啦，留着雪白胡子的魔术师，忧郁的王子，漂亮和骄傲的公主，还有四周布满骷髅的旧城……都会出现在奶娘的故事里。这些稀奇古怪的传说，仿佛是黑夜里的灯火，照耀着少年普希金充满幻想的心灵。他从这些古老的传说中认识了俄国民间生活的形形色色，也从这些美丽的谣曲里感知到了俄罗斯语言的神秘与美妙。他的奶娘也像所有乡村农妇一样，按照自己在乡村教育子女的方法来教育着普希金和他的姐弟，孩子们也乐于接受她的教育。她留在普希金童年的心灵里的形象，永远是美好可亲的。普希金后来回忆自己的童年时，他记得的人物之一便是阿琳娜奶娘。善良的奶娘也使他早早地认识到了俄罗斯女性的温情、宽厚和智慧。

普希金一家人避暑的木屋，坐落在一片白桦林中。木屋后面有一株孤零零的老椴树，老得就像童话里的"树王"。少年普希金常常一个人坐在老椴树下看书或者幻想。有时候，他也拉着奶娘或外祖母坐在一块林中空地上，听她们给他讲故事。他的外婆也会讲很多民间故事。在扎哈罗沃，普希金也第一次认识到了俄罗斯乡村农人们勤劳与乐观的天性。

他看到，每当夕阳西下，田野上空飘散着绯红的晚霞，静谧的树林也仿佛穿上了绯色的衣裳，站在远处的夕光里，就像待嫁的新娘。农民们从田野归来，一路上都飘荡着他们的歌声。马在打着响鼻，狗在远处的道路边或田埂上追逐着，发出欢快悦耳的吠声。妇女们鲜艳的披肩和衣衫在晚霞里闪着动人的光芒。马车夫经过这些女人的身边时，会开一些粗鲁的玩笑，惹得这些女人一阵笑骂，他们的声音会越过树林，传到很远很远的地方。他还看到，水塘里倒映着红杉树和醋柳树的姿影，鸽子在不远处咕咕地温柔地叫着，云雀则在树林的上空高声歌唱，空气里弥漫着青草和泥土还有松脂的芬芳。那株夕阳下的老椴树，就像一位失去了领地的老君主，正在那里低头叹息，如果侧耳细听，还仿佛可以听见它深深的呼吸。

是的，在扎哈罗沃，少年普希金最初的诗心，被这静谧、温柔的大自然与和谐、丰饶的乡村景色安抚着。农人的歌谣，古老的童话故事，妇女们的笑声，大辫子的乡村少女，节日里农民们围成一圈，尽情地跳舞和歌唱……这一切，都使少年普希金的头脑里渐渐有了这样的感觉：这就是俄罗斯；这就是俄罗斯的大自然；这就是祖国——祖国的人民，祖国的语言，祖国的生活……

三

1811 年，普希金 12 岁。这一年，沙皇亚历山大一世下了一道诏书，决定在圣彼得堡郊区的皇村园林里创建一所皇村中学——一所享有特权的贵族寄宿学校。皇宫里下达的决议中规定，"创办皇村中学的宗旨是专门培养供国家机关重要部门使用的青年"，而且这些将来准备担负重任的年轻人，"要从大家大户里选拔"，即学生的出身必须是名门望族。沙皇本人对这所学校寄予了厚望，他把自己的私人图书馆也捐赠给了皇村学校，以示重视。学校聘请的教师，全是一些有名望的教授，并对录取的学生实行免费教育。根据沙皇的意思，皇村中学首批学生应在二十至五十名之间，其中也包括皇太子尼古拉大公和米歇尔大公，但据说皇太后不赞成让自己的孙子同别的入学少年为伍，事情只好作罢。普希金的父母原本是准备送儿子去教会办的学校，接受法国人的那套拉丁式和天主教式教育的。皇村中学建立的消息，使他们改变了主意，他们决定送普希金进皇村。这一决定对普希金来说至关重要——或者说，这是命运有意的安排。很难想象，一且普希金进入了教会学校，身穿黑色条绒紧身上衣，垂着饰有花边的袖口，说起话来必须慢条斯理，不能有任何自由的装束，那会是什么样子。诗歌，也许将与普希金无缘了吧？

啊，皇村中学，皇村中学……

穿越汗漫的时空，踏进位于皇村花园街2号的这座有着奶黄色外墙的四层小楼的那一瞬间，我的心情是激动的。我仿佛听见了自己心跳加剧的声音。我甚至有点不敢相信，我已经踏进了自己从少年时代起就无限景仰和向往的诗歌王者普希金的皇村。

这座精致的楼房，由一条跨街廊道与华贵的叶卡捷琳娜宫殿厢房相连接。进入一楼，一位优雅的老年女性莲娜女士，给每一位拜访者送上了一双干净的鞋套，以免把外面的尘土带进纤尘不染的楼道里。用今天的眼光来看，这座楼房里的楼梯、走廊、教室、礼堂、活动室和宿舍……都并不那么宽敞。毕竟，这是一个只招收五十人以内的皇家贵族精英学校。

1811年9月22日，亚历山大一世御笔批准了皇村中学首届学生名单。报名者共三十八人，考试后正式录取三十人，少年普希金榜上有名。二十天后，一位学监把这个12岁的少年领到了这座楼房四楼的一间窄小的房间门口，这是他的宿舍，门扉的木牌上写着"14号，亚历山大·普希金"。那天，他往左边的门一看，上面写着"13号，伊凡·普欣"。不用说，这就是他的同学了。在以后的岁月里，伊凡·普欣不仅成了普希金最要好的同学和密友，而且还成了一名坚强的"十二月党人"。普希金在《致普欣》这首诗里写下了"我的第一个知交，我的珍贵的朋友"这样的诗句。

四楼的每间宿舍的确都很窄小，曾被普希金戏称为"禅室"。宿舍墙壁是淡绿色的，与房门相对的是一个小小的木窗户。一张小床比今天常见的单人床还要窄一些，还有一个矮矮的原木三屉柜，一张小小的斜面写字桌。写字桌边挂着主人开学典礼时穿的那套礼服——这也许就是皇村中学的"校服"，写字桌上插着一支白色的鹅毛笔，还有一本摊开的法文书……就好像诗人刚刚离开不久，它们都在静静地等待着诗人归来。

教室、课间休息和活动室、礼堂在三楼。在小小的教室里，优雅的莲娜女士微笑着让我猜一猜，普希金当年的座位在哪里。我记得，某一部普希金传记中写到过一个细节：皇村中学有一个不成文的"规则"，凡是成绩比较好的学生，有坐到前两排的"优先权"。普希金那时只迷恋于诗歌和文学，对一些课程，例如数学，往往心不在焉。有一个著名的故事就发生在卡尔佐夫先生的数学课上。那天上数学课，身体肥胖的卡尔佐夫把普希金叫到黑板前，让他演算一道代数题。普希金踌躇了好半天，才用粉笔写出了几个谬之千里的数字。卡尔佐夫最后问道："请问结果到底是什么呢？x等于几？"普希金心不在焉地回答道："等于零。""等于零？好嘛！普希金，我明白了，在你们家，在我们班上，一切都等于零。"这位数学老师无奈地说道，"我看，你还是回到你自己的座位上写你的诗去吧！"如此看来，普希金应该只能屈居后几排座位了吧？

果然，我猜得不错，普希金的座位就在倒数第二排。莲娜女士告诉我说："坐在后面，普希金正好可以自由和快乐地构思他的诗篇，老师们也不会干预他。因为在这里，教育是异常开明的，培养学生的自由主义精神，充分发展他们各自的兴趣与爱好，是所有教师们的共识。"

教室之外还有音乐室、美术室、物理实验室、击剑活动室等。在美术室里，我看到了普希金和他的同学们当年的手稿：手抄的诗集、信手涂鸦的漫画和铅笔画等。虽然每一页纸张都已经发黄，但是从这些字迹和漫画里，不难想象那些自由的思想、崇高的理想、诗歌的才情……是怎样在这里生成、奔突、碰撞和激荡的。

三楼的一个宽敞的大厅，是皇村中学举行重大活动和师生聚会的场所，如开学典礼、毕业典礼等。大厅中间的一张长桌上，摆放着当初创办皇村学校的诏书、章程和亚历山大一世赠送的纪念章。

当年的10月19日，是皇村中学举行开学典礼的日子。这是一个隆重和盛大的节日，沙皇和皇后、皇太后以及安娜·巴甫洛夫娜公主，还有保罗一世的儿子康斯坦丁大公等皇室成员，都来到了皇村，坐在这个大厅的贵宾席上。在贵宾席上就座的还有许多地位显赫的大臣、枢密院成员以及各界名流。普希金的伯父瓦西里也坐在那里。国民教育厅厅长马尔迪诺夫用颤抖的声音宣读了皇村的建校纲领："从先贤手中接过皇位之后，我们坚信，只有摆脱无知，我们的国家才能放射出永不熄灭的光芒……"

皇村中学的教师们，也全是当时俄罗斯的博学多才之士。哲学教授亚·彼·库尼金，在开学典礼上的沉稳、洪亮和不卑不亢的演讲，使学生们听来大为快意。这位哲学家神态狂狷、气宇轩昂，压根儿就不在乎皇帝、皇后在场不在场，他对着学生们大声讲道："热爱荣誉，热爱祖国，这就是你们的座右铭！"这种高傲、自信、独立的作风，给了普希金和同学们深刻的印象和特别的好感。普希金后来在一首诗中写道："把心灵和美酒献给库尼金！他造就了我们，培养了我们的热忱，他给我们奠定了基石，他燃起了纯洁的明灯……"

普希金在皇村读书时，对这位卓尔不凡的老师非常敬重，总是怀着欣悦和崇拜的心情上他的课。库尼金后来出版了一部两卷本的政治哲学著作《自然法》，其中有这样的言论："在心灵深处，每个人都是自由的，只应受自己理智的支配。"沙皇统治下的宗教事务部和国民教育部认为这样的言论是亵渎"神灵"，应予查禁，于是库尼金遭到了迫害和流放。普希金为此写下了那首充满义愤的诗《给书刊审查官的一封信》。

皇村中学的学制为六年，分为初级和高级两个阶段。初级阶段的课程包括语法课：俄语、拉丁语、法语和德语；伦理学：宗教、哲学、伦理和逻辑学概论；数学物理学：算术、基础代数、物理和三角几何；历史学：俄国史、外国史、地理和编年学；文学：优秀作家作品选读、文章分析和修辞学；美术和体操：书法、绘画、舞蹈、击剑、骑马、游泳。除了这些课程外，还有诸如心理学、军事学、政治经济学、法律学、审美学以及建筑学，等等。这是真正意义上的"博雅教育"。但是这么多的课程，这么宽泛的学业，别说六年，就是一辈子也是学不完的，所以，许多教授们都觉得沙皇的"胃口"太大了，也因此，他们实际上并没有完全按"圣旨"办事，而是给了学生们更多"喘息的时间"，教师们也按照各自的兴趣和特长培养学生，把重点放在培养学生对俄罗斯民族文化的兴趣与热爱上。

教授俄国语言文学的科尚斯基先生，自称是"狂放的抒情诗人"，实际上却是古典派作家的支持者，出版过音韵学的论著和一部《希腊诗歌选》。他积极支持和鼓励学生们发挥各自的文学才华，尤其赞成学生们写诗，但没有想到，同学们所写的短诗大都以讽刺和嘲笑科尚斯基的诗作为题材，原因是科尚斯基喜欢"掉书袋"，总是引用一些神话典故。

普欣回忆过这么一件事：一天午饭后，又轮到科尚斯基给大家上课了。讲完了课，还剩下一点点时间，教授心血来潮，笑着说道，"先生们，现在我们来润润笔吧。请你们给我写一首诗，描写一朵玫瑰花可否？"许多同学写得并不顺利，只有普希金在一瞬间就写出了两首四行诗。科尚斯基当众念了普希金的诗作，满意地点了点头，收起了普希金的诗稿。不过，科尚斯基对普希金还有许多不满意的地方。他以前读过普希金的一些习作，认为那些诗过于通俗，韵脚太自由和轻佻，多了些"玩世不恭"而少了点典雅的诗意。普希金觉得委屈，也不服气，写过一首《告我的酷评家》，嘲讽了科尚斯基对他的诗作的吹毛求疵，也捎带抒写了一些自己对诗歌的理解和认识，"请原谅吧，清醒的酷评家，原谅我那发酒兴的书简，别挑剔我在轻浮的刹那所吟咏的幻想和灵感……"

加里奇先生是一位富于浪漫气质的哲学家，崇拜康德和谢林，心灵世界异常丰富，学生们都视他为博学的幻想家。他也喜欢写诗和宴饮，和学生们的关系十分融洽。普希金在后来的日记里这么写过："我有缘遇见善良的加里奇，感到十分高兴。过去他是我的老师，鼓励我沿着自己选择的道路走下去。1814年考试时，是他要我写下了我对皇村学校的回忆。"普希金在写于皇村中学的《饮酒作乐的学生》里，称加里奇为"伊壁鸠鲁的兄弟"。在许多同学心目中，热情、博学和不拘小节的加里奇，无论是在课堂上还是课堂外，都为他们创造了一种伊壁鸠鲁式的享乐主义的环境。普希金在诗中多次写到同学们宴饮作乐、欢唱爱情与酒杯的颂歌，这跟加里奇的影响是分不开的。普希金在诗中称他为"杯中之物的忠实伙伴""肉欲的业余爱好者"和"学生宴席上的主席"。

普希金后来还回忆说，在这样的环境和气氛里，同学们视皇村如家园，视同学如兄弟，视老师如朋友。他在这里和普欣、杰尔维格、丘赫尔别凯等同学情同手足，成了终生不渝的挚友和同志。

四

"普希金在这里表现出了非凡的禀赋，当时许多教师都对他寄予厚望，连理科教师卡尔佐夫也坚信，普希金的诗歌才华将会成为皇村的骄傲。"在普希金经常来阅读图书的皇村图书馆里，莲娜介绍说。

这个图书馆里有六个深红色木书柜，里面摆放着近千册俄、法、德、英和拉丁文的原版书，多为历史、文学、神学、艺术、法律诸方面的典籍。其中，俄国诗人与作家的作品最为齐全，大多是 18 和 19 世纪的作品，单独存放在一个书柜里。

莲娜告诉我说："普希金是一位博览群书的诗人，他那时候就阅读过中国的典籍，从这里毕业后，他还幻想过去看中国的长城。"

"是的，我还听说，普希金留下的藏书中，涉及中国生活和中国文化的书就有 80 多种，他的诗歌中还多次出现过中国的黄莺、长城等形象。"我补充道。

普欣曾回忆说："我们都有目共睹，普希金胜于我们，他读了许多我们闻所未闻的书，而且，他过目能诵。他是我们的诗人……"

普希金的另一位同学，即后来也成为诗人的杰尔维格，在一首写给普希金的诗中这样预言："普希金在森林里也无法隐藏，嘹亮的竖琴会把他的名声播扬。阿波罗会把他从人间送到欢腾的奥林匹斯山上。"

当年的同学和老师们的预言没有落空。普希金的诗歌，已经成为今天的皇村最值得骄傲的精神遗产。

莲娜女士给我们讲述了普希金在皇村的日常生活情景：在课间时间，在休息室里，在皇村迷人的花园里散步的时候，甚至在教室里，还有在做祈祷的时候，普希金的脑海里，都会产生各种各样富有诗意的构思。在数学课上，他会把自己想到的诗句匆匆写在演算纸上，不耐烦地咬着笔杆，紧锁眉头，噘起嘴唇，明亮的目光在默读着自己写下的诗句……

从普希金献给皇村的诗中，我们也不难感到，他对自己的诗歌写作是非常自信的。他在后来写的《皇村》一诗里写道：

在那里，我的爱情和激情一同奔涌，

在那里，我的童年和最初的青春水乳交融；

在那里，大自然和理想把我哺育，

我体会到了诗歌、欢乐和宁静……

这位诗神的宠儿、天才的歌手，智慧和诗情都在缪斯的佑护下交互滋生。他在皇村中学里留下了自己最早的一批诗篇。我们从他 1815 年在皇村写的一小部分日记里还可以发现，这位少年诗人当时已经有着多么强烈的创作热情和多么庞大的写作计划了！

且看他 12 月 10 日这天的日记。

12 月 10 日。

昨天写完了《法塔姆，或人的智慧：天赋权利》的第三章。斯·斯读了这一章，晚上跟同学们在大厅里吹熄了蜡烛和灯盏。一位哲学家的极好工作。——早晨读《伏尔泰的生平》。

动笔写一部喜剧——不知能否完成。过两天想着手写讽刺长诗《伊戈尔和奥列格》，写了一首讽刺……短诗……

…………

夏天我要写《皇村风光》：

1. 花园风光。

2. 宫殿。皇村一日。

3. 早上漫步。

4. 中午漫步。

5. 傍晚漫步。

6. 皇村居民。

这就是我每天的主要工作内容。但这只是未来的计划。

这页日记能保留下来是非常不容易的。但是很遗憾，日记里提到的他在皇村完成的和已经开始创作的许多作品，都没能保存下来，包括长篇哲学小说《法塔姆，或人的智慧：天赋权利》和喜剧《哲学家》及一些讽刺长诗。

保存下来的普希金在皇村时期的最早的诗作，是写于1813年的《给娜塔丽亚》，一首以当时流行的情书的笔调写的"拟情诗"，而公开发表的第一首诗是刊登在1814年《欧洲通报》半月刊上的《致诗友》。七卷本中文版《普希金文集》（人民文学出版社）所收录的第一首诗，就是《致诗友》。他在皇村留下的最有影响的作品，当然就是写于1814年的《皇村回忆》了。

普希金说过，这首诗是加里奇老师鼓励他完成的。1815年1月8日，在皇村中学升级考试的考场上，学校请来了许多客人旁听，内务大臣亲自兼任评审主席。老诗人杰尔查文，普希金的父亲和伯父，都坐在客宾席上。普希金后来对这个让他终生难忘的日子做过详尽的描述。他说："我一生只见过杰尔查文一面，但我终生难忘。那是在1815年皇村中学公开会考的会场。听说杰尔查文将出席那次活动，我们都十分激动。杰尔维格走到了平台上等他，想吻一下他那只写过著名诗歌《瀑布》的手。最后，杰尔查文终于来了……杰尔查文显得老态龙钟，他身穿军服，足登软底靴。考核工作使他显得十分疲劳。他坐在那里，一只手托着头，满脸皱纹，看不出是什么表情……直到俄国文学答辩开始。这时，他醒了，两眼放光，似乎完全变成了另外一个人。当然，我们是在朗诵他的诗作，然后进行分析，并加以赞扬。他十分仔细地听着。后来，轮到我了，我站在离杰尔查文两步远的地方朗读我的《皇村回忆》。"

在普希金声情饱满得有点夸张地朗诵自己的诗作的时候，老诗人一直在神情贯注地倾听着，仿佛生怕漏听任何一个字。他的目光变得更加明亮，眸子里闪烁着惊奇的光彩。

> 沉郁的夜的帷幕
> 悬挂在轻睡的天穹；
> 山谷和丛林安息在无言的静穆里，
> 远远的树丛堕入雾中。
> 隐隐听到溪水，潺潺地流进了林荫，
> 轻轻呼吸的，是叶子上沉睡的微风；
> 而幽静的月亮，像是庄严的天鹅
> 在银白的云朵间游泳。

少年诗人在描绘了一番皇村的秀丽的自然景色之后，便转向了对自己的祖国俄罗斯的苦难的历史的回顾与颂扬。他的诗句豪迈而又沉郁，他的激情在俄罗斯的血与火的原野上飞翔。他高声地朗诵着，心中似有海潮奔涌：

> 在俄罗斯的广阔的田野
> 像急流，驰过了敌人的铁骑。
> 一片幽暗的草原躺在深沉的梦中，
> 土地缭绕着血的热气。
> 和平的村庄和城市腾起黑夜的火，
> 远远近近，天空披上了赤红的云裳，
> 茂密的森林掩遮着避难的人民，
> 锄头生了锈，躺在田野上。

> 敌人冲撞着——毫无阻拦，
> 一切破坏了，一切化为灰烬，
> 别隆娜的危殆的子孙化为幽灵，

只有结为空灵的大军。

他们或者不断落进幽暗的坟墓，

或者在森林里，在寂静的夜晚游荡……

但有人呐喊！……他们走向雾迷的远方！

听那盔甲和宝剑的声响！……

战栗吧，异国的铁骑！

俄罗斯的子孙开始行进；

无论老少，他们都起来向暴敌袭击，

复仇的火点燃了他们的心。

战栗吧，暴君！你的末日已经近了，

你将会看见，每一个士兵都是英雄；

他们不是取得胜利，就是战死沙场，

为了俄罗斯，为了庙堂的神圣。

普希金后来说，自己当时的精神状态真是"难以描绘"。一种庄严神圣的激情在他胸中鼓荡，他仿佛感到了自己作为一个俄罗斯人的伟大、英勇和自豪。他的声音有些颤抖，蓬乱的鬈发仿佛正在燃烧的火焰，犀利的目光恍若原野上空的闪电。他几乎是忘记了在场的所有人的存在，而沉湎在自己的激情之中：

莫斯科啊，栉比的高楼！

我祖国之花而今在哪里？

从前呈现在眼前的壮丽的都城，

现在不过是一片荒墟；

莫斯科啊，你凄凉的景象使国人震惊！

沙皇和王侯的府邸都已毁灭，消失，

火焚了一切，烟熏暗了金色的圆顶，

富人的大厦也已倾圮。

在诗中，普希金既颂扬了为了祖国俄罗斯而英勇出征、战死沙场的勇士们，也表达了自己反对奴役、追求自由、珍视祖国的荣誉的思想，同时还按照当时进步的贵族知识分子一致的看法，对亚历山大一世等"当代英雄"们予以了好评。在这首诗的结尾，他还特意对心仪已久的大诗人杰尔查文表达了自己的崇仰之情：

啊，俄罗斯的灵感的歌手，

你歌唱过浩荡的大军，

请在友人的围聚中，以一颗火热的心，

再弹起你的铿锵的金琴！

请再以你和谐的声音把英雄们弹唱，

你高贵的琴弦会在人心里拨出火焰；

年轻的战士听着你的战斗的歌颂，

他们的心就沸腾，抖颤。

杰尔查文自始至终都被少年诗人声情并茂的朗诵感动着。听着，听着，他已经满脸老泪纵横，于是就出现了本文开头所写到的那一幕。

普希金回忆说："我无法描述我当时的心情。当我朗诵到关于杰尔查文的那一段时，我的青春的嗓音颤动起来，心儿欣喜若狂地跳动起来。我不记得我是怎样结束这次朗诵的，以及怎么逃走了的。当时杰尔查文也沉浸在狂喜之中，他呼叫着我的名字，想拥抱我……他们找来找去，可是没有找到我……"

正是这首《皇村回忆》，使少年普希金以俄罗斯诗歌传统的天才传承者和革新的一代诗人的双重面貌，站到了他的祖国面前。当《皇村回忆》被人送到当时最有名的杂志《俄罗斯文物》发表时，编辑特意加了一个附言说："为向读者奉献这份厚礼，我们应该感谢少年诗人的双亲。诗人才能卓绝，前途无量！"

一颗耀眼的诗坛之星，升起在皇村校园的上空——不，是升起在了整个俄罗斯文学的星空之上，而且一升起，便光华璀璨，永不坠落。在不久的将来，这颗巨星还将成为一颗无可取代的诗歌的太阳！

五

通常，当一颗光华夺目的巨星升起在时代的苍穹之时，人们往往只注目于这颗巨星本身的光焰和亮度，而对于巨星背后的天空和云彩，以及这颗巨星究竟是怎样升起、之后又是怎样进入自己轨道的，等等，却不愿稍加注意。那么现在，就让我们来环顾一下普希金之前的俄国社会生活和文学界背后的天空与云彩。

普希金的同学、好友普欣在回忆录里写过这么一段话。

我们皇村学校的生活是与俄罗斯人民生活的政治时代融合在一起的：当时正酝酿着 1812 年的风暴。这些事件强烈地反映在我们童年时代的生活中。首先，我们欢送了所有近卫军团，因为他们是经过学校门口开赴前线的。他们每次路过，我们总要欢送，甚至在上课时也走出校门，用衷心的祈祷为战士们送行，和亲友拥抱告别。队伍里蓄着胡子的帝国精兵画十字向我们祝福。我们流泪不止！……

战争一爆发，每个星期天都有亲人带来一些消息。科尚斯基在大厅里向我们大声宣读这些消息。课余时间，报刊室里一直是人头攒动，大家争先恐后地阅读俄国和外国杂志，不停地议论和争辩。我们对一切都有强烈的反应：只要战况稍有转机，喜悦立刻就会代替忧虑。教授们时常到我们中间来，教我们怎样观察形势和事变的进展，解释我们所不懂的东西。

发生在 1812 年俄国与法国间的那场战争，无疑全面激发了俄国人民的爱国热情和强烈的民族尊严意识。1814 年 3 月，亚历山大一世皇帝亲自出征，走进了巴黎城，使得俄国民众欣喜若狂，一改以前惯于诋毁这位皇帝的态度，而称他为"俄国的阿伽门农"和"沙皇中的沙皇"。这年夏天，亚历山大一世从巴黎凯旋，皇村中学的师生应邀出席了皇室的欢迎庆典。有的同学这样颂扬道："我们的阿伽门农、欧洲的和平战士、击败拿破仑的英雄，他身上闪烁着人类最光辉的尊严。"普希金对这场卫国战争的关心也是全神贯注的，他在诗中写道："波尔金诺的男儿们，库里姆的英雄们，我看见你们的队伍向战场飞奔，我振奋的心也随你们飞向前方……"他和皇村的热血少年一样，周身涌动着爱国主义和英雄主义的激情。当亚历山大一世从战场归来时，他写道："欧洲低下苍老的脑袋，一起对着自由沙皇的膝盖，因为沙皇已解开了农奴的腰带……"

战争唤醒了少年诗人强烈的爱国热忱，与此同时，一批贵族青年中的自由思想者，也直接影响着普希金的精神走向。当时，普欣已是彼得堡贵族青年中的一个秘密的进步团体"神圣集社"的成员，他们经常秘密地聚在一起，讨论各种社会问题，讨论俄国现有的社会制度中不合理的地方及其罪恶的一面，讨论他们向往和渴望改变现实的可能性，也向外界传播着自由的思想，倡导思想解放运动。普欣回忆说："这个崇高的生活目的很神秘，给了我新的使命，因而深深地印入了我的心灵。我的心中似乎突然有了特殊的意义。我开始更细心地观察生活中火热青春的种种表现，注意我自己，把自己看成一个小小的分子，虽然它无足轻重，但它是迟早将起良好作用的整体的一部分。"事实上，普欣参加的这个秘密团体里的大多数青年人，后来都成了著名的十二月党人，包括普欣自己。

这批年轻的思想者和皇村中学的学生们往来频繁，去"看望"皇村学校的年轻人，已成为青年思想者们"必需的工作"之一，所有的禁书，所有秘密流传的手稿，也都集中到了皇村中学。也因此，皇村中学获得了"自由思想发祥地"的声誉。

普希金头脑里原有的向往自由、追求自由的种子，正好在皇村校园里找到了肥沃的土壤。或者说，普希金作为一名年轻的诗人和思想者的崛起，同当时俄罗斯知识分子的觉醒正好同步。

当普欣加入他那个神圣的社团时，他的第一个冲动的念头，就是向挚友普希金透露这一秘密，并邀请普希金加入。因为普欣觉得，普希金与他"观点一致地思考着共同的事业"，并用诗歌创作的方式，宣传着他们共同的思想。但是不久，普欣冷静了下来，没有把这个念头付诸实践，"因为这个秘密不属于我个人，只要稍有不慎，就会毁灭整个事业。普希金的性格冲动，变化无常，并和一些不可靠的人接近，这使我感到害怕……"普欣回忆说。

虽然普希金没有加入普欣他们的团体，但他所向往和追求的东西，却和"普欣们"是一致的。他们在用不同的方式，去接近那个"美好的目标"。同时，普希金也有自己的交往圈子。他和驻扎在彼得堡的一些青年军官如彼·亚·恰达耶夫等，保持着亲密的联系。恰达耶夫是驻扎在首都的骠骑兵团里的青年思想家中的核心人物，年轻，有教养，对英国文学、哲学，对法国怀疑主义学派等，都有自己的系统见解。渐渐的，恰达耶夫成了普希金心目中的一位"精神领袖"。恰达耶夫的多次谈话，给普希金的精神世界注入了一股强劲的季风，帮助普希金打开了一扇又一扇心灵的门窗。普希金崇拜着恰达耶夫，在这位青年思想家的影响下，普希金很快就明白了，写诗，绝不仅仅是一种消遣，更是一种工作，一种庄严神圣的事业。

恰达耶夫和他的同志们的崇高信念，是把自由平等的理想之火燃遍俄国，用自己的行动重新安排祖国的命运。这使普希金觉得，这些"骠骑兵"不仅是戴着头盔在出征，而且还"把灵魂藏在了头盔下"，挥舞着思想的长剑在战斗。恰达耶夫后来加入了十二月党人北方协会，普希金在1818年所写的著名诗篇《致恰达耶夫》，就曾以手抄本的形式流行，在十二月党人中起过极大的鼓舞作用。

……我们还有一个意愿

在心里燃烧：专制的迫害

正笼罩着头顶，我们都在
迫切地倾听着祖国的呼唤。
我们不安地为希望所折磨，
切盼着神圣的自由的来临，
就像是一个年轻的恋人
等待他的真情约会的一刻。
朋友啊！趁我们为自由沸腾，
趁这颗正直的心还在蓬勃，
让我们倾注这整个心灵，
以它美丽的火焰献给祖国！
同志啊，相信吧：幸福的星
就要升起，放射迷人的光芒，
俄罗斯会从睡梦中跃起，
而在专制政体的废墟上
我们的名字将被人铭记！

　　普希金当时虽然只是一位才华初露的诗人，但是在对待改变祖国的命运这一共同的事业上，普欣说："我们的看法总是一致的。"伴随着整个俄国的觉醒，一个伟大的诗人的生涯也已经开始。

六

　　在皇村中学时期，普希金创作了约 120 首诗歌。在 1817 年 3 月毕业前夕，他选择了 36 首编成了自己的第一本诗抄：《亚历山大·普希金诗集，1817 年》。
　　普希金的许多皇村同学也都爱诗歌，他们互相鼓励着，一起创造和迎接着俄罗斯文学的新的曙光。而普希金的诗比他所有同学的都要多、都要好。

茹科夫斯基是当时的诗坛领袖之一，普希金在《致茹科夫斯基》一诗中写道：

祝福我吧，诗人！……在巴纳斯的庙宇
我对着缪斯，战栗地跪倒双膝，
我怀着希望飞上了危险的途径，
菲伯为我抽卦签，竖琴是我的命运。
…………
我决定了——不怕危难的途径，
我对未来已充满了大胆的信心。
不朽的创作者啊，诗园的后继者，
你们给我指出了朦胧远方的目标，
我要凭勇敢的幻梦向"不可知"飞翔，
似乎你们的精灵正掠过我头上！

普希金的名声随着他的一首首抒情诗飞出了皇村，赢得了茹科夫斯基、巴丘什科夫和维亚泽姆斯基等文坛前辈的赞赏。1815 年 9 月，茹科夫斯基写信给诗人、批评家维亚泽姆斯基说：普希金才是俄国文学的希望……我们应该齐心协力帮助这位未来的巨人成长，他一定会超过我们所有人的！

在皇村短短的几年时间里，少年诗人就朝着俄罗斯辽阔的现实生活，大踏步走去。他眼前的现实世界越来越清晰和明朗起来。"别离就在眼前，人世的遥远的喧声向我们招呼；每人望着前面的道路，不禁激动于骄傲的青春的梦想……"他这样告诉他的少年同学。

他记着另一位老诗人、历史学家卡拉姆津有一次对他说过的话："要像雄鹰那样翱翔，切勿在飞翔中停止不前。"他陶醉在从历史的长河里涌起的迷人的浪花里。他在广阔的文化的河流中，掬起一捧捧清清的活水。

他也被卷进人类最美的书籍的洪流之中了。普欣甚至说，普希金"贪婪地阅读了许多我们闻所未闻的书"。

"当冥想的日子飞逝了，烦嚣的世界把我们唤去……"普希金渴望飞出皇村的时刻正在到来。六年的皇村生活就要结束了，校园弦歌已经奏起别离的主题。

皇村中学为后人留下了两个优秀的传统：一是毕业考试结束后，老师们就把学校那口敲了六年上课铃的钟取下砸碎，每位皇村学子各自保存一小块，作为对母校的永久纪念；二是以后每年校庆日（俄历十月十九日）那天，同学们都要重返皇村聚会。普希金后来写过一首《十月十九日》，表达了自己对皇村的感情，"无论命运把我们抛向哪里，无论幸福把我们带到何方，我们永不变心：世界是别人的，只有皇村才是我们的故乡。"

> 总有一天，当你看到我这曾经
> 写得满满的忠实的一页，
> 我请你暂时地飞往我们那曾经
> 以心灵相交的皇村中学。

普希金在普欣的纪念册上写下了壮行的骊歌。1817年6月9日，皇村中学举行了首届学生毕业典礼。普希金的毕业证书上，记录着这位名列第19名的毕业生的学业成绩。

"皇村皇家中学学生亚历山大·普希金，在本校学习六年，学业成绩如下：宗教教育、逻辑学、哲学、法学（包括公法和私法）、俄罗斯法、民法和刑事法，成绩良好；拉丁文、政治经济学、财政法，成绩优秀；俄罗斯文学、击剑术，成绩特优。另外，在校期间，他还学习了历史、地理、统计学、数学和德语。为此，皇家中学教务委员会同意他按时毕业，并颁发此毕业证书。本毕业证书盖章有效。"

根据俄国的行政等级，他获得了相当于陆军中尉或海军中尉的中学秘书的职衔。几天之后，他被分配到外交部任职，为十品文官。这一年他18

岁。一同分到外交部的还有同学普欣、罗蒙诺索夫等。

也就是在这一年，普希金写下了那首振聋发聩的《自由颂》，其中有这样的宣言："我要给世人歌唱自由，我要打击皇位上的罪恶。""战栗吧，世间的专制暴君……而你们，匍匐着的奴隶，听啊，振奋起来，觉醒吧！"他高唱着自由的颂歌，满怀着崇高的理想和激情，告别了皇村中学。

1831年，当皇村中学迎来二十周年校庆纪念日，32岁的普希金重返皇村的时候，他已经历尽沧桑。当年的皇村同学，已先后有六位涉过了忘川，包括普希金在皇村最好的朋友之一、诗人杰尔维格。而更多的少年同学，已经杳无音信，有的还正在西伯利亚的大风雪中过着苦难的流放生涯。这时候重返皇村，只能让普希金的心里有更多的伤感。他甚至觉得，皇村中学愈是频繁地庆祝自己神圣的校庆，他们这些当年的老同学便愈不敢"结成大家庭"，因为他们的人越来越少，碰杯的声音也越来越沉闷。

"普希金是在这一年五月重返皇村的。他带来了他美丽的妻子、有着'莫斯科第一美人'之称的娜塔莉亚。连当时的皇帝尼古拉一世，也为普希金妻子的美貌感到吃惊。他们在这里经历了很多事情，使普希金为之不悦……"

莲娜女士不愧为"皇村中学纪念馆"出色的解说专家，她对皇村的故事了如指掌。她怕我听不懂，就特意做了个带着失望的神情慢慢转过身去的动作，告诉我说："虽然娜塔莉亚很迷恋这里，可是，普希金在这里参加完皇村的校庆，然后苦笑着望了望华丽的皇村，还有空中金色的落叶，慢慢地转过身去，离开了……再也没有回来过。"

2014年9月，初稿于彼得堡
2015年1月，修改于东湖梨园

孤　星

20世纪二三十年代的法国南方省份——普罗旺斯省的格拉斯市，是一座与喧闹的大都会巴黎截然不同的，民风淳朴的古老的小城。它的四郊是一些长满郁郁苍苍的松林的山冈，站在山冈上举目眺望，不仅普罗旺斯的美丽景致尽收眼底，而且还能望见远处的阿尔卑斯山的美丽的雪峰，戛纳的高大的教堂的尖顶，以及阳光下的耀眼的大海……

在暖和、晴朗的秋日，阳光照射着山上的松树林，空气里弥漫着干草和松枝的清香，牧人们赶着雪白的羊群走向远处向阳的山坡，白云也轻盈地浮游在小城上空，静谧中不时地传来悠扬的木笛声、牛和骡子的清脆的铃声以及鸽子的咕咕咕的叫唤声。

性格温和的普罗旺斯人，就在这古老、和谐和美好的，近乎"巴比松情调"的岁月里，安静地生活着。

从20世纪20年代初开始，流亡在外的俄国作家蒲宁，就隐居在这个古朴的小城里，深居简出。时光似乎疗救了他对于自己的祖国和人民的思念的苦痛，他在这里写作、读书，思考着人类未来的命运。他已经完全习惯了格拉斯的安谧与平静的生活。

1933 年 12 月，时值深秋，一天，天色阴暗，空气中似乎孕育着雨意。逢着这样的天气，他往往就无心写作了。正好，这天电影院里有日场电影，而且放映的是一部名叫《小心肝》的喜剧片，主要演员也是他所熟悉的：著名作家库普林的女儿基莎·库普林娜。

当蒲宁缓缓地走下他的"观景殿"所在的山坡，朝着市区走的时候，他眺望着远处的云烟氤氲的埃斯特列尔山峰以及山那边的隐约可见的大海和帆影，脑海里忽然闪过一个念头：

"也许，此时此刻，在欧洲的另一边，正决定着我的命运……"

他记得今天是一个特殊的日子：12 月 9 日，诺贝尔奖每年举行授奖仪式的日子。在这之前，他已经知道，他被列为今年的诺贝尔文学奖的候选人之一。

但是一进入电影院，他就把瑞典皇家科学院以及整个斯德哥尔摩忘到脑后了。他津津有味地看着库普林娜的漂亮的眼睛、夸张的动作，同时心里也泛起了对于老友库普林的思念……

突然，漆黑的放映厅里一阵骚乱，仿佛发生了什么事情。紧接着，一道手电光束照了过来，停留在他的面前。有人碰了碰他的肩膀，低声地，却又分明是激动地告诉他说：

"先生，斯德哥尔摩的长途电话……"

他一下子就明白发生了什么事情。这一瞬间，他的心情竟是那么平静，仿佛一切早就在预料之中似的。他甚至为没能把库普林娜的表演看完而感到遗憾。

那一天，整整一夜，他的位于小山坡上的"观景殿"里，灯火通明，电话铃声几乎没有间断。古老而平静的格拉斯，一夜之间几乎就和世界上所有的地方有了联系。这里的市民们似乎还没明白过来：这位平时深居简出默默独行的俄国侨民，怎么突然间会给这个小城带来这么大的声誉呢？

伊·阿·蒲宁（1870—1953 年）曾被高尔基称为俄国"当代第一诗人"。他是优秀的、纯粹的抒情诗人，也是杰出的小说家和散文大师。有人曾听到，从不轻易称赞他人的契诃夫，有一次亲口对蒲宁说：

"拿我来和你类比的话，好似拿普通的猎犬和灵鼪相比。我从您那儿是怎么也剽窃不到一个字眼的。您比我厉害。"

然而，蒲宁在晚年却坦率地承认，他那早生华发的头颅愿意在列夫·托尔斯泰和契诃夫等人面前虔诚地低下。

蒲宁17岁开始写诗，20岁以后陆续结识了列夫·托尔斯泰、契诃夫、高尔基、库普林和阿·托尔斯泰等同时代文学巨人。到30多岁时，他已经出版了《在露天下》《落叶》等著名的诗集，并且以《落叶》获得了"普希金奖"。人们欣喜地看到，蒲宁完全是以俄罗斯文学传统最优秀和最合格的继承人的姿态出现在诗坛之上的。他被一些评论家誉为"秋日的歌手，有典雅的才气，语言优秀绝伦，热爱大自然，热爱人……有屠格涅夫、契诃夫的某种气质……"

一颗耀眼的大星又升起在俄罗斯文学的天空，而且这颗大星的亮度是惊人的。首先，他是一位抒写和歌唱伟大的大自然的绝妙"圣手"。他的抒情诗，他的散文，把俄罗斯广阔的大地上的山冈、森林、河流、湖泊、道路、村落以及四季的变幻……都饱含深情地加以描绘，并借此抒发内心激荡着的真切和强烈的感受，使每一个读者都真切地感觉到了"人与自然的和谐"。巴乌斯托夫斯基曾说，蒲宁的出现，使俄罗斯原野上的一切景色——它的温柔，它的羞涩的春天，开春时的丑陋，以及转眼之间由丑陋变成的那种恬淡的、带有几分忧郁的美……"终于找到了表现它们的人"。巴乌斯托夫斯基甚至觉得，"俄罗斯的景色中，即使是微小的细节，没有一处能逃过蒲宁的眼睛，没有一处未被他描绘过。"

蒲宁也是一位善于观察和刻画人物的巨匠。高尔基对阿·托尔斯泰讲过一件十分有趣的小事：有一次，高尔基、安德列耶夫和蒲宁三个人在那不勒斯的一家小饭馆吃饭。像往常一样，只要是他们这些人坐在一起，所谈论的话题，以及即兴的斗智式的比赛，等等，必定都是与文学写作有关的。这天，三位作家刚坐定，外面又进来一个人。于是三人相约，在三分钟内对这个人进行观察和分析，然后说出自己的看法。

高尔基观察后说道："他是一个脸色苍白的人，身上穿的是灰色西装。

他还有一双细长的优雅的手……"显然，这样的观察和描写是不够的。安德列耶夫观察了三分钟后，也胡诌了一通，但是似是而非，不着边际。他承认他连西装的颜色都没看清。

独有蒲宁，有着一双敏锐的眼睛。他在三分钟之内把这个陌生人的所有细节都观察到了，并得出了自己的结论。他说，这个人打的是一条洒花领带，小指头的指甲长得有些扭曲。他甚至还注意到了这个人颈子上的一个小瘊子。最后蒲宁认定：这个人是个江湖骗子。高尔基和安德列耶夫有点不解：凭什么下这个结论呢？

他们想证实一下蒲宁的观察结果，于是叫来了侍应生领班。领班说，他也不完全知道这个人是从哪儿来的，但这个人的确经常游荡在那不勒斯街头，而且名声确实很坏……

高尔基大大地折服了。他对阿·托尔斯泰说道："蒲宁讲得完全正确。只有像他这样受过严格训练的眼睛，才能观察到这样的细微的东西，从而得出令人信服的结果。"

20世纪初叶，俄罗斯文学的管弦乐中，有一部分最真挚、最感人的乐章，是由一批流亡在异国他乡的老诗人、老作家用心灵里的痛苦和思念谱写而成的。他们当中包括蒲宁、库普林、阿·托尔斯泰、茨维塔耶娃、伊里亚·爱伦堡，等等。

远离了俄罗斯母亲，他们就像失巢的鸟儿，日夜受着孤独和痛苦的煎熬。他们思念祖国和人民，怀念故乡与故人的歌声，因此也更加凄苦和动人。"一个人愈是伟大，他就愈不能没有祖国。""谁不属于自己的祖国，那么他也不会属于人类。"……也许，这样真切和深刻的感受，只有如蒲宁、库普林这样的对祖国怀有深情的流亡者，才能有，才能坦诚地表达出来吧。是的，只有流亡在外的人，才掂得出祖国的分量！

蒲宁作品中的那些最动人的怀乡诗、怀念往事和故人的忆旧散文，就是写在他侨居异域的日子里的。也可以说，孤身在外，他像当年的年老的屠格涅夫一样，能够给予他以鼓舞和支持的，也只有那"伟大的、有力的、真挚的……"祖国！如他在《鸟儿也有个巢》里写道："鸟儿也有个巢，野兽也有个穴，当我离开了祖祖辈辈居住过的庭院，和故园老屋说，再见，我的年轻的心呵，给压上了万种忧伤、无限惆怅……"

站在普罗旺斯的山冈上，他时常仰望着阔大的星空，寻找着那被他视为祖国的"我心中最灿烂的星"——天狼星。古老的祖国，伟大的俄罗斯母亲，在蒲宁的心目中，就是一颗"天际最美的星"和"永不熄灭的星"。

1939 年，蒲宁已近古稀。他像一株孤独的老苹果树，站立在异乡的暮色里。思念祖国的情绪在他的心中与日俱增，使他几乎夜不能寐、焦灼难安。这时，第二次世界大战也即将爆发，他隐隐感到，他的祖国正面临着最大的灾难。他多么愿意回到祖国的怀抱中，去和他的人民共享欢欣或共受苦难……于是，他给国内的朋友写信，表达了他的愿望。他的信是写给也有过流亡的经历，但已经决然回到了祖国的怀抱里的阿·托尔斯泰的。他相信阿·托尔斯泰最能够理解他晚年的苦楚和归国之意。然而他未能如愿，因为战争不久就全面爆发了。

他仍然滞留在已经陷于法西斯铁蹄下的法国，但他却日夜为他祖国的命运担忧。当时他的生活是困难的，但他旗帜鲜明地站在反法西斯阵线一边，断然拒绝了纳粹们的高薪引诱，不畏强暴，坚不合作。他以自己的实际行动与他心上的祖国，与正在英勇斗争着的苏联人民遥相呼应，同患难共命运。

蒲宁不愧为人类的良心，蒲宁也终究是俄罗斯的儿子。20 世纪 40 年代，当他风烛残年的时候，他这样向自己的祖国表达了痛苦和真挚的心迹："松树总要向它的松林送去涛声，并和它一起形成涛声。可是我的松林在哪里？我和谁一起，又向谁送去我的涛声呢？"

1952 年，久病不起的蒲宁艰难地写下了他的"绝笔"之诗《冰封雪冻之夜》："……万籁俱寂，陪伴我的只有上帝，唯有他知晓我那向来隐匿的、心寒意冷的悲凉……"

其实，知晓并且谅解了他那"隐匿"的悲凉心曲的，除了上帝，更有他的祖国和人民。虽然他生前终没能回到祖国，而是孤独地客死在异国冰冷的土地上，但他的祖国和人民仍然视他为自己最优秀的儿子，给予了他极大的爱戴与尊敬。

1970 年 12 月 22 日，在蒲宁辞世十七年后，也是他诞生百年之时，莫斯科广播电台向全国播放了他生前留下的亲口朗诵的《孤独》一诗的录音。

> 望着你离去的背影，
> 我想大声呼喊：
> "回来吧！我们已经结合在一起，
> 我离不开你！"
> …………

那痛苦和低沉的声音仿佛在告诉俄罗斯大地上的每一个人、每一条河流和每一棵白桦树："我爱你们！爱你们爱得心在颤抖，爱你们爱得心灵作疼……"

2014 年秋天修改

取道斯德哥尔摩

这个标题出自诗人、老友王家新之手，是他为瑞典诗人、2011年诺贝尔文学奖得主托马斯·特朗斯特罗姆的诗歌集所写跋文的标题。金秋时节的一个下午，我也"取道斯德哥尔摩"，来到瑞典皇家图书馆访问。

建于17世纪的瑞典皇家图书馆（Kunglige biblioteket），是世界著名图书馆之一，也是斯德哥尔摩这座城市和每一个瑞典人引以为自豪的一座"文明之塔"。

这座图书馆真够古老的。它最早的收藏是16世纪瓦萨王室国王的私人藏书。早在1568年，图书馆就有了自己的第一部馆藏目录。1648年，一部在13世纪初叶由本笃会修道院修士手抄的、被后世称为"魔鬼圣经"（即未经审定的拉丁文手抄本）的"驴皮卷"，被布拉格的征服者带回了瑞典，从此成了该馆的"镇馆之宝"。这部古老的手抄本重达75公斤，使用了160张驴皮订制而成。此外，还有来自瑞典和冰岛的古老手稿，来自中世纪欧洲大陆的珍贵手稿，瑞典17至18世纪的一些珍贵手稿，等等，都是该馆的"特藏"。

该馆每年都会出版一部收藏目录，同时也负责全国图书馆机构的规划、发展以及全瑞典的图书馆的联合目录的编目工作。

瑞典皇家图书馆有一个罕见的建筑特点：它的地下书库竟然有四层楼房的深度，每一层占地方圆七八十公里，地面则被一座美丽的、绿树参天的大花园覆盖。矗立在地面上的建筑部分，就像是巨大的冰山露出海面的一角而已。

这座拥有三百多年历史的图书馆，有着以下的功能，同时也显示着自己无与伦比的藏书特色：一是收集、描述、保存和提供在瑞典本土出版的所有图书和纸质资料；二是收藏包括古老的收音机等在内的所有音像制品和音像资料；三是收藏国外出版的所有与瑞典有关的图书或者是瑞典人撰写的图书的不同文字译本，以及具有永恒价值的人文科学方面的外文图书和资料；四是收藏包括古旧善本书，时效性强的小册子、印刷品、手稿、地图、图片、广告、海报、新闻报纸等在内的其他资料。这座图书馆给我的印象可以说是无所不收、无所不藏，凡是与文字、图像有关的，皆不放过。

负责这座图书馆馆藏史和查询功能讲解的阿伦先生，是一位在该馆服务了大半生的老员工，他自豪地告诉我们说：你们来到这座图书馆，就像进入了一架穿越时光和空间的穿梭机，一会儿将进入深深的地底，一会儿又会升到阳光明媚的地面；一会儿将穿越到 16 世纪、17 世纪，一会儿又会返回当代的新媒体时代。他是一位智慧、风趣的老馆员，他说，图书馆的功能不仅仅是"收藏"，它本身就是一个"鲜活的生命"。这座图书馆，既是瑞典的一面镜子，也是全人类的镜子，从这面镜子里，每个人都能够知道"我是谁""我要往哪里去"，而不仅仅是知道"我从哪里来"。

看得出，这位阿伦先生对自己的工作十分热爱和投入，而且说起馆里的藏品和图书馆的历史，真是如数家珍，滔滔不绝。他骄傲地说，瑞典虽然只是一个"小国家"，但是，瑞典经济、文化等方面的综合实力，却约排在全世界第 10 位。因此他特别强调说，处于"边缘"位置的，也有可能成为"道路指引者"。瑞典虽小，但是全世界都看得见我们！所谓"边缘"与"中心"，有时候需要重新定义，被认为是"边缘"的，也可以成为"中心"，今天处在所谓"中心"位置的，明天就可能退居"边缘"。

他给我们展示了一些珍贵的馆藏品，同时也介绍说：在瑞典皇家图书馆里，我们不仅可以看到 17 世纪的古老典籍，看到许多羊皮卷、牛皮卷的手抄本，看到伟大的历史和传统，也同样可以看到人类最现代的科技，看到人类数码技术的全部变迁轨迹。

果然，他引领着我们进入了一个数字阅读空间。这里有最先进的数字转换技术和数字阅读设备，连最古老的报纸和画报，也被转换成了数码图像，读者在这里可以体验和使用最好的数码阅读方式。

阿伦先生的讲解富有激情，而且文采飞扬，像一位诗人。 他幽默、机智、风趣的语言，给我们一行留下了深刻的印象。湖北省图书馆的汤旭岩馆长也是一位诗人，他深受感染，当即表示说，回国后也要尽快培养出自己的具有鲜明风格和专业水准的馆史与馆藏讲解员。

无论是瑞典皇家图书馆，还是此前我访问过的俄罗斯国家图书馆、俄罗斯外国文学图书馆，它们一个共同的建筑配套内容，引起了我们特别的注意和留恋，那就是，这些图书馆的主体建筑周边和庭院里，都矗立着许多思想家、历史学家、文学家、科学家、政治家、宗教领袖等名人的塑像，有的是全世界知名的思想巨人、文学大师、科学巨擘，有的则是本国的历史文化名人。令我感到美中不足的是，在这些世界名人塑像中，难觅中国历史文化名人的踪影。因此，临别的时候，我们一行向对方提出建议，并将在回国后推动此举：在该馆庭院里增设至少一两位中国古代文化思想的先贤。还有一个令人惋惜的事实是，瑞典皇家图书馆虽然拥有巨大的藏书量，但是中文相关典籍，却仅有 400 来种。由此可见，我们的对外文化推介事业，要走的路还十分漫长。

瑞典的汉学界，一直是全世界汉学界的重镇。瑞典也拥有几代著名的汉学家，如高本汉、马悦然等。瑞典东亚图书馆也是北欧最大的汉学图书馆，其汉学藏书享誉欧洲，尤其是珍贵的《文渊阁四库全书》《古今图书集成》等，都是该馆骄人的藏品。在瑞典皇家图书馆访问期间，我们认识了一位中文名叫"阎幽馨"的汉学家 Joakim Enwall 教授，他被瑞典汉学界视为继马悦然之后，颇具权威和实力的汉学家之一。他是乌普萨拉大学的语言学和文献学系中国语言文化教授，也是乌大的中国研究中心主任、北欧中华研究会主席。阎幽磬博士于1996年至1999年期间在瑞典驻华大使馆任文化参赞，负责组织中瑞文化交流。他早年还追随汉学家、诺贝尔文学奖评委之一的马悦然教授，关注中国以及东亚国家文化，致力于中国苗族语言研究，并以此获得博士学位。目前，他还在斯德哥尔摩大学东方语言学院任研究员。

在瑞典的访问行程虽然十分短暂，但是留给我的印象是深刻的。在拜访瑞典国家文化委员会的时候，接待我们的一位女士介绍说："文化委员会"的主要任务，一是执行和落实由政府议会决定的国家文化政策，包括分配政府每年拨付的国家文化基金，用于文学、艺术、音乐、艺术期刊、公共图书馆、美术馆、博物馆和各种专题展览的资助与支持；二是通过评估在文化领域的国家支出，向政府提供制定文化政策、决策所需要的基本数据；三是向政府和相关机构提供文化和与文化政策相关的咨询与情报。让我难忘的一个细节是：文化委员会对来自两个方面的申请会予以"优先考虑"，一是关于儿童与青少年文学和文化权利的项目，一是关于国家各个地区整体文化发展，尤其是有利于边缘和落后地区的文化平衡发展权利的项目。文化委员会努力把国家津贴用于维护和发展全国文化政策的实施上，促进全国各个地区文化均衡发展，多样、有效、全覆盖地传播文化，惠及每个公民。我想，所有这些，也都是使他们的文化自信心和文化自豪感特别强烈的原因之一吧。

瑞典的初秋时节是爽朗美丽的，可惜我们来去匆匆。美国诗人罗伯特·勃莱曾说，特朗斯特罗姆的诗像一个火车站，从非常遥远的地方驶来的火车，都在同一个火车站稍作停留，一列火车的底盘上可能沾着俄罗斯的雪，另一列火车的车厢顶上可能落着鲁尔的煤烟。我们的行程似乎也是这样。旅人们在寻找自己心驰神往的地方，但总是需要驶过漫长的路程才能抵达。

2014年初秋，初稿于瑞典小镇
2015年1月，修改于东湖梨园

火热的耐心

智利不仅拥有长长的海岸线、白雪皑皑的北方大地和美丽的艾尔基山谷，还拥有一位世界性的伟大诗人：巴勃罗·聂鲁达。聂鲁达的家在一个海岬上，那个地方叫黑岛。他的窗户外面，就是浩瀚的太平洋。1971年，聂鲁达获得诺贝尔文学奖。在斯德哥尔摩的颁奖盛典上，他发表了他激动人心的受奖演说。

他说："我的诗是地区性的、痛苦的，像雨水一样流淌。然而，我对人类一向充满信心，从未失去希望。"他在演说中还引用了法国诗人兰波的诗句，表达了他对祖国、对世界、对整个人类的美好信念："只要我们怀着火热的耐心，到黎明时分，我们定能攻克那座给予所有人以光明、正义和尊严的壮丽城池……"聂鲁达的激情演说，曾经令他无数的智利同胞泪如泉涌。他火热的诗句和他对祖国、对人类的"火热的耐心"，也深深地感动了当时的青年作家安东尼奥·斯卡尔梅达。

当斯卡尔梅达还是一名文学青年的时候，他最崇拜的人物之一，就是写过《二十首情诗和一首绝望的歌》的诗人聂鲁达。他幻想着有一天，自己也能成为聂鲁达那样伟大的诗人。但他的文学梦想遭到了现实生活一次次的扼杀。斯卡尔梅达从智利师范学院毕业后，在一家五等小报找到了一份做文化编辑的工作。说是文化编辑，其实就是现在所说的"娱乐记者"。他的上司十分明确地要求他：要想尽一切办法进入那些不入流的演出公司，接触到那些女明星，报道她们的绯闻逸事。

为此，斯卡尔梅达感到十分苦恼。眼看着与自己同龄的一些文学朋友，都在国内获得了很大的成功，有的甚至得到了国外的文学大奖，斯卡尔梅达心里充满了歆羡，也顿生一种强烈的刺激。"不！这样下去可不行！这简直就像一场场冷水浴不断地浇过来……"他想，"无论如何，也要下定决心去完成一部小说了！"

就在这个时候，他的上司交给他一桩差事：去海边组一次稿，组稿的对象就是大诗人巴勃罗·聂鲁达。用上司的话说，"你去那里，一定要为我们小报的读者搞到诗人的'全方位情史'，尤其要让诗人以最生动的方式讲出，他背后的那些女人的故事。"这是一次难得的出差机会。不过，斯卡尔梅达心里另有自己的想法。

他很快就住到了聂鲁达所居住的黑岛上的一个小旅馆里。白天，他出去追踪各种线索，像那些职业狗仔队一样，寻找聂鲁达的所谓"情爱生活"的素材。晚上回到旅馆，听着大海的涛声，他开始着手创作自己构思已久的小说。

"我设想能通过这次机会，让巴勃罗·聂鲁达给我的小说写序言，而且，带着这个伟大的战利品，我将叩开智利最有名的出版社的大门……"多年之后，他回忆说。带着写一本书的愿望，斯卡尔梅达在黑岛停留了很长时间。他几乎天天都到聂鲁达的住处附近转悠，顺便也结识了在那所著名的别墅附近转悠的另外一些人，包括他正在构思中的小说的主人公们。

斯卡尔梅达就是在这个时期结识了聂鲁达的。流传在智利文坛上的一个有名的逸闻就是：斯卡尔梅达最初拿着自己写的几十页小说手稿向诗人请教，诗人匆匆地翻了几页，然后一边提裤子一边说道，"很好，年轻人，两个星期后我会把我的意见告诉你的。"

两个星期后，斯卡尔梅达敲开了诗人在黑岛上的别墅的大门。诗人走了出来。

"对不起，诗人先生，是我。"

"我看到了。"

"请问，您读过了吗？"

"读过了。"

"那您觉得怎样呢？"

"很好啊。"诗人接着又补了一句，"不过，那不能说明任何问题。因为，您知道，在智利，所有的作家的第一本书，都是写得非常出色的。"

"那您愿意为我正在写的书作一篇序吗？"

"好吧，等您写完了那本书，我将非常高兴为它作序。"

诗人一边说，一边就把这个成名心切的年轻人堵到了门外边。但这并没有使斯卡尔梅达气馁。在后来漫长的文学道路上，伟大的诗人巴勃罗·聂鲁达，成了斯卡尔梅达一生的精神导师和朋友。斯卡尔梅达始终以一个学生和文学继任者的身份，用自己的一部部诚挚的作品，在向他心目中的大师致敬和致谢。巴勃罗·聂鲁达也悉心指导着这个文学青年，亲手把他送上了拉丁美洲文坛。

斯卡尔梅达在黑岛上就开始构思和创作的那部小说，直到十四年后的1983年，即聂鲁达逝世十周年之际，才得以完成。当时，已经在文坛上拥有一定知名度的斯卡尔梅达，向智利的作家们提出了一个倡议：每位作家都来创作一部作品，作为纪念巴勃罗·聂鲁达逝世十周年的献礼。斯卡尔梅达的小说，就是在这个背景下完成的。这部小说的名字叫《邮差》（又译为《聂鲁达的邮递员》）。

小说讲述的是这样一个动人的故事：从小在大海边长大的青年渔民马里奥·赫梅内斯，偶然得到了一份邮递员的差事，可是他的送信对象只有一位，住在黑岛上的一套安静的别墅里的大诗人聂鲁达。马里奥虽然只读过几年书，但他有一颗细腻和聪慧的心。在一次次邮递过程中，他赢得了诗人的欣赏和感谢，和诗人建立起了动人的友谊。他甚至在诗人的启发和引导下，渐渐地热爱上了诗歌，感受到了诗歌所蕴含的真理的力量，以及诗歌本身的伟大魅力。聂鲁达还帮助马里奥，依靠诗歌的魅力，去赢得了未婚妻的芳心。诗人亲自参加了他们的婚礼……

在聂鲁达受命担任智利驻法国大使期间，从来都是给别人送信，而自己从未收到过一次邮件的马里奥，平生第一次收到了一封信和一个包裹。这是诗人聂鲁达从巴黎寄来的一台小录音机。他请求马里奥为他录下智利海岬上的风涛声、风铃声，以及黄昏时分海鸥的欢唱。忠诚的马里奥满足了远在异国他乡的诗人的心愿。马里奥还把自己悄悄写出的诗歌，连同他录下的家乡的声音一起寄给了聂鲁达。聂鲁达获得了举世瞩目的诺贝尔文学奖后，马里奥和他的乡亲们一起收听了诗人的激动人心的受奖演说……

两年后，智利发生了军事政变，已经回国定居的诗人，遭到了敌人的监控和政治迫害。但马里奥一点也不畏惧在此时与诗人保持来往可能导致的后果。他冒着生命危险绕道海边，来到诗人的居所，把一些国家、政府和文化名人发来的声援电报和慰问信，背给诗人听。

聂鲁达这时已经身患严重的疾病了。他让马里奥搀扶起他，站在面朝着大海的窗口边。他想再看看阳光、大海、山谷和祖国长长的海岸线。1973 年 9 月，聂鲁达与世长辞了。接着，马里奥也遭到了军政府的逮捕。不过，几年之后，智利诗坛上又升起了一颗新星，他就是当年的青年渔民、曾经做过聂鲁达的邮递员的马里奥·赫梅内斯。

《邮差》虽然是一部虚构的小说，却亦真亦幻、有迹可循。美丽的故事里，饱含着作者斯卡尔梅达、全智利人民以及全世界的读者对聂鲁达的热爱和敬仰。这部小说在 1985 年出版后，短短几年内，就被翻译成为近三十种语言，受到全世界读者的热捧，并且被欧洲和拉美许多国家选入大、中学的文学教科书。小说所讲述的这个感人的故事，也被改编成了话剧、电视剧和广播剧。1998 年，《邮差》的中文版以"聂鲁达的邮递员"（李红琴译）为书名，首次在中国的《当代外国文学》杂志发表。

围绕着《邮差》所发生的故事还在继续……

《邮差》出版后，斯卡尔梅达又亲自执笔，把这部小说改编成了电影剧本，由意大利著名导演迈克尔·拉德福执导拍摄。在剧中饰演主角邮递员的，是意大利家喻户晓的著名喜剧演员马西莫·特洛伊西。马西莫一直患有严重的心脏病。可是，当他读完斯卡尔梅达改编的剧本之后，他激动地对导演说道："到哪里去寻找如此动人的故事呢？毫无疑问，这将是我今生出演的最成功的角色！"

导演心存顾虑："兄弟，这个时候您更需要的是疗养呢！"

"不！没有什么比遇见一个好剧本、好角色更重要的事情！"

导演提醒他："难道为了一部电影，值得搭上您的性命吗？"

"是的，这部电影就是我的生命。"

就像小说里的马里奥全身心地忠诚于他心中的诗人聂鲁达一样，马西莫也全身心地投入到了这部电影和这个角色的创作与塑造之中。他忍受着病痛巨大的折磨，以超乎寻常的敬业姿态和顽强的意志，把自己和剧中的马里奥融为了一体。

等到电影全部镜头拍摄完成，进入后期录音阶段时，马西莫的身体已经变得十分虚弱和糟糕了。有时候，虚弱的身体只能允许他工作两个小时，但他咬紧牙关，坚持到了最后的封镜时刻。

在电影停机后十二个小时，当摄制组的同行们在酒吧里庆祝拍摄完成的时候，马西莫才应约前去医院准备手术。然而，就在他躺上手术台的这一天，他还没有来得及看到他所塑造的角色的巨大成功，还没有来得及收到人们祝贺的鲜花，便永远地告别了人世。

马西莫和他饰演的马里奥的故事，无疑又为这个真实感人的故事，平添了更加美丽感人的色彩："这部电影就是我的生命。"

小说里写到过这样一个细节：当智利国家电视台宣布，将要转播诗人聂鲁达在斯德哥尔摩发表诺贝尔奖受奖演说时，马里奥和他的乡亲们，还有全智利的人民，是怎样地激动啊！在聂鲁达即将发表演说的那一刻，马里奥感到，巨大的静默笼罩了所有的人，有如用一个亲吻将大家覆盖。

"我必须对善良的人们，对劳动者，对诗人们说，兰波说过的那句话，预言了整个未来，那就是，只要我们怀着火热的耐心，到黎明时分，我们定能攻克那座给予所有人以光明、正义和尊严的壮丽城池。"也正是因为这句诗，斯卡尔梅达一开始就把他的小说定名为"火热的耐心"（El cartero de Neruda ）。

对自己所热爱的祖国，对自己所热爱的事业，你要永远地去热爱；对整个人类、世界和未来，你要永远怀着火热的耐心！诗人聂鲁达是这样做的。他的学生、他的文学事业的继承人斯卡尔梅达也是这样做的。斯卡尔梅达小说里的主人公、诗人聂鲁达的邮递员马里奥，也是这样做的。还有因为扮演诗人聂鲁达的邮递员而献出了生命的、伟大的喜剧演员马西莫，也是这样做的。

"只要我们怀着火热的耐心，到黎明时分，我们定能攻克那座给予所有人以光明、正义和尊严的壮丽城池……"这是回响在智利的海岬上、山谷间的一个永远伟大和不朽的声音。

2013 年，武昌

但丁只有一个

　　偶尔读到德国诗人海涅的一段话，心中突然感到一阵微颤。海涅说："夜间，想到德国，睡眠便离我而去，我再也无法合眼，泪流满面。"这使我不禁又想到俄罗斯白银时代的诗人曼德尔施塔姆，他也有一段谈论自己对祖国的感受的文字："我回到我的祖国，熟悉如眼泪，如静脉，如童年的腮腺炎。"

　　这些文字有如电光火石，炽热而耀眼。它们使我想到的是：爱祖国，就应该这样爱，就应该爱得这样深、这样真挚。作为一名汉语写作者，我还想到，爱祖国，还应该好好爱我们的母语，应该用自己所写出的每一个字、每一个词、每一个句子，去体现、去维护、去张扬我们伟大的汉语的精确与美丽、丰富与神奇。

　　屠格涅夫在索居巴黎的日子里，这么说过：在疑惑不安的日子里，在我痛苦地思念我的祖国，惦记着她的命运的日子里，给我鼓舞和支持的，唯有你啊，美丽的、有力的、真挚的俄罗斯语言……爱祖国，爱我们的母语，也应该这样爱，也应该爱得这样深挚。

　　因为母语的话题，我又想到了曾经折磨了诗人但丁一生的那个祖国情结。但丁对于自己祖国和故乡的爱，是一种"奇异的爱"。

我们常说"贝多芬只有一个"。经常被拿来为这句话做注解的那个例子，也是大家耳熟能详的。前年秋天，莫言先生在法兰克福书展期间的一次演讲中，也特意讲述过这段小故事：有一次，歌德和贝多芬在路上并肩行走。突然，对面走来了国王的仪仗队。贝多芬不卑不亢，昂首挺胸，从国王的仪仗队面前挺身而过，而歌德却躬身退到了路边，摘下帽子，在仪仗队面前恭敬肃立……

通常，人们都用这个故事来传达对音乐家贝多芬的尊敬，同时也传达出了对作为魏玛枢密顾问的诗人歌德的不以为然。莫言在他的演讲中，却表达了这样的意思："年轻的时候，我也认为贝多芬了不起，歌德太不像话了。但随着年龄的增长，我慢慢意识到，在某种意义上，像贝多芬那样做也许并不困难。但像歌德那样，退到路边，摘下帽子，尊重世俗，对着国王的仪仗恭恭敬敬地行礼，反而需要巨大的勇气。"

在这里，我不是要讲贝多芬和歌德各自的勇气。我要讲的是但丁。阅读但丁的传记故事时，我发现，在这个世界上，但丁也"只有一个"。

1300 年夏天，刚满 35 岁的青年诗人但丁，在他所生活的城市翡冷翠（通译佛罗伦萨），被任命为政府最高行政机关里的行政官员。然而仅仅两年后，他就被教皇势力驱逐出了翡冷翠。当时对他的判决书上写得明明白白：只要翡冷翠的土地上出现但丁的影子，就会把他活活烧死。但丁被逐出家乡、终生流放的原因很简单：他挑战了当时至高无上的神权。他成了掌握神权的那一派的政治斗争的牺牲品，只能流亡异域、漂泊他乡了。

十几年后，已经写出了《神曲》和《飨宴》的但丁，得到了来自家乡的暗示：假使他肯向翡冷翠当局缴纳一笔罚金，并签署一份"悔过书"，他就可以恢复在翡冷翠的公民权，也可以重新拥有之前被没收的财产。可是，但丁却回答说："如果必须以损害我但丁的名誉为条件，那么，我决计永远不再踏上翡冷翠的土地了！难道说，在别的地方，我就不能享受日月星辰的光明么？难道说，我不向翡冷翠当局卑躬屈膝，我就不能亲近宝贵的真理了么？"

因此，但丁至死再也没有踏上过故乡的土地半步。他在《飨宴》里这样安慰过自己：没有什么，"世界对于我来说就是祖国，如同大海对于鱼儿来说一样……"然而，对祖国和故乡的那份焦灼难安的怀念的情结，却伴随着他生命的每一个时刻。他在诗歌里这样写着："我可怜的、可怜的祖国啊！每当我阅读或者写作有关治理国家的大事时，我的心便受到什么样的折磨呀！"

1321年9月13日，作为"黑暗的中世纪"的最后一位诗人，但丁孤零零地客死在意大利中部的小城拉韦纳。他为自己的墓碑留下了这样一句昭告天下的话，"我但丁躺在这里，我是被自己的祖国拒绝的。"大约过了五百多年之后，但丁的坟墓被人发现。那位创作过但丁塑像的意大利雕塑家帕齐，把但丁的部分骨灰从坟冢里取出，献给了翡冷翠共和国。当时，这些骨灰被放置在一个大信封里，存放在翡冷翠图书馆内。后来图书馆迁址，这些珍贵的骨灰不知去向了。

翡冷翠，又一次怠慢了她的这个命运悲苦而性格执拗的儿子。"凡是为了我而失掉灵魂的人，都能保护好灵魂。"但丁生前的这句预言，仿佛是专门说给翡冷翠听的。但丁真的只有这么一个！因此，但丁后来才能被人们称为"圣者"和"圣但丁"。

所幸到了20世纪最后一年，仿佛是圣者但丁的又一次显灵，那些一直下落不明的骨灰，又失而复得。翡冷翠图书馆的两名馆员，在整理该馆的古籍善本时，突然发现了一个夹藏在善本书中的古旧大信封，那里面装着的，正是翡冷翠伟大的儿子的骨灰……

"他们所要寻找的，就是这些东西吗？"

这一次，在天堂里，圣但丁没准又会不以为然地念叨几句了。

这也使我想到苏联诗人马雅可夫斯基的几行诗："我渴望被我的祖国理解，如果我不被理解，那么，我只能像一丝斜雨，从祖国身旁飘过。"但丁，不正是因为失去了祖国，而终生只能从自己祖国身旁飘过的那丝"斜雨"么？

2014年早春，武昌

牛犊顶橡树

    20 世纪 60 年代里，索尔仁尼琴在苏联文学界一直处于沉寂和孤独的状态。他像一头受伤的兽，孤独地躲进树丛中，暂时躺下来，舐着自己流血的伤口。这期间，他把自己从事写作以来的经历和感悟，用散文的形式记录了下来，一直写到 1970 年。他在最后一篇散文的末尾，记下了写作地点：苏黎世山区。这一年，因为"在追求俄罗斯文学不可或缺的传统时代所具有的道义力量"，诺贝尔文学奖评委会把高贵的荣誉授给了他。与此同时，索尔仁尼琴也得到了苏联当局的明确警告：出去后就别想再回国。没有选择主动流亡的索尔仁尼琴只好致信斯德哥尔摩，"出于个人原因"而决定放弃诺贝尔奖。他把自己的这本自述性质的散文命名为《牛犊顶橡树》。

    "只要还活着，或者直到牛犊顶到橡树上，折断了脖颈时为止，或者是橡树被顶得吱吱响，倒在了地上为止。"他这样描述着自己内心的挣扎，以及绝不与平庸的现实达成和解的决心。后世的人们评说索尔仁尼琴，正如一头悲壮的西西弗斯式的牛犊，数十年如一日地用自己的脑袋和犄角，狂热地顶向枝干庞大根基深厚的橡树。

我很敬仰这种"牛犊顶橡树"的精神。世界如此复杂和冷酷，我们的内心，都需要一种牛犊顶橡树般的强大的意志和信念。

我也常常记起，俄罗斯艺术画廊里的另一棵在狂风与严寒中轧轧作响的橡树。不是卡拉姆狂风中的那一棵，也不是蒙哥马利诗歌中的那一棵，而是大画家希施金的画框里，面对着风雪中的俄罗斯北方山谷的那一棵。我认定，那是一棵象征着坚强的意志和坚定的信念的树，仿佛摇撼在我的生命的地平线上的一面鲜明的旗帜。

希施金是俄罗斯早期巡回展览画派的创始人和积极参与者之一。他被誉为"大自然的诗人""森林的肖像画家"。这是因为，他的风景画常常以俄罗斯森林、原野为题材，出现在他的画布上的松树林、橡树、森林野花、溪流以及林中的阳光，都散发着浓郁而迷人的俄罗斯大地气息，显示着俄罗斯民族坚忍、博大、英勇、高贵的气质与精神。他是用树木和野花歌唱俄罗斯母亲的伟大、是最具抒情性的风景画家。他善于运用明亮的外光，表现森林的葱郁、阳光的明媚以及溪流的活泼。他的每一棵树、每一朵野花，都呈现着生命的顽强、旺盛与尊严之美。这种顽强与尊严，几乎是俄罗斯的大自然和民族性格中所独有的。《在遥远的北方》《阳光照耀的松树林》《森林远方》《在森林中》……这些作品是每一个热爱希施金作品的人都耳熟能详的。

"人是自然的主人。"希施金认为，如果一块土地上的东西可以增加人们的幸福，那么它就是美丽的。这么说吧，任何一位热爱俄罗斯、热爱大自然、热爱生命的人，都不可能不深深爱上希施金。

我也记起了我生命中的一棵橡树。那是一个苍茫的晚秋，我一个人行走在从故乡通往外省的布满尘土和漫天风沙的道路上。走过了十几年的风雪路，我最终被我爱过的城市所抛弃。我深知我的双腿有多么沉重。我听见西风在我四周的旷野上呼啸，还有许多神秘的宛若落叶般的声响，虽然我分辨不出一个最具体的形象。

那是宛若成熟到必须低下头颅的葵花和雏菊，在最后挥动着手帕对我说：哦，不能不再见了，我的朋友！那是宛若离开了自己迷恋的营地的白额雁，在高高的云天边展着翅子对我说：哦，不能不再见了，我的朋友！

那又是宛若菖蒲、红蓼、白荻和风信子以及许多的枫树、松树、山毛榉和乌桕树，在用纷纷的落英和落叶对我说：真的，我们不能不再见了，我的朋友……

西风起了，我们都不能不回归到我们应该去的地方了。这是自然的法则。我像一个突然间失却了所有朋友的人。我被一种宿命所包围，灵魂深深地感到了恐惧。

然而在一瞬间，我却看到了你——棵孤独的轧轧作响的橡树。独立支撑在风中的树啊，仿佛挺立在波涛之上的高傲的桅杆，又宛如高举着火炬的不屈的勇士。你，正处在撼天动地的狂风里。我想到了，这是怎样奇异的风，突然间把你吹到了这里。没有阳光，没有月光，没有星光，甚至难以分清昔日的美丽的天空的轮廓。

这是旷野的尽头，人群和欢乐的尽头，临近深谷的悬崖上。狂风和尘土漫天盖地包围着你，仿佛最深重的绝望，最难以忍受的痛苦。我想伸出我的手去搂住你，像去搂一下我的一个失散了多年的兄弟，但我的温情却送不到你的身边。我们的生命有着那么远的距离。我只能看见你伤痕累累的肢体。伤痕累累的身躯使我想起风与雷电的凌厉。我想到了，可供你选择的自由实在太小了！要么是艰难地生，要么就是最后的死！

"是的，除此之外，我不可能有别的更合适的选择！"我在一瞬间仿佛也听见一个沉重的声音对我说。那声音是那么苍凉又那么固执。我意味深长地点了点头。我想象着，在上万个痛苦的梦魇里，你是怎么苦苦地等待着日出。我对着你深深地鞠了一躬。这是我唯一的表达。在我生命的低潮时给我送来启迪和鼓励的树啊！

我离开了你而行走在我自己的道路上，这是我从一个终点走向另一个起点的路。城市在我的背后渐渐消失，我的灵魂里充满了你。我感到西风还在缠绕着无助的你，仿佛要把你连根拔起。这是真正的生命与生命的较量。但我也听见了我的脚步声，它们那么沉重又那么坚实，仿佛正从荒凉的旷野一直撞向春天。

2013 年 11 月 25 日，东湖畔

芦花如雪雁声寒

有一些日本散文家的名字，本身就是一首小诗、一首俳句、一首小令。例如秋田雨雀、德富芦花、清少纳言、松尾芭蕉、小泉八云……

当然，还有永井荷风。

永井荷风是日本现代唯美派作家的代表。他的抒情体小说《雨潇潇》我一直没有找到中文译本，可谓心仪已久。近来从《读书》杂志上看到周朝晖先生翻译的一小段文字，真是如尝禁脔。

"久雨未歇，轻寒催发腹痛。入夜有风，吹灯后难以入梦……一夜不眠孤客耳，主人窗外有芭蕉。这是小杜脍炙人口的诗句。我不禁也想起杜荀鹤的诗句来：半夜灯前十年事，一时和雨到心头。雨打书窗，流泻屋檐，溅在树梢，洒在竹丛时，那声响拨人心弦，抵得上风刮乔木的呼号、水落溪涧的呜咽。风声激越，水声号恸，雨声，非悲亦非叹，只是像在低声诉说着什么。人情千古不变也，孤夜枕上，闻此谁不起愁思？更何况病卧床榻。雨经过三日，必然引发腹痛。真可谓断肠之思起欤……"

文字里既有日本文学的"物哀"情调，和清少纳言、松尾芭蕉、小泉八云等一脉相承，又有中国古典抒情诗词的意境。

日本近代文人的生活甚讲情调。荷风散文里有一篇《雨声会记》，记录的是一群文学同好在季春四月天里，"于旧柳桥常盘酒楼复又召集雨声会"的一场燕集。"听雨话今昔，春宵月朦胧"。如此优雅的文学情趣，中国文人们有过，但是现在已经没有了。

"阴霾无风，自打富士山风狂吹之日起，寒冷更加浸入肌肤，守着被炉，下腹阵阵隐痛。这样的日子持续一天两天，到了某日临近傍晚时分，等待很久的小雪既不显眼也不出声地下起来。于是，踏在街巷沟板上的木屐变成了小跑。听到了女人们的叫声：'下雪了！'外头马路上的卖豆腐的粗声粗气的吆喝也骤然变得遥远而微弱了……"

这是他的散文《雪日》的开头。他大约从小就与腹痛、胃痛等疾病相纠缠，一生都没有离开过草药，所以，文字里总是散发着草药的清芬和苦味。

他的《断肠亭杂稿》里，有一篇长篇札记《箭尾草》。箭尾草，俗称"药到病除草"，又叫"御舆草"，夏季开花，淡如红梅，花后结荚，熟时爆裂。荷风喜欢用这种草药煎汤，既当药吃，又当茶喝。其中的甘苦滋味，估计唯有荷风自己知道。

《箭尾草》是他"一边回忆往事，一边谈及自身的一些老毛病"的自述。其中第十六节是这样写的："昨天一切都值得怀念。为什么一定要追究事情的是非，探明彼此的过错呢？青春实乃一梦。老而梦醒，多一种回忆，多一分安慰，应该说，活得有价值。步叩石桥，五十年平安度过，只能说还算不错。一旦失足，陷落于急流之中，只能奋力前游。要到达彼岸，如果水流湍急也不能很快通过，或顺流漂泊，或攀岩角小憩，然后慢慢寻找捷径。这些都是那些平安渡过石桥的人无从知道的。我自己有着满心的故事。"

这是陈德文先生的译笔，显然是另一种文字风格了。但是"永井荷风式"的淡泊与闲静，仍然历历可感。

永井荷风从 1917 年开始写日记，取名"断肠亭日记"。

我们不妨也来欣赏几节。且看 1923 年秋天的几则日记：

"9 月 2 日。昨夜与长十郎共于庭上眺望明月以待拂晓。长十郎不久扶老母去赤坂一棵树权十郎家。余小睡后过冰川访权十郎，款以夕饷。九时顷归家，露宿树下。"这则日记颇有点苏轼《记承天寺夜游》的味道。

"9月12日。庭中胡枝子花初开。"

"9月19日。且暮新寒脉脉。胡枝子花盛开。红蜀葵花渐尽。虫声唧唧。闭庭已无灾后凄惨之气味。读《湖山楼诗抄》。"

"9月21日。午后酒井晴次来谈。夜雨霏霏。"

"9月22日。雨后风俄冷，如十月末。恐感冒而着冬装。月出清朗。"

这些日记或述自然物候；或记日常琐事，偶尔也会写到彼时彼地的风尚转移和风云变幻，却都隽永雅致，是优美的散文小品。如今，他的日记已成为日本"日记文学"的翘楚和代表作。

再来看荷风散文的一些收束，是多么漂亮、有味和余音袅袅：

"今秋不可思议的是，免于灾祸的我家的庭院早早来了冬的消息。搁笔偶尔看看窗外，半庭斜阳之中熟透的栀子花红欲燃，正等待着人来采摘。"这是《十日菊》的结尾。

"四周早已是黑夜。树林暗了，天空暗了，池水暗了。我仍然没有离开长椅，一直眺望着林子里在电灯照耀下频频飞散的树叶。"这是《落叶》的收束。

《虫声》也是他的一篇十分优美、细腻的抒情散文，描述了自己一生所聆听到的一些难忘的昆虫的歌声，也由虫声联想到了人生的短促与悲苦。它的结尾一段是这么写的："九月十三的月亮渐渐缺亏，暗夜在继续，人们已经穿起了夹衣。雨夜，游人在火盆里生着火，已经是冬天了。生存到今天的蟋蟀，唱出了一年里最后的歌。这时，西风吹落了树叶，石款冬比菊花开得早，茶花流溢着芳香。"

君今乘鹤去，富士雪皑皑。"我想着我的不可预测的将来，我也有一颗软弱的不可靠的心。我把额头抵在冰凉的石垣上，哭了。四周早已是黑夜。"一代优雅浪漫的文人就这样渐渐远去，那些白雪般纯洁的柔情，也随着静美的雪夜的消逝而消融。

芦花如雪雁声寒。唯愿习习荷风，永在世间吹拂。

2013 年初春

辑四　柳色秋风

秋到江南怀恩师

——纪念徐迟先生百年诞辰

在恩师徐迟先生晚年，我有幸能追随左右，充当了他的一名"小喽啰"，就像20世纪30年代，他追随在诗人戴望舒左右，40年代，他追随在郭沫若左右一样。无论是在作文还是在做人方面，我都深受其惠，接受了徐老许多潜移默化的影响。

举几个细小的例子吧。有一年，一份名为《中外交流》的画报，约我写一篇关于徐老的文章。文章发表了，版面安排得颇为阔气，我兴冲冲地拿给徐老看，没想到，他老人家一看到我用的标题《绝顶上的灵芝》，就做出了一个夸张的惊讶的表情。我马上意识到，这个标题有问题。"绝顶上的灵芝"这个比喻，原本是徐老赞美数学家陈景润攻克那个哥德巴赫猜想难题的句子，我借来比喻徐老在文学创作上所达到的高度。我认为这并不夸张，而且也能传达出我的景仰之意。可是几天后，徐老对我说：文章没有问题，但是这个标题，让他感到了不安。他告诉我，他以前写文章，总喜欢追求"崇高美学"和"史诗风格"，但是到了现在，却觉得"平实之美"也很动人。这件小事，让我感受到了徐老为人谦虚和低调的一面。他其实并非像许多人所说的那样一味地恃才傲物、目空一切。

追随在徐老身边的日子里，承蒙他老人家信任，让我为他代笔，写过好几篇他无法推辞的序跋和报刊约稿，其中有为《中国出版》杂志写的《传记文学的新收获》，为山东省出版的一部反映当代科学家生活的报告文学集写的序言，还为《文学报》写过一篇纪念抗战胜利的文章，等等，这些文章得到了徐老的首肯，但是也被他抓住把柄，严肃地"训"过两次。一次是我在文章里把"臧否人物"写成了"藏否人物"。他说：这说明，你的语言文字还没有过关。他告诫我说，好文章首先要过最基本的文字关，然后才谈得上风格、风骨和思想高度之类的。还有一次，我在一篇文章中附庸风雅地引用了一两句英文原文，却写掉了两个字母。徐老说，这就好比你写汉字时少写了几个笔画，这是会贻笑大方的！以你的英文水平，你根本不需要引述什么英文原文，而应该善于"藏拙"，学会扬长避短。这两次"出洋相"的教训，特别是徐老就此对我的谆谆教诲，可以说使我终生难忘。

"七月派"诗人朱健在他的《潇园随笔》里，写到了他与徐迟先生之间的一件小事，我觉得从中也可见到徐老的品格。1955年夏天，朱健因为胡风事件被捕入狱。一年之后，疾风骤雨式的群众运动一过，朱健在公安局的单身牢房里，居然可以读书看报和写诗了。他想，自己本来就是无罪的，现在，亲友故旧一定也在为他的命运忧心忡忡，于是，他就忍不住"技痒"，想发表几首诗来为自己"平反"。不久，他就在北京的《诗刊》上堂堂正正地登出了署名"朱健"的诗作，而且还是接二连三的。更有意思的是，热情的编辑们大约认为发现了一位"诗坛新秀"，竟然不断地驰书询问作者的状况，这其中就有时任《诗刊》副主编（主编为老诗人臧克家）的徐迟先生。朱健说，诗人徐迟亲笔写信给我这个"诗坛新秀"，表现了足够的热情和关心。"对此，我颇感为难，实在没有勇气挑明自己一年前还关在公安局，现在正留党察看，以观后效。"但是又不能长久地隐瞒下去，于是，朱健略施小计，在回复徐迟先生的一封躲躲闪闪的书信里，"顺便"拜托他找另一位诗人王亚平，帮助他打听一位老朋友的下落。结果，不久朱健就又收到了徐迟先生略带幽默的回信："原来你不是新人而是老手，恕我眼拙了。"

"完全是善意和友谊，毫无芥蒂之意。"这是徐迟的回信给朱健留下的深刻感受。要知道，那时候人人对所谓的"胡风分子"都是避之唯恐不及，生怕沾上一点点关系，甚至还有为了表示自己的"清白"而检举揭发别人，落井下石的。果然，朱健推测，徐迟很快就尝到了与"胡风"这个名字相联系的一枚吞不下吐不出的苦果。因为不久他又收到了徐迟的一封来信，信里附着一张显然是从一张稿纸上裁下来的小纸条，上面明确地写道："这完全是胡风'到处有生活'的谬论，作者……"云云。朱健一看就明白了，这是《诗刊》其他的编辑对朱健寄给该刊的信的"评点"或"按语"。如果照此生发开去，在当时的形势下，是足以使朱健重陷囹圄的。徐迟先生未必不会想到这个后果，但他为了不使朱健过于尴尬，产生新的恐慌，就只在信上淡淡地"提醒"了一句："一位编辑提了这样的意见，供你参考。"

朱健在晚年回忆了这件鲜为人知的往事后，这样写道："今日重提此事，我仍然不能不感激徐迟的美意。他没有按照当时的政治风尚，把这些材料加上'按语'转到我所在单位的组织，实在风谊可钦。"

徐老在世时，我笔录过他谈《诗刊》当初创刊的经过，以及他任职《诗刊》副主编那段时间里的编辑经历，却从未听他谈起这样一件事情。这可以说是徐老的又一种人格风谊吧。

恩师徐迟先生于 1914 年 10 月 15 日，诞生在浙江省富饶的杭嘉湖平原上的南浔小镇，今年正好是他的百岁诞辰。秋到江南，登高望远。谨以此纪念短文，作为献给恩师的一瓣心香。

2014 年 10 月 8 日，东湖梨园

忆徐迟老师

2014年10月15日，是著名诗人、作家、翻译家徐迟先生百年诞辰，湖北省作家协会邀我写了一篇纪念散文《秋到江南怀恩师》，刊发在10月10日《湖北日报》"东湖"副刊"纪念徐迟百年诞辰专辑"中。因篇幅所限，还有一个话题没能展开，意犹未尽，只好另成一篇，作为补充。

先说说徐迟先生对湖北文化的贡献。他从青年时代起，就热爱大诗人屈原，下功夫研究过楚辞和屈原、宋玉的作品。20世纪40年代他在重庆时，给郭沫若写过长信，讨论郭老的剧本《屈原》。这封信已经收进了《郭沫若全集》中。70年代里，他研究屈原的《九歌》，写过论述屈原时代的楚国政治、社会、不同阶级和文学风气的长篇论文。80年代，他继续钻研楚文化，创作了以楚文化为背景的幻想小说《楚王妃复苏记》。这是一篇具有文献价值的作品，却被人们忽略了，或者说，是被他自己的那些更有影响力的报告文学和散文作品给"掩盖"了。除了古代的楚文化，他还深入采访、研究过汉剧艺术的变迁和兴衰历程，在60年代写过一篇纪实风格的中篇小说《牡丹》。这篇作品收录在上海文艺出版社出版的《徐迟散文选集》中，和他在以艺术家常书鸿为主人公的《祁连山下》、以著名学者和藏书家郑振铎为主人公的《火中的凤凰》等，都是"纪实风格"的。《牡丹》写的是汉剧艺人的生活与命运波折，也描绘了汉剧的兴衰历史，这基于徐迟先生当年近距离接触和深入、详细地采访陈伯华等汉剧表演艺术家、剧作家、导演与底层艺人。《牡丹》虽然不是一部学术著作，却为后来人研究汉剧艺术和历史，留下了一份难得的、有独特价值的文献。

新时期的湖北文学，因为有了浙江湖州人、诗人徐迟先生，还有河南邓州人、历史小说家姚雪垠先生，江苏句容人、戏剧文学家骆文先生，广东大埔人、散文家碧野先生，还有河南潢川人、诗人白桦先生……乃成为当时全国瞩目的一个文学重镇，湖北文学的整体水准，也在新时期里达到了一个前所未有的顶峰。

再说说新中国成立以来，徐迟先生对湖北的一些重大建设工程的贡献。20世纪50年代里，他从北京来到武汉，深入武钢、武汉长江大桥等大型建设工地采访，创作了《武钢之晨》《一桥飞架南北》《汉水桥头》《长江桥头》等被传诵一时的报告文学。不久前，我随一个文化代表团到俄罗斯访问时，和当地作家们谈到了俄罗斯与湖北的"缘分"，其中就谈到了徐迟先生在《一桥飞架南北》这部报告文学里着力写过的主人公之一、苏联桥梁专家西林先生，他是武汉长江大桥的一位设计者和著名工程师。除了写长江大桥、汉阳大桥，这个时期，徐迟还写过武钢高炉，写过黄石大冶矿山。20世纪60年代，他多次深入长江水利工地第一线采访，到梁子湖区体验生活，写出了《我们工地的农场》《鱼的神话》等名作；70年代末期，"文革"刚刚结束，他从"牛棚"里一出来，就风尘仆仆地去了江汉油田，写出了报告文学《石油头》；80年代，他去葛洲坝建设工地，写出了《刑天舞干戚》，到华中电网系统采访，写出了《雷电颂》；90年代，他又去长江三峡大坝工地采访，写出了《更立西江石壁》，到武汉新型的高科技城区"光谷"采访，写了以著名光纤专家赵梓森为主人公的报告文学《贝尔、高锟、赵梓森》；进入21世纪后，他不顾年高体弱，又深入到长江二桥建设工地采访，写出了纪实散文《跨世纪的桥》。

在这里，我要讲到一个我当时亲眼见过的、鲜为人知的细节。将近二十年前吧，我陪徐迟先生去长江二桥建设工地采访时，长江二桥尚未竣工，中间的桥面还没有完全接通。大桥局的领导和建设工地的指挥者，获知赫赫有名的《哥德巴赫猜想》的作者、已经年迈的徐迟先生来工地采访了，都感到惊喜，纷纷赶来和徐老见面、寒暄。这些领导和工程师当中，就有在 20 世纪 50 年代里参加过武汉长江大桥（一桥）建设的几位。工地的师傅们热情地抬来几块厚厚的大钢板，铺在尚未合龙的桥面上，让徐老从武昌的桥面跨到汉口的桥面上。大桥局的领导和工程师们笑着说："徐老，您可是全国第一个跨过了长江二桥的人，在这之前，还从来没有谁全程跨过这座尚未竣工的大桥哪！"

大桥局的领导和工程师详细地向徐老介绍了二桥的施工情况。徐老询问得也非常仔细。给我印象最深的一个细节是，徐老请教一位工程师，如何解决桥面的热胀冷缩问题。工程师惊喜地说，徐老问的问题很专业。接着，他给徐老介绍说，整个桥面并不是整体一块，而是每间隔一段距离，就会留出一道适当的缝隙，给热胀冷缩留出空间。在大桥局总部的会议室里，有人端来一本硕大的纪念册，徐老欣然题写了"跨世纪的桥"五个字。不久，他用这五个字做了自己所写的纪实散文的标题。我把这篇散文分别寄给了《人民日报》和《湖北日报》。1995 年 6 月 18 日，武汉长江二桥正式通车那天，徐老的这篇纪实散文刊发在《湖北日报》"东湖"副刊上。不久，《人民日报》也在"作品"版刊发了这篇散文，标题改成了《金色的大竖琴》。这是因为徐老在文章里引用了唐代诗人李贺那首《李凭箜篌引》中的"李凭中国弹箜篌"的句子，把长江二桥这座双塔双索面的、美丽的斜拉大桥，形容为一架"金色的大竖琴"，一架"所有乐器中最高贵的乐器"。

在散文末尾，徐迟先生以他特有的对高科技和现代桥梁建设者的热情，为长江二桥写下了抒情诗一般的句子："多么幸福的武汉市民啊！现在你们又有了一座美丽的桥……这是一座跨世纪的桥！这座桥可以使我们毫无愧色地大踏步地跨入新世纪！它多么美啊，它的美是高科技的美，它本身就是高科技的产物，是高科技的思维花朵，是几何立学主义的雕塑，没有高科技就根本不可能有这样崇高的艺术品！啊，高科技！啊，新世纪！"

徐迟先生虽然不是湖北人，但他把自己的大半生都献给了湖北，献给了武汉。因此，湖北人民和武汉这座大城，真的应该感念他、感激他。

2015 年 10 月 14 日，东湖梨园

散文的光芒与芬芳

　　说出来，有人可能不太相信，俄罗斯散文家帕乌斯托夫斯基的书，我先后买过三册《面向秋野》、两册《金蔷薇》和两套《一生的故事》。有的书之所以会重复地买回来，是因为旧的书本已被我读散了架，用透明粘纸粘贴得太难看了，只好再买一本新的回来接着读。我曾经想，喜爱一位作家的作品喜爱到这个程度，是不是有点过分了？但我立刻就给自己找到了台阶：还好吧，你离"读书破万卷"还早着呢！

　　写文章，我也经常喜欢掉一点书袋。我比较认同英国诗人奥登的一个有点刻薄的说法：当我们阅读一位博识的作家的文章，有时候从他的引文里所获得的教益，要比从他的文字里所获得的更多。那么好吧，在谈论梅子涵先生的散文之前，我仍然要先掉一点书袋。

　　曾经有两位作家，彼此是很好的朋友，经常一起去诗人叶赛宁的家乡梁赞附近的美肖尔林区旅行、钓鱼，当然，也在那里构思和写作。一位就是我前面说到的帕乌斯托夫斯基，另一位是睿智的小说家盖达尔，写过《蓝碗》《鼓手的命运》和《一块烫石头》，15岁时就当了苏维埃红军的团长。因为经常近距离地观察，帕氏对盖达尔的创作才华和写作风格的认识与描述，都十分清晰和精准。他把这些写在了《同盖达尔在一起的日子》一文里。这是一篇极其生动的文学回忆录和作家创作谈。例如他说：

"无论在真正的文学中，还是在一个真正的人的生活中，都没有微不足道的东西。"

"在我看来，盖达尔最主要、最惊人的特点，是根本无法把他的生活和他的作品分开。盖达尔的生活有时是他的作品的继续，有时又是他的作品的开端。"

"盖达尔的每一天几乎都充满了非常事件、异想天开的事……不管盖达尔做的是什么事，说的是什么话，一切都会立即失去平凡的、令人厌倦的特点，变成不平凡的东西。盖达尔的这个特点完全是本能的、直感的，这个人的本性就是如此。"

"在整个一生中，他是一个使孩子的心灵感动得流泪的极为出色的讲故事的人……"

绕了这么大的弯子，现在你们一定猜到我想说的是什么意思了。是的，我想说的是，阅读梅子涵的散文，我所获得的那些最强烈的感受，和帕氏对盖达尔的感受并无什么两样。

比如读《火车上的故事》《童话》《飞行》这些篇章，你就会觉得，梅子涵的一些真实的生活际遇，好像就是他的作品的继续，或者又是他的作品的开端。也就是说，你根本无法把他的生活和他的作品分开，你搞不清楚哪个情节是生活的，是非虚构的，哪个情节又是文学的，是虚构的。当然这只是我们作为读者的某种错觉。实际上他写的全都是最真实的、非虚构的散文。他的魅力在于，他选取的是发生在一生中的最具"文学性"和最具有感动力量的人与事。这样的人和这样的故事，一生中也许只会遇到一次，不可能再有第二次。一旦遇上了，经历了，"我都会死死地记着！记着了，就成了暖和的故事！"

比如读《校长》《学生》《快递》这些篇章，你就会觉得，在真正的文学中，的确没有微不足道的东西。世界上也没有什么渺小的题材和体裁，而只有渺小的作家。在梅子涵的文字里，生活的每一天里都有温暖的忆念，都可以做善良的回望。再平凡、再琐碎、再不起眼的小事儿，他也能从中发现美好、温暖、童话，哪怕这些小事儿如他自己所说，没有任何"中心思想"。但是，这一篇篇干净、平实、清亮发光的散文故事，却使我不由得生出如此感慨：终究，生活中会有一些我们所挚爱的人与事，是能够用双手、文字、心灵，把它们保存下来的，因此，诸如热爱、文学、浪漫、高尚、诗意……这样一些美好的东西，也是有可能始终不渝的。就像《火车》那篇故事的结尾处，作者添加的那个"结束语"：哪怕车厢的灯全熄了，还是会有人看见你——他送那个女人和孩子进卧铺的瞬间，不就被黑暗里的人看见了吗？还有，如果你"学过雷锋"，那么你也会等到一位永远记得你的"张车长"。

在这里，车厢的灯、女人和孩子、进卧铺的瞬间、黑暗里的人、学雷锋、张车长……都是《火车》这篇故事里的具体的人与事，同时也都超越了狭隘的个人生活色彩，而具有了普遍的象征意义，成了美好的文学题材。如果不了解这个故事本身，脱离了这件事的前后语境，也许，这些人与事、词与物，都成了需要加以解释的"典故"。

由此，也引出了我对梅子涵散文魅力的另一种感受，那就是，他的每一篇散文故事，都是浑然一体的，是一个完全和美好的整体。故事的感人内核，故事的因果联系，作家讲述过程中所注入的忆念情愫，作家讲述时的前后语境和叙述语气……似乎都是不可分割的，也无法分开来加以分析。汪曾祺先生对一位想要研究他的评论家说过这样的意思：我是一条完整的鱼，你不能把我切成一段一段地来分析研究，以为我早期的作品是这条鱼的"头"，中年时期的是鱼的"身子"，晚年时期的是鱼的"尾巴"。梅子涵的散文也是如此。你无法在他的散文里具体划分出哪是"鱼头""鱼肚""鱼身"或"鱼尾"。他的散文里没有拖泥带水、旁敲侧击的东西。他用的全是不枝不蔓的白描手法。不用任何铺垫，故事就开始了；不用任何渲染，已经进入了高潮；也不用任何归纳，故事就戛然而止了。就像诗人威廉·布莱克的诗句所写的："你寻找那美好的宝贵的地方，在那里旅人结束了他的征途。"

也因此，按照一般的书评写法，要想从梅子涵散文里引出一些特别华丽的段落，其实是比较困难的。"疑此江头有佳句，为君寻取却茫茫。"不是没有，而是到处都是。他的散文的味道、散文的芳香，就像咖啡的颗粒，已经完全融化和弥漫在了整杯的热咖啡里。除非你把他的全篇散文都引用出来。

读他的散文，你会觉得，那种娓娓道来的叙述风格，那种不动声色的幽默的味道，那种从真实和平实中飘散出来的文学气息、诗意的东西……就像一层薄薄的、新鲜的粉霜，均匀地、自然地附着在每一个浑圆的故事的苹果的外表。脱离了"人与事"这个完整的、实体的苹果，那些幽默和浪漫的粉霜本身，是没有多大意义的，是"散"的和没有形状的，也并不值得特别去夸赞。我相信，梅子涵所在意的，也是他的苹果本身，而不是苹果外表的那层粉霜。他写散文，绝不是为了轻浮的"炫技"和"逞才"，也不是要用那些美丽的粉霜去取悦读者，而是"志存高远"，有一颗大的"文心"和一种云水襟怀。这种襟怀，他在《童话》那篇故事的开头，有所表述："希望中国人能相信童话，用童话的心情和温暖影响生活，让中国的前进诗意和从容一些。"这才是他的拳拳"文心"。

现在有许多作家开口闭口就是"爱心"，就是"关爱"，就是"底层关怀意识"和"正能量"。但是我还没有看见，有哪位作家在自己的散文里，用心地、真诚地、满怀温暖地去写过这么多的生活在城市底层里的"小人物"。在梅子涵的散文里，这样的底层人物，简直可以排成一个长长的人物画廊。《干净》里写的是小区里的一位清扫工老人，他每天迈着"仔细的步伐，干净的步伐"，不仅把整个小区，也把自己的垃圾车收拾得干干净净、体体面面；《小摊》写的是一位修理皮鞋的阿姨，每天用她勤劳的双手和乐观的生活心态，心平气和地谱写着一元钱的"童话"和几元钱的"叙述"；《落叶》写的还是小区里的那些"不言不说"、默默打扫着每天的落叶的清扫工；《佩服》里写的是一些不被人"看见"的修理工：修自行车、修拉链、修手表的；还有前面说到的《童话》，写的是一位小保安的故事；《快递》写的是一位快递小哥的故事……都是一些通常总被人们忽略或视而不见的小人物。他把他所看见的、经历的、感受的这些人的故事和人性中的美好，写得如此动人心弦，令人眸子湿润、鼻子发酸，从而唤醒人们对他们的尊重、体谅与友善。我觉得，这才是真正的底层关怀和文化关怀，这才是真正的爱心、温暖和"正能量"。

梅子涵是一位拥有崇高的心境、浪漫和高贵的情怀的作家，但是这一点不妨碍他同时也具有最温暖的底层关怀意识。在这一点上他很清醒，用他自己略带调侃意味的话说："我很拎得清，找死必须选对地方。"他深知这些小人物的生活现状离他所期待的那种童话生活有多么遥远，虽然他用文学的方式去写他们，也把他们的故事写得十分富有文学的感动力。但是他从来没有因为自己懂文学，就把自己当成"贵族"。恰恰相反，他的这类散文正是为了点醒某一部分人，应该努力"让自己活得平浅一点"。他这些写小人物的散文，承续了鲁迅先生当年写《一件小事》的那种温暖的富有底层关怀的叙事传统。虽然也都是知识分子视角，但在梅的笔下，已经不仅仅是要榨出皮袍底下藏着的那个"小"了，更有了一些新的表达，比如反思："当一个真正的童话在我面前很质朴很热诚地出现时，我竟然马马虎虎没去看。"比如发现："智慧在他们的手上，他们的技术让生活转动和明亮。"比如对所有弱势群体的帮助和尊重："我们要帮他们说说话，让他们的路上也有足够照耀，心里很温暖。""等到他再老些以后，身上也能背个洁净的包，里面装着晚年的安心。"比如感悟：只要敞开自己的心，睁大自己的眼睛，就能看见生活中的许多"最平浅的诗意"，每个人都应该努力地"让自己活得平浅一点"。

米兰·昆德拉有句名言："我们注定是扎根于前半生的一代人，即使后半生充满了强烈的和令人感动的经历。"梅子涵这一代作家，如今正迈向老年时期，怀旧是必然的。在他的散文里，小时候的回忆，少年同学之间的回忆，农场知青生活的回忆，都是他写也写不完的题材、抒也抒不尽的诗情。他写小时候记忆里的那些亲人的善良，那些亲人和老师、朋友的离去，有的写得出奇地冷静与平和，有的写得缠绵悱恻，有的写得荡气回肠，有的又写得沉痛之至。写奶奶、外婆的那些篇章自不必说了，那早已成了他的散文和图画书故事中的名篇。其他的，例如《扑通》这篇，写他在"文革"时期疯狂的抄家风潮中，出于一种自我保护的本能，惊恐万状、迫不得已地撕掉、烧掉了爷爷和爸爸留下的一些珍贵的旧书，甚至撕掉了爷爷留下的唯一的大照片，撕得很碎，然后烧了。晚上他把自己的举动告诉了妈妈和外婆，"她们都没有说任何话。她们没有让我吃一个耳光。"许多年后，他站在了爷爷的墓前。"墓上没有爷爷的照片。我根本没看清爷爷长什么样，就慌慌张张撕掉了。"他写道，"我现在吃自己一个耳光！其实每次想起，我都是要吃一个的。"虽然也是平静的叙事，却包含了多么沉痛的伤逝和追悔之情。

《粽子》一篇，写在困难和饥饿的年代里，一个寡妇悄悄放在他们门口的几只粽子，在文字里似有一种微笑中的泪光在闪现。《浪漫》这篇里，写他在那个寂寞荒凉的年代里，有一天突然看见一个人坐在空旷的大堤上拉小提琴，"我很想靠近了站定了听，但是那飞扬的缥缈却让我不好意思，让我窘困得害羞，在太美的东西面前，我会抬不起头来的，于是我就会假装不在乎地离开。可是，我一边走却一边回头看，我不知道，世界上还有比这更好听的小提琴声吗？"这样的心理感受，描述得真是细微而又准确，就像罗曼·罗兰描写克里斯多夫第一次听到风琴声时的情景一样动人。

《绿光芒》这本书，收入了梅子涵先生用五年时间缓缓写成的五十篇散文故事。这五十篇故事，不仅让我们感受到了美好的文学所具有的感动的力量，汉语散文的一种干净、明亮、真挚、平实和精确的文学之美，明白了好的文学是如何地好，也领略到了一种真正的散文的光芒与芬芳。

帕乌斯托夫斯基赞扬盖达尔说：他的想象力一分钟也没停止过，它们的一部分注入了作品里，而那巨大的另一部分，则被他花费在自己生活的每一天、每一件事情里。也因此才有"盖达尔的生活有时是他作品的继续，有时又是他的作品的开端"的说法。这个说法，我觉得也同样适合用在梅子涵先生身上。

据说，看一位作家是否真的优秀和杰出，一定要注意一条永远有效的强劲原则，那就是看他有没有强健的热爱生活、生命和文学的激情。因为有很多作家，正如尼采所言，"仅从句子的步态，就可以看出他是否疲倦了。"从梅子涵的散文里，还看不出任何疲倦的步态。他的热爱生活、热爱文学、热爱芸芸众生的激情，依然那么蓬蓬勃勃；他的文字，仍然那么诗意盎然，带着新鲜的苹果的粉霜，闪耀着翠绿和鲜艳的光芒。心在树上，摘下来就是。

2015 年大暑，东湖畔

记诗人郑愁予

　　三十多年前（1981 年），我刚开始学习写作诗歌的时候，上海文艺出版社出版过一册开本窄小、装帧朴实的《中国现代抒情短诗 100 首》，在当时发行了好几十万册。这本诗集篇幅不大，大致是每位诗人仅选一首，而且现在看来，有些入选的诗也未必能够传世，但是，在 20 世纪 80 年代初期，这却是对我们那一代诗歌热爱者产生过深远影响的诗歌选本，我也很喜欢这本诗集。诗集选了两首台湾诗人的作品，一是郑愁予先生的名作《错误》，一是老诗人纪弦先生的《你的名字》。我第一次读到这两首诗时，真是如尝禁脔。当时，几乎所有人都把郑愁予的这首《错误》视为献给恋人的爱情诗。

　　　我打江南走过
　　　那等在季节里的容颜如莲花的开落

　　　东风不来，三月的柳絮不飞
　　　你的心如小小的寂寞的城

恰若青石的街道向晚

跫音不响，三月的春帷不揭

你的心是小小的窗扉紧掩

我达达的马蹄是美丽的错误

我不是归人，是个过客……

多年之后，我看到了诗人在三联书店 2000 年版的《郑愁予诗的自选》卷一里，为这首诗写的一段"后记"（《中国现代抒情短诗 100 首》里是没有这段"后记"的），才明白了这首写于六十多年前的名诗的诞生，原来与抗战中的逃难、与母亲的等待与盼归有关：

"童稚时，母亲携着我的手行过一个小镇，在青石的路上，我一面走一面踢着石子。那时是抗战初期，母亲牵着儿子赶路是常见的难民形象。我在低头找石子的时候，忽听背后传来轰轰的声响，马蹄击出金石的声音，只见马匹拉着炮车疾奔而来，母亲将我拉到路旁，战马与炮车一辆一辆擦身而过。这印象永久地潜存在我意识里。打仗的时候，男子上了前线，女子在后方等待，是战争年代最凄楚的景象……诗不是小说，不能背弃艺术的真诚。母亲的等待是这首诗，也是这个大时代最重要的主题，以往的读者很少向这一境界去探索。"

郑愁予出生于 1933 年，他的童年时期正处在祖国的八年抗战之中。他的父亲郑晓岚先生是国民党军队中的一位将军，诗人从小就和母亲一起，跟着军旅中的父亲过着不断迁徙的流离日子，从老家济南到北平，从北平到南京、汉口。1944 年冬季，国民党军队湘桂大撤退的时候，他们一家又从汉口到衡阳、桂林、阳朔、柳州、梧州……兵荒马乱、居无定所的生活，故国美丽的山河被日寇的铁蹄践踏，逃难路上凄惨和悲伤的呻吟声……从童年时代起，就深烙在他的心中。这也使他在后来的诗歌创作中，一直拥有一种强烈的家国情怀和温润的底层关怀意识。同样是写于六十多年前的另一首名诗《野店》，至今还感动着无数的读者：

是谁传下这诗人的行业

黄昏里挂起一盏灯

啊，来了——

有命运垂在颈间的骆驼

有寂寞含在眼里的旅客

是谁挂起的这盏灯啊

旷野上，一个朦胧的家

微笑着……

有松火低歌的地方啊

有烧酒羊肉的地方啊

有人交换着流浪的方向……

  因为少年时代经历了太多的迁徙与流浪，郑愁予的诗歌中也抒写了很多浪迹异乡的记忆与感受，所以他后来被诗坛称为"浪子诗人"。对此，诗人并不以为然。他说："因为我从小是在抗战中长大，所以我接触到了中国的苦难，人民流浪不安的生活，我把这些写进诗里，有些人便叫我'浪子'。其实影响我童年和青年时代的，更多的是传统的'仁侠'精神和悲悯情怀。"

  这种"仁侠"精神和悲悯情怀，当然源自中华传统道德和文化。所以，阅读郑愁予先生的诗越多，我越加感觉，他骨子里是一位最具中国传统文化情怀和中国文化精神的诗人。蓝墨水的上游，依然是汨罗江。

  2014年秋天，81岁的郑愁予先生和夫人余梅芳女士一道，应邀来到武汉，出席首届海峡两岸中华诗词论坛暨聂绀弩诗词奖颁奖大会。诗人多次来过武汉。他的夫人余女士是湖北汉阳人，他是"湖北的女婿"。说起与湖北、与武汉的缘分，诗人禁不住有些激动，道出了好几层意思。

  他说，湖北是一个"诗省"，楚辞就发源在这里，而他"对屈原的敬重是无以复加的"，他说他的灵魂里有着浓重的"屈原情结"。他原名郑文韬，到台湾后改用的"愁予"二字，就来自屈原《九歌》中的"帝子降兮北渚，目眇眇兮愁予……"这个"愁"字几乎就是他一生的"诗胆"。他认为，中国的诗人，中国人的情怀，都难离这个"愁"字，屈原的"哀民生之多艰"，就饱含着一种忧愁与悲悯，传统的中国诗情，一大半都在抒发乡愁，中国诗的性灵，藏在情绪的流动中，而这个"愁"字，就是性灵的一种较高的艺术境界。

"诗，对人类的文化、文明是做出了杰出的贡献的。"在武汉，郑愁予先生由屈原谈到了古代神话和《诗经》。他说，诗歌是离我们很近的东西，它源于人们对自然的敬畏和日常生活。全人类的诗歌的起源，都与神话有关，作为一个写诗的人，他是"信仰神话"的。他认为，屈原的浪漫主义诗歌里，也充满了神话。而现代人可以将诗歌写在手机上，这只能说明，现代文明中最尖端的高科技，再加上最古老的神话，为我们的诗歌提供了最现代和最古老的"两大支持"。

1948年底，15岁的郑愁予随父母亲由北平抵南京，不久又沿长江上溯到汉口，投奔了住在汉口的二姨家。这次省亲经历，也使他有了第一次在报刊上发表诗作的机缘。他把自己在汉口码头离船登岸的真实感受，写成了题为"爬上汉口"的一首诗。虽然当时的时代背景已经不是反对帝国主义了，但正是年少气盛的爱国少年，看到码头边最好、最主要的位置上，停靠的都是挂着花花绿绿彩旗的外国船只，而中国人自己的小客轮，却只能在夹缝中曲曲折折地靠岸。一种真切的屈辱感，在咬啮着这个少年敏感的心。回到二姨家，他闷闷不乐，关起门来写下了一首诗，不久就发表在当时的《武汉时报》"新诗园地"栏目里。

诗人清晰地记得，他的诗登在紧靠刊头的左上方，用的是大一号的字，还加了黑线的框，显得十分突出。这是他的诗作第一次在报纸上发表。他记得，那个栏目的编辑叫胡白刃，诗歌发表后，胡白刃还邀他到武昌司门口附近见过一次面。住在汉口的这段日子，郑愁予还写了一些"悦赏异性"的诗句，抒发的是少年维特式的烦恼。而后来那些赢得了诗坛交口称誉的，包括那首《野店》在内的《边塞组曲》，也是在这一时期开始构思和动笔的。

在汉口停留的时日不多，郑愁予就又跟随家人去往湖南，在衡阳道南中学读书。衡阳这座古城，也是台湾言情作家琼瑶的老家。郑愁予的诗人生涯，在衡阳踏上了新的起点。

1949 年，他在衡阳的道南中学，与几位志同道合的同学成立了一个名叫"燕子社"的诗社，编辑壁报，发表诗歌习作，还创办了油印刊物《燕子》。这年 5 月，他以"青芦"的笔名，自费印刷了第一本诗集《草鞋与筏子》。也是在这一年，新中国成立前夕，他随家人离开衡阳去了台湾。

郑愁予先生早期诗作里还有一首广有影响的诗是《水手刀》：

长春藤一样热带的情丝
挥一挥手即断了
挥沉了处子般的款摆着绿的岛
挥沉了半个夜的星星
挥出一程风雨来

一把古老的水手刀
被离别磨亮
被用于寂寞，被用于欢乐
被用于航向一切逆风的
桅蓬与绳索……

这里写的就是他到台湾那个"小小的岛"之后的感受，其中诗情郁郁的，仍然是那挥之不去的乡愁。

到台湾后，他先是就读于新竹中学，后来进入中兴大学法商学院学习，毕业后在基隆港务局工作。这一工作，为他写下大量优美的航海诗提供了条件。他的《船长的独步》《小小的岛》等航海诗，至今脍炙人口，被人传诵。

郑愁予与大陆的许多现代诗人也有着密切的精神联系。他说，艾青、绿原的诗，都是他很早就喜欢的，也受过他们的一些影响。在台湾，他和老诗人纪弦、已故诗人杨唤，都有着亦师亦友的情谊。纪弦（路易士）是曾和戴望舒、徐迟共同创办《新诗》月刊的诗坛前辈，长郑愁予二十岁，两人第一次见面时，郑愁予才19岁。纪弦看到顶着个军训生的光头出现在他面前的郑愁予，吃惊地问道："郑愁予，你还是个中学生？"未谋面之前，纪弦就很欣赏郑愁予的诗，还以为他是位老先生呢。在以后的岁月里，这两位惺惺相惜的诗人在台湾携手共进，从诗歌理论和创作实绩两个方面，一起推动了现代新诗前行的帆篷。

2013年7月22日，将近101岁高龄的纪弦在美国仙逝。郑愁予写下长诗《我穿花衫送你行，天国破晓了》，表达了对这位老诗人的追念，也颂扬了纪弦对中国现代诗坛所做的杰出贡献。

2015 年 1 月 3 日，东湖梨园

翅膀下的风

世界上最疼爱他的那个人走了

我很喜欢那首歌，名字叫作《翅膀下的风》："在我的影子里你一定很冷，阳光都被我挡住。但你一直满足于让我发亮，你一直在我身后跟着。所有的荣耀都给了我，而你却是我背后最坚强的支柱……我能高飞像只老鹰，全因为你是我翅膀下的风……"歌中传达的是一种深深的感恩之情。在许多个寂静的黄昏里，我独自坐在暮色渐暗的书房里，一遍又一遍地听这首歌。听着听着，心中便涌上无限的伤感和愧疚，禁不住泪流满面。这是因为我想到了自己早逝的母亲，也想到了我的一位亲如兄长的朋友和他的母亲。

我来讲一讲这位兄长和他母亲的故事。他是熊召政，是一位诗人，也是一位历史小说家。近年来，他最有影响的作品，是那部获得茅盾文学奖的长篇历史小说《张居正》。

2007年7月6日上午，熊召政正在深圳参加一个会议，才刚刚走进会议室，他就接到了弟弟从老家湖北英山县打来的电话。弟弟在电话里泣不成声，告诉他说，老母亲已经在五分钟前仙逝了。这个噩耗对于召政来说，并非完全没有心理准备，毕竟老母亲已是八十八岁高龄了。但是他没有想到的是，母亲远去的时候，他会在千里之外。他曾经无数次叮嘱自己，当母亲离去的那一天，他一定要陪伴在她老人家身边，紧紧握着母亲枯瘦的手，让母亲感受到他的依恋和不舍，他还要亲手为母亲阖上眼帘，穿上寿衣……

然而这一切都不可能了。他知道，世界上最疼爱他的那个人走了！老母亲从 2004 年起就患了老年痴呆症，卧床近三年，神志不清已经两年了。每次回去看母亲，他都要用热毛巾为母亲擦擦手、擦擦脸，喂母亲吃一点稀饭。曾有两次，我和他一起回他老家去看望他的母亲，都见他轻轻地把母亲抱到阳台上晒一会儿太阳，即使母亲已经神志不清了，他也要跟母亲说说话。他相信，母亲内心里是听得见他的声音，懂得他的意思的。

现在，他明白，从此以后，不公正的命运把过去的岁月所留下来的，他的个人生活和未知前程的最后的退路——和亲生母亲相濡以沫的联系，彻底地切断了！他再也不能和自己的母亲同欢乐共忧愁了。人间冷暖，世态炎凉，他将既不能诉说于母亲的耳畔，也不能求母亲再疼爱他一次，给他更多的温情、慈爱和鼓励了。是的，他与自己的母亲已成永诀，永远天各一方了。那天，他是默默流着难断的泪水，赶到机场，赶上中午的航班飞回武汉，然后直奔英山老家。到家时已近下午六点，母亲已经安详地躺在棺木里了。

我把他的老母亲也视为自己的母亲。那天晚上，我也陪着他，和他的兄弟们一起为老人守灵。在她老人家生前，我曾几次陪同徐迟老师，在召政家吃这位老母亲做的英山腊肉糯米饭。召政告诉我，他的母亲生于民国八年（1919 年），一生充满苦难，童年丧父，结婚不到一月，新房即被侵华日寇的飞机炸成废墟，从此上无片瓦，下无寸土。新中国成立后又因为兄弟和丈夫的"历史问题"而多受牵连，屡遭困厄。再加上子女众多，生活维艰，60 岁前，她从未过上一天舒心的日子。

记得多少起风的傍晚，母亲唤他回家加衣裳

20 世纪 60 年代末期，熊召政的一个小舅舅因为喜欢写诗，被扣上了"反革命"的帽子，投进了监狱。在那个年代里，召政一家也受到了株连，被划为"黑五类"。少年召政随全家从英山县城下放农村，住在英山县西河边一个名叫四顾墩的小村里。西河边长满了美丽的水柳和乌桕树，远处是高高的羊角尖山峰。站在那片望得见高高的羊角尖山峰的田野上，少年熊召政写出了他最早的、现在还保留下来了的旧体诗《眺羊角尖》："奇峰拔地傲苍穹，压倒群山气势雄。秋来一把枫林火，万壑千崖寸寸红！"那一年他才 16 岁。

那正是极其艰难和混乱的 20 世纪 70 年代初期，全家人吃饭和生计都成问题。会做一手漂亮的木器活的父亲，很希望儿子能像他一样，成为一个可以靠一门手艺谋生的木匠或郎中，所以，当他看到儿子在四顾墩天天和一个乡村木匠，还有一个乡村郎中厮混在一起时，也就略微放心了。然而，他不知道，真正吸引着他的儿子的，并非那两个乡村能人的手艺，而是那两个人懂的一点旧体诗词的格律。熊召政的诗歌"创作"，就是从那时，从与那两个粗通诗律的乡村艺人在鄂东乡间田埂上"斗韵"开始的。

然而对少年熊召政的成长影响最大的人，还是他的母亲。就像从旧中国走过来的许多苦难而坚强的母亲一样，召政的母亲也是一位善良、刚强、自尊和贤淑的农家妇女，以善良、能干而赢得了村里长辈的夸赞和晚辈的尊敬。春种秋收，为了地里的庄稼，母亲早出晚归，从不让队里的人说闲话。在召政童年的记忆里，母亲每次从田里劳作回来，衣襟上会沾着泥土，头发上落着麦芒与草屑，蓝衣上汗湿得泛起一层白碱，但母亲总是把他们兄弟几个收拾得干干净净、利利索索。对于村里的孤苦饥寒者，母亲也会尽力周济，即便是素不相识的过路人、逃荒者，她也无不热心相助，诚心实意。

召政从小就是一个聪颖好学的孩子，每个学年结束，他总能从学校里领到"优秀学生"的奖状和奖品。母亲从儿子身上感到了极大的安慰。可以想象，在母亲的心中，一定浮现着儿子最灿烂的前程。母亲对召政十分

慈爱和严厉。召政还记得，童年时代，有许多个夜半，母亲把他从睡梦里摇醒，为了他白天犯过的什么过失而严厉地责问和教育他。有时，母亲会为自己的疏忽和管教不严而流下泪水。而这时候，召政会觉得，母亲的眼泪比责打更能触痛他愧疚的心。

召政还记得，有许多个冬天的黄昏，妈妈站在晚星升起的村头，呼唤他和弟弟回家加衣裳的情景：晚风吹起母亲的衣襟，吹乱了母亲的头发，但母亲的脸上总是挂着对他们的疼爱的微笑与嗔怪。

美丽而艰辛的青山大地，养育和收藏着诗人的童年和少年时代。就在四顾墩的田野上、小河边，在羊角尖的山冈上和蜿蜒的砍柴的小路上，一个少年诗人写出了他最早的一批诗歌习作。他的青春有点压抑和寂寞，他像一个落难的少年，正在故乡的田野地垄间，在烟雨迷茫的山冈上，瞻望自己未来的岁月。他用诗歌抒发着他的少年抱负："我欲摩天五尺寒，羲和漂泊隔云烟。寒星腋下生青眼，望绝中原百万山！"

永记严冬残夜里，菜油点亮读书灯

1973 年春天，熊召政已经开始尝试着把自己写的诗歌投给当时的省里和地区的报刊了。当时英山县文化馆有一份文学小刊，名叫《山花文艺》。她像一个小小的文学窗口，让这位流落在故乡田间的文学青年看到了一种异样的风景。他悄悄地投了两次稿。

有一天，家里突然来了两位客人，他们都是英山县文化馆的文学辅导干部。他们看中了熊召政投去的稿子，想把他作为县里的重点作者来培养。从文化馆来的贵客，却让召政的母亲喜忧参半。喜的是儿子写的文章被县里的人看中了，这无疑给儿子带来了无限的希望。忧的是家里的生活实在是太窘迫了，竟然拿不出一粒米来招待城里来客。做母亲的心如火燎，只好让儿子在家里陪客人说话，自己悄悄掩门出去，跑遍了周边三个村子，才借到了一升（大约两斤）白米。到了该做午饭的时分，母亲才汗水涔涔地回了家。母亲觉得，从大门口拿米进来，客人看见，恐怕会让儿子觉得难为情，只好站在窗户外，一把一把地把米从窗棂间递送进去，由患病的老父在窗户里面一把一把地接住。因为窗格太窄小，把所有的米递进屋里得递很多次，做儿子的对这一切心知肚明，他悄悄地站起身，用身子挡住了客人的视线……

熊召政在他的《哭母》诗里如实地写到了这番情景："最忆吾家彻骨贫，疗饥野菜伴残羹。为儿招待文坛客，乞借邻家米一升。"同时他还写到过这样一个场景："衰年老父凄凉甚，无药无钱治病身。永记严冬残夜里，菜油点亮读书灯。"这写的也是最真实的情景。

召政的父亲是英山县里有名的木匠。在全家下放农村前，父亲就患有严重的哮喘病，农村艰苦的生活环境和窘迫的家庭条件，再加上夜以继日的劳作，致使他病情日益加剧，但家里不仅无钱无药给他治病，就连维持他生命的最起码的营养也无法保障。召政记得，那时候，病中的老父常常想喝一口白米粥，可就是这么一点点愿望，往往也成了奢望。

即便是在如此困顿的日子里，做父亲的和做母亲的，仍然咬紧牙关，支持着自己那个勤奋好学、喜欢读读写写的儿子。每当看到儿子在小油灯下读读写写的情景，父母亲悲苦的脸上总是洋溢着一丝喜悦的光芒。

1974年冬天，熊召政从邻村一位老先生那里借到一本刘勰的《文心雕龙》。这是召政想望已久的一本书，如今能够借回家来，真有如获至宝的感觉。但是那位老先生给召政的期限只有七天。抱着这本书，召政真是如饥似渴地在饕餮一般。

到了第六天，书还有一小半没有读完。那天，读到了半夜，小灯里的煤油突然燃尽了。母亲见召政心急火燎的样子，就把家中仅有的一点点菜油倒进了灯壶里，让儿子在天明之前读完了这本书。

召政后来回忆说："我虽然借着复燃的灯光读完了书，但家中却整整十天没有吃油。可怜重病的父亲，也陪着我们天天吞咽白水煮萝卜。每每回想起这件事，便觉得愧对双亲。"这本《文心雕龙》，对召政后来的文风有着深刻的影响。

助媳抚孙欣受累，万般辛苦作甘甜

1979 年，熊召政写出了那首轰动一时的政治抒情长诗《请举起森林一般的手，制止！》。这是他作为一位对于世态人心和历史使命有所担当的青年诗人的"霜刃初试"。有着类似激情和风格的长诗，他在那个年代里相继写出了《乡村之歌》《汨罗魂之祭》《再致老苏区人民》以及《1987：官僚主义在中国》，等等。正是凭着这些充满挑战和忧愤的激情的长诗，他成为当时许多文学青年心目中的拜伦、莱蒙托夫式的偶像。

记得在 20 世纪 80 年代初期，我第一次见到熊召政时，就是以一册《莱蒙托夫诗选》作为"见面礼"的。但那一次他留给我记忆最深刻的一句话却是："请你记住，绝不要以一首诗歌或一篇文章的发表与否争输赢，而要与三千年的历史文化论短长。"

1981 年，熊召政从英山县文化馆调到湖北省作家协会任专业作家。三年后，又当选为省作家协会副主席。在他刚到省里那一年，他的儿子出生了。他的夫人邱华也在华中电管局财务部门负责繁忙的财务管理工作。母亲知道儿子、儿媳都是一心扑在工作上的人，没有多少时间和精力来照顾孩子。为了减轻儿子、媳妇家务的重担，母亲毅然决定离开她熟悉的英山老家，离开她过惯了的乡土生活和十分熟悉的老邻居们，跟随着儿子迁居到了省城。从此，母子、祖孙、婆媳，亲情怡怡地在一起生活了二十多年。

在这二十多年里，辛苦的母亲把孙子维维从襁褓中的婴儿抚养成了一个 20 岁的男子汉，一天天看着孙儿、牵着孙儿的手，把他从幼儿园送到小学，又从初中到高中，直到远赴异国留学。而做奶奶的，也在这样的一天天中，背变得佝偻了，白发满头了，牙齿也变得稀少了。

然而这一段岁月，老人虽然忙于家务，抚养孙儿，万般辛苦，却也是她生命中最为愉快的日子。召政在《哭母》诗里写道："晚来无悔别家山，一住江城二十年。助媳抚孙欣受累，万般辛苦作甘甜。"

从20世纪80年代最后一年开始，召政悄悄离开了文坛。那些年里，除了寥寥可数的几个友人，他确实也不再和任何诗歌界、文学界的人来往。就像1824年的普希金回到自己的米哈依洛夫斯克村，回到亲爱的乳母身边，开始了自己的幽居岁月一样，召政也回到了自己年老的母亲身边，过起了远离文坛的生活。与普希金那段幽居生活不同的是，普希金在两年之后就又重新踏上了返回莫斯科的道路，而召政所度过的这段日子却是那么漫长，整整有十年之久。

在这十年间，我是有幸与他保持着一些来往的少数几个"文学朋友"之一。我记得，他在艰辛和动荡的20世纪行将结束，一个新的世纪和新的千年即将到来的前夜，写下了一首诗曰《千年虫》。他曾经朗诵给我听，我牢牢地记住了那开头的两句："我的胸腔里也蠕动着一只千年虫，但它并不是从电脑中钻出的那一只。"他说，他的这只千年虫，名字就叫"忧患"。他的四卷本历史小说《张居正》，也是在这远离文坛的十年间默默地准备、构思和最终完成的。

不可思议的母爱的力量

召政是一位孝子。在他遭受磨难、寂然幽居的日子里，他和自己年老的母亲终日相对，如同普希金和他亲爱的乳母在米哈依洛夫斯克村度过那些漫长的、寒冷的夜晚。善良、慈祥的老母亲成了他最好的精神支柱和生命的知音。

老母亲并不认识多少字，但她坚信自己的儿子是世界上最好的儿子。有一次，召政应邀去印度访问，那段时间里，正好有新闻说，有一架从中国飞往印度的班机出了事。老母亲一连几天在家里寝食难安。她之前从来不会打电话，但那几天里，她竟然奇迹般地给一些平时与召政有来往的文学界前辈如骆文、王先霈、何镇邦等拨通了电话，仔细询问着儿子的安危。这件事使朋友们都觉得不可思议，并深为这伟大的母爱的力量而吃惊、而感动。

在召政潜心写作《张居正》的那些日子里，老母亲一直陪伴在他身边。只要是看见自己的儿子坐在书房里写作，她总会一整天都坐在客厅里那个能望见儿子背影的沙发上，默然地陪伴着儿子，似乎只要望见儿子的背影，她的心里就感到踏实许多。当召政写累了，就会到客厅里陪母亲说会儿话。这时，母亲就会讲述英山老家和儿子童年的一些旧事。

《张居正》就在老母亲每天的视线里，一卷一卷地往下写着。当《张居正》写到最后一卷时，出版社催促得紧，召政想到也许自己没有更多的时间陪伴老母亲说话了，就把母亲送回了英山老家暂住。然而，有一次他回英山看母亲时，母亲却对他说，她在这里一天也不能安心，只要她一天没有看见儿子的身影，她的心里就空荡荡的。召政听了，二话没说就把老母亲又接回了武汉。事后他对我说，他当时就明白了，如果没有母亲，如果连母亲想天天守候在儿子身边这点愿望都不能达到，那他的写作就算日后会获得什么声誉的话，又有什么意义呢？

2005 年 4 月 11 日，《张居正》获得第六届茅盾文学奖的消息传来。这时候，老母亲的老年痴呆症已经非常严重，昏迷数月了。然而，当召政的弟弟俯在母亲的耳边，把这个消息告诉她时，她老人家竟然奇迹般地有了一瞬间的清醒，她睁开眼睛自言自语地说道："你们哪里晓得，召政从小吃了多少苦啊！不容易啊！"说完，又昏迷了过去。当弟弟把母亲的这一瞬间的奇迹说给召政听时，召政顿时热泪盈眶。"母亲啊，吃苦的不是儿，是您啊！"他在心里默默地说道。

召政的母亲是一位虔诚的信佛的老人，相信人死了还会有来生。召政说："我也希望人死后能真的有来生。母亲啊，如果有来生，您还是我的母亲，我还要做您的儿子。"他写的《哭母》诗里就有这样的句子："一刻锥心半世殇，往生路上月茫茫。年年此日菩提下，独对丘山忆我娘。"

2012 年冬末

"春秋笔纵虎，风雨夜屠龙"

　　"熊召政诗文书法展"在西安美术馆开幕时，贾平凹在开幕式上致辞说：作家的能量是分大中小的，能量较小的，很快就被这个社会消耗和稀释了；能量中等的，也许勉强能够获得一点生存空间；只有那些能量巨大，而且拥有"正能量"的作家，才有可能产生影响力，乃至引领风气。贾平凹说，熊召政就是一位拥有巨大和足够的"正能量"的作家。他不仅是小说家、诗人、剧作家，还是历史学家、文化学者和书法家，是那种"通才"型的文人。

　　现在大家都在推崇"民国范儿"。在民国时期的许多文人身上，那种能够把创作家、学者、教授，乃至翻译家、编辑家、出版家、书法家等身份集于一身的博雅风范，在当下已属凤毛麟角了。然而在民国时期，能够把所有这些本事都集中到自己身上的人，却比比皆是。因此，每每谈起"民国范儿"，"教我如何不想她"！

　　由此我也想到了近代以来的鄂东人物里，尤多博学大儒，黄侃、熊十力、陶希圣、张裕钊、王葆心、徐复观、殷海光、王亚南、李四光、喻的痴、汤用彤、黄焯，等等，皆是。亦多文学奇才，如喻血轮、废名、胡风、闻一多、秦兆阳、叶君健、刘任涛，等等。这份名单还可继续开列下去。熊召政沐浴和承传着鄂东先贤们留下的那一脉书香与文化的薪火，志存高远，走的是一条通识博雅的文化大道，可谓鄂东这片文化沃土上新一代的"文化种子"。

说熊召政先生是一位"通才"型的文人，并非夸大。在文学创作方面，他创作和出版过多卷本历史小说、中短篇小说、新诗、古体诗词联赋、散文、文论以及多种歌剧、话剧和电影、电视剧本，可谓文学上的"多面手"。最近二十多年来，他在历史研究上，对楚文化史、汉唐历史、明史、辽金史，都下过很深的功夫，出版过八卷本的《熊召政历史文学选集》。此外，在国学领域，尤其是佛学方面，他也做过很多访问和研究，经常和全国一些名刹古寺里的住持谈禅论佛。他还懂商业和企业管理，有经济市场头脑，特别是在文化产业方面，有自己的思考与见识。

仅就近两年他已经完成或即将完成的几个大型作品来看，我们可以感知这位"通才"型文人的文学世界有多么庞大和丰富。长篇历史小说，他在 2015 年出版了三卷本《大金王朝》的第一卷，《北方的王者》。这是他继获得茅盾文学奖的四卷本历史小说《张居正》之后，又经过了十年的沉淀和准备而创作的一部新的历史长篇小说；战争史诗性的历史题材电影文学剧本《戚继光》，已正式定稿；同样是历史题材的大型话剧《司马迁》，数易其稿后，在北京人艺作为重点剧目正式公演；由他执笔编剧的大别山革命历史题材歌剧《八月桂花遍地开》，在 2014 年 11 月 14 日闭幕的中国第二届歌剧节上，获得包括优秀剧本奖在内的七项大奖；2015 年，他还出版了演讲集《文人的情怀——中国文化演讲录》，书法集《老槐树——熊召政诗文书法集》《情系宜昌——熊召政诗文书法集》《书香养我——熊召政诗文书法展作品集》以及旧体诗词集《故国山河集》、赋记散文集《闲庐赋记》、序跋集《闲庐序跋集》，等等。"唯楚有才"这四个字，在他身上得到了最好的体现和诠释。

且以《文人的情怀——中国文化演讲录》为例。这是他的一部大型的文化演讲集，选录了近两三年来，他应邀在国内外一些知名大学、政府部门、文化名城、图书馆和文化论坛上所做的历史、文化、国学、文学等方面的约二十篇演讲录。召政先生志存高远，是一位穿行在茫茫的历史烟雨中的现代"驴友"，是一位中国传统文化的守望者和执灯人，也是五千年故国山河的歌咏者与赞美者。他写过话剧剧本《司马迁》，骨子里十分服膺那位在漫漫长夜里秉烛写出"无韵之离骚"的司马迁，他也为韩城司马迁祠写过一联："春秋笔纵虎，风雨夜屠龙。"其中透露出了他自己的史学抱负和文化担当的雄心与勇气。当然，这里面也传达出一种阔大的文化情怀和坚毅的文化自信。

文化情怀，文化自信，从来就是国家力量和国民素质的重要构成部分。说到底，中国传统文化不仅是我们历史悠久的文明古国和伟大民族的文明程度与精神气质的体现，也是我们的文化资源、文化动力和发展根基，是我们古老、智慧、丰富的历史谱系表和最完整的"精神档案"，是我们全部的记忆、命运和乡愁。从召政的《中国传统文化的继承与创新》《文人的情怀》《我对"仁"的理解》等演讲中，我们能强烈地感到这种云卷云舒般的文化眷恋和历数千年而不泯的文化自信。

熊十力概括中国传统文哲学精神是"体用论"；李泽厚概括中国传统文化精神的光彩在"情本体论"。召政对中国文化精神的理解，更强调的是"仁本体论"。他主张的是"仁统四德"和"天下归仁"。这在他的那篇《我对"仁"的理解》中说得比较清楚，他认为，文人情怀就是君子的情怀，君子之风，山高水长。而文人情怀的具体表现，他选取了中国人耳熟能详的两句话来概说，一句是范仲淹的"先天下之忧而忧，后天下之乐而乐"；另一句话是刘勰《文心雕龙·神思》里的"登山则情满于山，观海则意溢于海"。当一代又一代具有博大和高贵的文人情怀的英雄登上中国历史的舞台，虽然有的铁马金戈、轰轰烈烈，有的怆然泪下、黯然谢幕，但是，一旦历史的烟云消散、时代的尘埃落定，我们就会看到君子、贤人、圣人这样一些杰出人物的诞生。正是有了那种宝贵的君子之风和文人情怀，才有了厚德载物、自强不息的中华精神。

熊召政先生的每一篇演讲里都贯穿着一种高度的民族文化自信，但是，蓝墨水的上游是汨罗江，那种忧国忧民的忧患意识，也在他的内心里挥之不去。他清醒地看到了，每一次旧的传统即将毁灭，新的道德规范还没有约束力的时候，人性的恶、低劣、庸俗、卑鄙，所有不好的东西就全都出现了，如同"潘多拉的盒子"被打开了，这就是整个社会缺乏"仁"和"爱人"之心的表现。在他在俄罗斯国家图书馆的演讲《两条伟大的母亲河上的文学波涛》里，他再次讲到，在当今世界，精神的匮乏远远高于物质的匮乏。病态的社会往往让我们无比惆怅地回望历史，这不是我们恋旧，而是我们在思考：过往的那些文学大师、艺术巨匠留给我们的精神财富，为什么在当下的社会环境中得不到足够的尊重。文学是忧患的，也是敏锐的；艺术是空灵的，也是清醒的。无论是文学还是艺术，它们都是人类心灵的投影，不但充满了悲天悯人的精神，也充满了愤世嫉俗的情感。但这样的文学艺术的传统，似乎正在削弱，甚至正在被抛弃。伟大的经典有时会遭遇解构和冷落，甚至蒙上灰尘；美好的文学传统有时也面临着遮蔽、断裂和挑战。"娱乐至死"的风气正在席卷全球……

是的，一旦认识到我们自己的文化精神的分量日益轻薄，文人情怀的滋味愈发寡淡，华而不实、贪得无厌的物质享乐风气，正在侵蚀着我们高贵的文化传统的时候，我们就不难理解熊召政先生为什么会在他的演讲中，一再说"记得住乡愁"那句话，同时也不难理解，他骨子里的那种"春秋笔纵虎，风雨夜屠龙"的文化担当勇气，是多么必要。我们现在常说"世界如此险恶，我们的内心必须强大"，其实不如说，我们的文化必须强大。

熊召政是应邀出席了习总书记主持召开的北京文艺工作座谈会的72位文艺家之一，亲耳聆听了总书记春风化雨般的讲话。他在会后写的一篇文章中说道："中国是有着五千多年历史的文明古国，在这漫长的岁月中，中华民族一直在坚韧不拔地前进，期间既有强大，也有衰弱；既有盛世，也有战乱。但不论世情如何，世风如何，世态如何，勤劳智慧的中国各族人民从来都没有放弃希望，放弃忧患。一代又一代的仁人志士，怀着'修身齐家治国平天下'的理想，以百姓心为心，以民族情为情，无不'衣带渐宽终不悔，为伊消得人憔悴'，这个'伊'，就是我们的国家，我们的民族。""观诸历史，那些伟大的作家，经典的作品无不是得风气之先，萃时代之精。杜甫在安史之乱后，曾写下'致君尧舜上，再使风俗淳'这样的诗句，短短十个字，让我们看到一位大诗人对理想的追求，对社会的责任。"这些文字里同样流荡着一种强烈的家国情怀和文化担当精神，与《文人的情怀——中国文化演讲录》这部演讲集中的基调一脉相承。

贾平凹说召政是一位拥有巨大和足够的"正能量"的作家，其实还另有所指，即是说召政还是一位"社会活动家"，集全国人大代表、中华文化促进会副主席、湖北省中华文化促进会主席、湖北省文联主席、湖北省人民政府文史研究馆馆长、中国人民大学国学院教授、武汉大学国学院教授等多种身份于一身。这每一种身份，其实也都意味着他对国家、社会所担当的责任以及必须付出的劳动与贡献。这使我想到美国思想家、学者爱默生在麻省剑桥城的一次演讲中讲到，知识分子的使命，就是把全身心投入到恰当的行动中，当然，他们也必将收获最丰厚的智慧回报。爱默生说，他是不会把自己隔绝在行动的世界之外的，就像不会把一棵巨大的橡树移植在花盆之中。毫无疑问，熊召政也没有把自己巨大的橡树栽植在小小的花盆之中。

2015 年仲春，东湖梨园

长相忆，在安阳

安阳是一座古老而浪漫的城市。中华民族最早使用的甲骨文，世界上最大的青铜器司母戊大方鼎，中国古老的哲学经典《周易》，都诞生在这里。公元前 1320 年，商王盘庚迁都于殷，经八代十二王，历时二百七十多年。殷墟就在今天安阳市郊的小屯一带，这是世界公认的、目前中国所能确定的最早的都城遗址，安阳因此也被称为"殷商故都""中国文字之都"。

安阳这片古老的土地上，有我三十年前的回忆和乡愁。青年时代，我热衷写诗，在全国的许多地方，都有一些诗友。现在回忆起来，我是多么怀念那个激动人心的年代啊！那时候我们都是那么年轻，那么不知疲倦。写诗、恋爱、朗诵、投稿、胡闹、出版诗刊和诗集，到遥远的地方去约见陌生的诗友，去参加各种各样的诗会和笔会，没有我们不肯坐的火车，也不管它是往哪里开。那时候我们各自都拥有年轻、健康和充满光泽的身体，却从来不知道"用身体写作"，我们只知道用心、用灵魂写作。我们注定是一群如同诗人布罗茨基所说的"文明的孩子"，干净的脸上洒满阳光，单纯的心中充满了高尚的激情。会情不自禁地为自己心中远大的抱负而热泪盈眶，幻想着为了自己所爱的人，为了自己心中的理想，即使踏上受难的旅程也在所不辞。激动时会面对蔚蓝色的天空高声朗诵："我不相信！"伤感时会伏在酒桌上喃喃自语："我想回家……"哎，那时候，那个匆匆而短暂的 20 世纪 80 年代！

当然，那时候有欢欣也有泪水。有的诗友还没有来得及谋面，就被神秘的命运带去了天国。诗友范源，就是三十年前我在安阳的一位诗友和兄弟。他本名范钦佩，是安阳滑县人，创作过长诗《神农》《我是农民》和长篇诗报告《国宝》等作品，是一位曾经影响一时、颇有才华的青年诗人。他在安阳的《中原文学》杂志做诗歌编辑时，我在鄂南的一个边城里编辑一本《金竹》文艺丛刊，我和他彼此寄诗唱和，书信交往了很多年，所谓"嘤其鸣矣，求其友声"。

可惜的是，天不假年。1989 年 9 月 7 日这天，童心未泯的诗人，攀到家门前的一棵核桃树上，给从外地来的一位诗友摘取新鲜的核桃，不小心触动了一个巨大的马蜂窝，慌乱之中，他和手里的核桃一起从高高的树上坠落了下来。他曾经噙着眼泪歌唱的故乡豫北结实的大地，虽然托起了这个儿子沉重的躯体，却没能救活他年轻的生命。一位朝气蓬勃的青年诗人，以这样令人痛惜的方式，永远告别了他热爱的故乡、世界和诗歌。那一年范源兄只有 35 岁。噩耗传来，我不敢相信这是真的。痛定思痛，我写了一篇散文《贺卡上的情思》（收录在我早期的一本散文集《你的快乐在远方》里），作为对这位早逝的安阳诗友的纪念。

在诗友范源远去数年之后，我才有机会来到他的故乡豫西北，参加了一次诗会。那是 20 世纪行将结束、一个新的世纪和新的千年就要到来的时刻。我在安阳写下了两首抒情诗。前几天，为了写这篇散文，我从一堆早已尘封的旧稿中找出了这两首诗歌，抄录于兹，既是对青年时代的亡友的追怀，也算是对安阳这座城市的感念。

一首是《豫西北的秋叶正红》：

豫西北的秋叶正红

而第一场雪已经降临

仿佛是悄无声息
却又如空谷足音
伸出双手，我感到了温热
这温热来自你平静的眼神

你是谁呢？请告诉我
你是我苦苦追寻过的幻影
还是我诅咒过的命运
时光的河流太宽，林太深
越过了多少高山峻岭
我才找到了你，与你汇合
虽然，相逢也只是
那么短暂的一瞬

而此时，我已经苍老
头发已经变灰，额头有了皱纹
我的青春和我的激情
仿佛已经被我挥霍殆尽
黄昏星在洹水对岸闪耀
而我已经迷失了回家的路
就像一只迷途的鸟
我飞过了一片又一片
陌生的核桃林
诗歌的火堆，也只剩下
微弱的灰烬

啊，安达露西亚温柔的双手
也没有把流水的门打开

为什么，你只用轻轻的一句话语
就唤醒了我沉睡的灵魂
拨开一层层漂泊的风尘
我忽然发现，那火种还在
它是为你而保存的吗
从久远的年代，直到时光流尽
我的全部血肉，就是供它燃烧的
最后的柴薪
如果不够，还有这颗
尝尽了世间愁苦的心

另一首诗《车过安阳，没有停下》，是我即将离开豫西北，趁着乘坐的汽车在一个三岔路口稍作停留的时候写下的，有点仿拜伦的那首《雅典的少女》的笔意。我用这首诗为同行的诗友送别：

车过安阳，没有停下
它在朝着命运指引的方向飞驰
仿佛永不停滞的岁月
要把你从我的身边劫走
带回到那个遥远的城市

而我，早已经离不开你
就像一颗最坚韧的麦粒
假如不能落进你的土地
我再坚忍又有什么意义

不，你是为躲避爱情
而奔逃到这里的惊悚的清泉

我却是被你的古老和美丽

所吸引的阿尔甫斯

我将变成一条河流

去远方追赶你的踪迹

即使你滔滔的洹水是苦涩的眼泪

也是能滋润我心灵的芬芳的花蜜

谁也不能够把你带走

无论是时光还是距离

我将深深地爱着你，让别人

去拥有整个世界吧，而你

就是我的整个世界

你是我全部的乡愁、痛苦和欢乐

你也是我最后的诗歌、命运和回忆

我与安阳的缘分，也并没有因为写下了这两首诗就宣告结束了。"假如麦粒不死"，它就还会在诞生过古老的甲骨文的殷墟大地上复活和发芽；曾经被以为是熄灭了的灰烬，还将在这片升腾过远古的狼烟的大地上复燃。

又过了十多年，2014 年深秋时节，应天天出版社之邀，我第二次来到豫西北，参加安阳儿童文学笔会。天天出版社是国内童书出版界的后起之秀，为什么会选择在安阳举办笔会呢？原来，天天出版社社长刘先生，曾经作为中央下派到地方挂职锻炼的干部，在安阳市担任过副市长。他对这片古老的土地，一直充满了深厚的感情，即使回到北京工作很多年了，依然是"安阳情未了"，说起安阳的历史掌故和山川草木，如数家珍，乃有得色，热爱与自豪之情，溢于言表。国辉兄的家乡是东北的吉林，有了在安阳的这段工作经历，他俨然把自己当作了安阳的儿子、太行山的儿子，把豫西北大地视为自己的第二故乡了。

这使我不由得心生感慨：没有好祖先，哪来的好山河？没有好山河，哪来的好家园？没有好家园，哪来的好母亲？没有好母亲，哪来的好儿女？古老的豫西北大地，清清的漳河水，巍峨的太行山，养育了一代代赤胆忠心的好儿女，一代代的好儿女，也用自己的泪水、汗水和热血供奉着这片热土，辛勤地耕耘和卫护着这片热土，把她守望，把她眷恋；为她打扮，为她梳妆。

在历史古都安阳，即使是讨论儿童文学，好像也不应该绕开"历史"这个字眼。笔会安排每位作家做个简短的发言。来安阳之前，我刚刚从俄罗斯和瑞典访问回来，于是就谈了一点儿童文学创作中的"历史感"的话题。这个话题是一位俄罗斯女作家给予我的启发，我觉得也是当下我们的儿童文学创作中所缺失的东西。当然，在安阳笔会上，儿童文学作家和出版家朋友们谈论得更多的，不是"历史感"，而是当下的状态，是当下的中国儿童文学所面临的如何讲好中国故事，如何做好现实表达的问题。"瞄准星星，总比瞄准树梢要打得高远一些。"这原本是俄罗斯儿童文学作家们早就有的一个共识，我引用这个说法的意思是说：作家不应该一味去迎合、俯就市场趣味和商业欲望，更不应该被市场和出版商"绑架"，变成拉低和弱化儿童文学品质的"合谋者"。真正优秀的作家，依然是"人类灵魂的工程师"，有引领、提升社会趣味与大众阅读水准的使命。而在目前，儿童文学作家们应有一种"自律"和自尊意识，让自己写得慢一些，写得少一点，写得更精致、更好一些，这样或许可为提升原创儿童文学质量，带来一点空间与可能。

金秋橘正黄，红旗渠流觞。秋风送我上太行，犹忆山下野菜香。安阳小米饭一钵，农家白木桌三张。诗情殷殷，歌声朗朗。桃花峡谷深千尺，雨中不觉山路长。长相忆，在安阳！

2014 年秋天

怀老画家杨永青先生

车过浦东川沙镇，我看见一些小公园和白色院墙里的桃花，似乎比别的地方盛开得更早，也更鲜艳，而且有点似曾相识。猛然想到，我是在画里见过这伸出院墙的灼灼花枝。原来，我是置身已故老画家杨永青先生的老家了。

杨永青先生，1927年出生在上海浦东川沙镇（当时还叫川沙县）一个叫凌家圈的村子里。15岁时，他离开老家，到上海一家名叫"韦古斋"的裱画店里学习裱画。在"韦古斋"里，他认识了一位年轻的画师巢枝秋先生。巢枝秋领着这位勤奋好学的小学徒，去戈登路的一条弄堂里，拜见了自己的老师、当时在上海首屈一指的人物画家，也是"长虹画社"的当家人谢闲鸥先生。谢先生宅心仁厚，慨然收下了这个质朴的浦东少年做学生。从此，杨永青正式开始跟着谢先生学画人物画，也时常跟着巢枝秋先生去听戏。

1944年，杨永青17岁时，画了一幅国画，被收入了《长虹画社画扇集》。但那时候学画归学画，毕竟不能挣钱补贴家用。不久，他又进入上海一家"大公木行"当了学徒。这段和各种木料打交道的日子，与他以后学木刻版画不无因果关系。

新中国成立后的第三年，青年杨永青凭着自己画的两套连环画《女拖拉机手》和《科尔沁草原的人们》（根据玛拉沁夫同名小说改编），进入了当时的华东青年出版社，开始了他的职业美术和编辑出版生涯。当时正值"抗美援朝"时期，他把自己的连环画《女拖拉机手》所得的 200 元稿酬的一半捐献了出来，支援国家购买飞机大炮。当时，咱们国家实行的是供给制，他每月的津贴只有 15 元，200 元可是一笔巨款。剩下的 100 元，他送给了含辛茹苦培养他的父亲，而他的父亲也把其中的大半接济了老家的乡亲。

1953 年，杨永青先生从上海奉调到北京，先后进入中国青年出版社、中国少年儿童出版社担任美术编辑。他的绘画"童子功"打得扎实，又勤于创作，练就了一身的技艺，连环画、版画、中国画、图书插图、书装设计，白描、工笔、水墨、写意、重彩，真是无所不能。初到北京那年，全国儿童文艺作品评奖，他为张天翼的童话《大灰狼》画的插图就和刘继卣先生的《鸡毛信》获得了一等奖。在以后的岁月里，他为《萧也牧作品选》、傣族叙事长诗《葫芦信》、胡奇的小说《五彩路》等不同年代的两百多种图书画过插图，创作了《王二小的故事》《神笔马良》《刘文学》《刘胡兰》《高玉宝》等二十多种曾经家喻户晓的彩色连环画。这些作品，当年也都曾以多种文字版本在海外发行。几十年过去了，他画的这些"红色经典"，已经成为收藏家们热心搜求的珍品。

他创作的木刻版画作品也有上百幅，著名的如《高小毕业生》《前哨》《出院》《小牧童》等，被收入了《中国新兴版画五十年选集》等多种美术文献选集。

1955 年，杨永青先生画了一幅革命题材的画，不料被人诬告说，画上有一个"反面人物"像毛主席。结果，从少年时代就真心实意地追随共产党、追求光明和进步的杨永青，很快就被戴上了"现行反革命"的帽子，打入了"另册"。后来幸得胡耀邦同志的担保，境遇才有所改善。"文革"期间，他被赶往"干校"劳动，也被剥夺了绘画的权利。20 世纪 70 年代末期，形势稍有松动了，他开始画《红娘子》，并在 1979 年正式出版。后来，他耗费心力最多的就是自己专长的传统人物画线描，这方面的代表作有《屈原九歌长卷》和上百幅美轮美奂的《观音造像》。

我认识杨永青先生时，已经是在他退休之后了。这时候除了画精细的白描风格的观音造像，他画得最多的就是大写意牡丹。他在给我的一封信上这样说过："有人能喜欢我的写意画，很高兴，此类画不易进步，画来画去老样子……我已二十多年不刻木刻了，在老友的鼓励下试了试刀，刻了二幅小品，寄上留念……"

这时的他已经快 80 岁了。他刻的木刻，一幅是两个头上、身上戴着繁茂的银饰的西南少数民族小女孩，一幅是北方鄂伦春族的戴着虎头帽的小猎手。在我看来，这两幅木刻画真是大家刀功，人物和服饰的刻画真是细致入微，纯美绝伦。

老画家视我为"小友"，每次写信来，都是用毛笔直书的小行楷，秀雅古朴，令我爱不释手。他先后送给我两幅大写意牡丹，还特意为我画过一幅他想象中的、有关我的童年生活场景的国画，画的是一位美丽的女教师带着我走在上学路上的情景。

前年，天津《每日新报》约我写一篇对童年暑假生活的回忆，还要求最好选配一幅插图，我就选了杨先生为我画的这幅《童年》。画上的那个乡村少年是那么天真快乐，不过，杨老并不知道，我的童年生活其实是清苦和黯淡的，哪有这么快乐和美好。

杨老生前送给我的最后一部书，是用宣纸精印的线描《观音造像集》（限量版）。他在扉页上题了字，盖了印。这部画册，将是寒舍的"传家宝"之一。2011 年 6 月 15 日，杨老因心肌梗死在北京逝世，享年 84 岁。仁慈的大地母亲啊，愿你永安这位善良的老画师的灵魂。

2014 年 6 月 20 日，武昌

朝花夕拾，灯火闪亮

世界上有不少抒写童年之美的经典小书，都出自一些大作家之手，如鲁迅的《朝花夕拾》，萨特的《童年回忆》，本雅明的《驼背小人》，亨利希·曼的《童年杂忆》，柯莱特的《葡萄卷须》，希梅内斯的《小银和我》，奥纳夫·古尔布兰生的《童年与故乡》，若热·亚马多的《格拉皮乌诺的小男孩》，等等。这些带有回忆色彩的文字，大都超越了对个人童年生活的描述，成为一种能够引起每个人的共鸣、具有永恒和普遍意味的文学题材。老作家、翻译家任溶溶先生出生于1923年，今年已经九十多岁了。《我也有过小时候——任溶溶寄小读者》是他最近出版的一本回忆童年生活故事的散文小书。这本书不仅给读者呈现了天真烂漫的童年之美，也让小读者感受到了一种单纯、清澈、温暖的儿童文学之美。

任老在上海出生，五岁时跟随家人到了广州，在广州读私塾和小学，有时又回到他的故乡广东鹤山旺宅村里去度暑假，所以，他的童年时代是在这三个地方度过的。这本书里的三辑文字，写的就是他小时候对这三个地方的人与事的点点滴滴的记忆。

法国作家都德这样描写过他童年时代的一个体验："小时候的我，简直是一架灵敏的感觉机器……就像我身上到处开着洞，以利于外面的东西可以进去。"读任老的这本书，我感到，他小时候也像都德一样，身上到处开着洞，接纳了许许多多的人与事、苦与乐、爱与愁，就像一年四季里的二十四番花信风轮番吹过，给他留下了一个丰富、恣意和完整的童年。

白发暮年，朝花夕拾，重返青梅竹马时节，重返故乡街巷里的提灯时光，遥远的灯火依旧熠熠闪亮。九十多岁的老人了，平生经历，山高水长，什么世事没有见过？哪怕是百年功名、千里云月，也只会回眸一笑，等闲相看了。可是，一回到两小无猜的小时候，老作家的白发好像倏然返青，一颗童心，依然活蹦乱跳，宛若时光重现，漫长的人生又从头来过一样。我想，这种生命状态，就是人们常说的"不忘初心"和"归真返璞"吧。这种生命状态，也不仅仅是拜儿童文学的神奇魔力所赐，更是一种沧桑历尽、人情练达之后的智者境界，好比天心月圆、林间花满。佛家有言：佛性即童心。如是说来，在任老身上，从任老的书中，我们也不难领略到一种明亮、澄澈的"佛性"，一种云淡风轻的人生大智慧。

记得我的老师、诗人曾卓先生在晚年时有一次和我谈到，他们这些人活到了这个年纪，什么"技巧"都没有了，剩下的只是"人"本身。读任老的这本书，我也感到，这里面什么技巧都没有了，剩下的也只有一颗单纯、活泼的"初心"，一个单纯和澄净的"人"。这本书收入了54篇小散文，每篇都只有一两千字，短的连千字都不到，可以说是真正地洗尽铅华、删繁就简，文笔简约和平实得不能再简约，也不能再平实了。但是，正是通过这一篇篇归真返璞的"识小"文字，我们看到了一个鲜活和真实的小人儿的生动的童年时代。老作家的记忆力真好，竟然记得八九十年前的那么多小细节。他的文字的平实之美，也正是来自这些独特的、真实的小细节。据说，一个儿童文学作家异于一般作家的才能之一，就是这个人能真正"返回童年"，能重新"发现童年"。如果这个说法是对的，那么，任老无疑就是最好的例子。他的这本书，真是应验了童话家林格伦的那句名言："为了写好给小孩子们看的作品，必须回到你的童年去，回想你童年时代是什么样子的……'那个孩子'活在我的心灵中，一直活到今天。"任老用最简约、最平实的文字，让活在他心中的"那个孩子"，再次奔跑、欢笑起来，再次坐在南方的私塾和小学堂里，描红、抄书、诵读，做起了游戏。

《我也有过小时候——任溶溶寄小读者》也不仅是一本回忆和怀旧的书，它还是一本感恩和励志的书。我读到《怀念阿妈》《我的爸爸》《我也有好妈妈》这些篇章时，特别受感动，鼻子酸酸的，也想到了自己过世的亲人，感到了一种对亲人们的养育之恩没来得及报答的愧疚；读到《爱国者的血》《在南海过暑假》《回成为孤岛的上海》这些篇章时，又会想到都德的《最后一课》，感受到生长在抗日战争时期的那一代中国孩子热爱自己的祖国、发奋图强、不愿做亡国奴的自强不息的精神。所以我觉得，这本书还有一个特点值得肯定：老作家善于"以小见大"，从一些小小的细节里，也能辨认出一个真实的大时代的样子，也能听到一个大时代里的风雨声。

2015 年 7 月 23 日，东湖梨园

温暖的书缘

　　闲暇时，我喜欢逛一逛旧书铺和旧书摊。倒不一定是像一些旧书收藏者那样，怀着明确的猎书、淘书的目的，有时纯粹只为感受一种故纸芬芳，享受一下翻阅旧书的好奇和乐趣。那些出入过许多人家、因为各种原因而流落到书店和书摊的旧书，也确实让我真实地感受到何为"手泽"。正如查尔斯·兰姆所说，一个真正的爱书人，只要他还没有因为爱洁成癖而把所有的老交情都拒之门外，那么，当他从旧书铺获得一部旧版的《汤姆·琼斯》或是《威克菲尔德牧师传》的时候，无论这些书上有着怎样污损的书页和残缺的封皮，它们对他仍然会具有无限的吸引力和亲切感，它们的破损也只在表明：肯定有无数位读者的拇指曾经伴随着欣悦的心情，一遍遍翻弄这些书页；也许它还给某一位贫穷的缝衣女工带来过欢乐和幻想……在这种情景下，兰姆说，"谁还会去苛求这些书页是否干干净净和一尘不染呢？"因此，在我的心目中，"旧书商"，是一个十分美好和温暖的词，总让我想到那些令人尊敬、让人怀念的卖书人和藏书人，想到电影《查令十字街84号》里那家旧书店，那位善良的旧书商和他远在美国的读者之间的浪漫、温暖的故事。

以书为友，每一个人都免不了会有种种书缘和奇遇。我想到了自己的那些旧书和夹在发黄的书页中的故事。它们没有爱书家兰姆或者吉辛的奇遇那么年代久远，却也一样带着往昔的风尘，令我产生无尽的想象和回忆。例如，我在二十多年前，买到过一本"三联版"旧书，英美文学专家、文学翻译家朱虹先生的《英美文学散论》。这本小开本的素雅小书，系三联书店"读书文丛"中的一种，我很喜欢。全书虽然篇幅不大，却是朱先生研究英美文学的一本极具分量的学术文集，文风也十分隽永清丽。书中还有美学家朱光潜先生的一篇珍贵难得的序言。

　　在这本旧书里面，还夹着一张读书卡片，上面用秀丽的钢笔字写着一首短诗《真正的体贴不声不响》："真正的体贴不声不响，它不会与任何感情混同。／你不必小心翼翼地用皮衣，裹住我的肩头与前胸。／你也不必倾诉／初恋时的衷情。／我是那么熟悉，／你那顽固的、贪婪的眼睛。"这娟秀的字体和隽永的诗句，曾经让我禁不住去想象和猜度，写下这首小诗的人，或许就是这本《英美文学散论》原来的主人，那个写在扉页上的名叫"胡怡"的人？也许是个女孩？那么，这首诗是她自己的创作，还是从哪里抄来的？她是要把它写给谁呢？她是正处在热恋之中，还是已经尝到了失恋的滋味？她所熟悉的那双"顽固的、贪婪的眼睛"，给她带来的是痛苦还是欢乐？我还想到，能够购买和阅读《英美文学散论》的人，大致应是具有相当文学品位，并且是一个爱书的人吧，那么又是什么原因使这本书离开了他或她，而流落到旧书店里去了呢？

　　大约是过了六年之后的某一天，我和一些电视界的朋友聚会，席间有一位女士，是电视节目的编导，芳名就叫"胡怡"。这使我顿时想到了写在《英美文学散论》扉页上的那个名字。我试探着把话题引向了阅读，顺便问了她一句："你大学时代喜欢读些什么书？"答曰："外国文学。""我也喜欢外国文学，"我心中窃喜，又说道，"我读过一本三联版的、白色封面的《英美文学散论》，我很喜欢。"胡怡想了想，说："我也读过这本书，我自己还买过这本书，是翻译家朱虹的著作……"这时候，我心中有数了。这真是一个"小世界"啊！而因为一本书带来的缘分，我很珍惜。

不久，我约了胡怡喝咖啡，带去了那本旧版的《英美文学散论》，让她重睹了自己的签名，还有夹在书中的那张写有诗句的小卡片。记得当时，胡怡十分惊讶，翻动着书本，看着小卡片，眼睛一下子就湿润了。她也许是想到了"初恋时的衷情"。我想把这本小书送还给胡怡，但是她说："这本书现在已经属于你了，也许你留着更有意义。如果你愿意，把这张小卡片给我留个纪念吧。"就这样，这本旧书仍然留在我这里，小卡片则物归原主了。

又过了十多年，2012年深秋时节，我有幸参加了在东湖边召开的海外华文女作家协会双年会。在会议上，我意外地见到了心仪已久的翻译家和学者朱虹先生。第二天，我特意带上那本保存完好的旧书《英美文学散论》，请先生题词留念。朱虹先生是虚怀若谷的大家闺秀，分别用中文和英文题写了两句温润和客气的纪念语。如今，这本素面而雅致的小书，成了我书房里的一册珍贵的题签本。

香港作家马家辉先生曾在一篇文章里写到一个细节：有一次他带女儿去参观一个古书展，小女孩独自在各个书摊面前左看右看，很明显不可能买得起那些动辄三四千元的古书，但是那些英国旧书商，却都会耐心地给小女孩讲解书架上那些珍贵的旧书的典故和特色，没有丝毫不耐烦，言谈亲切一如小女孩的老祖父。旧书商的友善令人感动，马先生在一边默然道谢。同时，他也不由得想到了在国内遇到的一些唯利是图的书商，一旦知道对方根本不是买家就会立刻板起面孔，摆出一副冰冷的嘴脸。作家奈保尔说过这样一段话："好的或者有价值的写作不只是一种技巧，它有赖于作家身上某种道德完整。"我想，这段话也同样适合用在那些"道德完整"的书商身上。

我也想起了我所认识的一位德国旧书商。他告诉过我，他的名字叫"汉尔"（音译）。每年去法兰克福参加国际书展时，无论多么忙碌，我都会抽空到他的旧书铺前去看看，跟他打个招呼，有时候也会请他帮我找几本自己想找的旧书。不知道他平时把自己的旧书铺摆在哪里，但每年十月，法兰克福书展期间，他就把旧书铺搬到展场外的一个广场上。那里集中了许多旧书铺，是一个蔚为可观的旧书广场。

汉尔先生的旧书铺有七八个门面的规模，以德语文学旧书为主。德国的精装本旧书，装帧都很古朴典雅，有的还是麻布封面或皮脊的，插图也很漂亮。而且德国的旧书，品相大都很好，我想这也许是因为德国喜欢读书的人，都比较敬惜书、爱护书。汉尔先生自己就是一个十分爱惜书的人，他的书铺总是收拾得整整齐齐，各类图书摆放得又美观又方便寻找和取阅。没有顾客的时候，他总是坐在那里，耐心地、专心致志地修补和整理旧书。

我去法兰克福有六七次了，每次去都会觉得，这位老先生一年年地变老了，让我看了心疼。每次见到他时，他都会热情地搬来一些估计我会喜欢的书，供我挑选。我在汉尔先生那里先后买到过几本歌德、席勒的精装本诗集和剧本，买过几本布面小开本的、古雅的套色木刻画集，买到过德国著名故事诗《顽童捣蛋记》（德文书名：Max und Moritz）的一个较好的插图本，后来我在出版绿原先生翻译的这一小册小书时，正好解决了原版插图问题。汉尔先生知道我喜爱歌德，还特意帮我找到了一幅年代比较久远、好像印刷在绒布上的歌德画像。后来我托朋友给这幅歌德画像装了一个雅致的木框，挂在书房里，天天面对。每当看到这幅歌德画像，我就会想起年老的旧书商汉尔先生。我很怀念这位友善的旧书商，祝愿这位善良敬业的老人健康长寿。

2013 年初春，武昌

黄叶掩盖的文化屐痕

　　我随一个作家代表团在俄罗斯访问时，一位熟悉俄罗斯文化的翻译家告诉我说，俄罗斯是一个极其善待自己的历史和文化的民族，例如，在诗人普希金幽居过的故乡，还有他生活过的三山村这些地方，只要有陌生人踏进这片土地，就会有一些上了年纪的老人告诉你："您可千万别听前面济马村的那些老汉瞎吹，说普希金似乎多次经过他们的村子，其实他在三里之外就拐弯了，因为济马村那里尽是烂泥，没法儿通行。他最喜欢的是我们这里。"对此，济马村的老人们会反驳说："我们并没一口咬定，说普希金每天都经过我们村，但是他的确也到过我们村呀！他不光是在你们村里住过，因此你们也别那么神气……"

　　这样的对话，一方面说明大诗人所到之处，每每为之增添光彩且流芳后世，另一方面，也反映了俄罗斯人民对自己的文化英才的拥戴与自豪之情。普希金离开人世一百多年了，可是，当地的农民谈到普希金时，仍然兴致勃勃，仿佛在谈论一个非常熟悉、依然还生活在他们中间的人一样。他们在自己村前的树林边插上木牌，上面写着："诗人亚历山大·谢尔盖耶维奇·普希金的土地从这里开始，请别碰他的树林……"

有一年，我在意大利旅行，在从罗马去维罗纳的路上，我看见一块醒目的路牌，上面写着："这里就是罗密欧与朱丽叶的故乡……"这样的路牌，这样的细节，真是让我感动，使我不能不联想到这里的人对文化、对自己的文化名人的那份敬重、善待和自豪的情怀。

在我国，因某位文化名人的足迹行止或诗文佳篇，而让某个地方的胜迹景观声名远播的例子，也是数不胜数的。仅以宋代大文学家苏东坡为例，这位文化巨人所到之处，皆会"雁过留声"，复又"物因文传"，全国各地与他的名字紧紧联系在一起的名胜景观和物产佳话，不知有多少！文化史上甚至还有"自东坡先生谪惠州，天下不敢小惠州"之说。

地处湘鄂赣交界处的阳新县，是一个美丽的边城。苏东坡曾在北宋神宗元丰七年（1084 年）到此地。那是在他被谪贬黄州做团练副使四年又四个月之后，再调汝州，北上途中，他由黄州至九江，再从九江到筠州（今江西高安）去探望弟弟子由，路过了位于长江南岸、与九江毗邻的兴国（即今天的湖北省阳新县），并在此小住。

《苏轼诗集》中有一首《自兴国往筠宿石田驿南二十五里野人舍》，即为此行所吟。诗云："溪上青山三百叠，快马轻衫来一抹。倚山修竹有人家，横道清泉知我渴。芒鞋竹杖自轻软，蒲荐松床亦香滑。夜深风露满中庭，唯有孤萤自开阖。"

东坡此行光顾阳新，留下不少故事佳话。其中有证可考的一个故事说：四月初，他从黄州乘木舟沿江而下，至阳新富池口（即今天的富池镇附近），停舟游览了三国时代留下的名胜半壁山。半壁山位于江南岸，孤峰昂举，悬壁如削，与北岸的田家镇互为掎角，形势峻峭，屹如关隘。诗人迎高风而立于悬崖之上，面向滚滚东去的长江，顿生在黄州赤壁时的豪放之情。于是，他从山脚下的一片毛竹林中，捡得新脱的笋衣数匹，让同行的人以江水研墨半桶，然后登临悬崖，大笔一挥，书成"长江锁钥"四个大字。几经镌刻，这四个大字今天仍然保留在临江的悬崖上，成一灼灼胜迹。

至于诗题中所说的"石田驿南二十五里野人舍"，是今天位于兴国镇以南的枫林镇附近的一个地方。枫林的碧云山，就是因为这次东坡先生的宿居，从此改名为"坡山"。坡山之上，现今还有传说中的苏东坡的"洗墨池"等景观。坡山之下的村庄里，还流传着东坡先生在这里歇脚与吃晚饭的故事。

我读苏轼的诗文集时，见有一些选本将上面提到的那首诗中的"兴国"，注释为"江西赣州兴国县"。这实在是失之毫厘、谬以千里了，虽然同为"兴国"，但是此"兴国"非彼"兴国"也。东坡先生当年自九江过兴国赴高安，行走路线清晰极了，实在是不必更没可能绕个大弯，走到赣州的兴国县去的。

那么，我写这篇短文，是否也有"自东坡先生过兴国，天下不敢小兴国"的意思呢？当然有这个意思，然而又不仅仅是这个意思。正如同三山村、济马村的人们对普希金的争论一样，其间更多的是对历史文化名人的善待、拥戴和热爱的感情。

当代诗人舒婷有两句为人称道的诗："与其在悬崖上展览千年，不如在爱人肩头痛哭一晚。"写的是长江三峡中的巫峡上的神女峰，一座举世瞩望的"望夫山"。我国各地的"望夫山""望夫石"之类的可谓多矣，其中较为著名的，我以为应属鄂南阳新县的"望夫石"了。

鲁迅先生的《中国小说史略》第六篇，在谈到六朝鬼神志怪书时，曾引出《太平御览》第440卷引《幽明录》关于阳新望夫石的传说：武昌阳新县（今属黄石市）北山上，有一块望夫石，看上去像一个站立的女子。相传，从前有一位忠贞的女子，她的丈夫从军戍边去了遥远的地方，她天天携着年幼的孩子，站在山顶上盼望丈夫平安归来，盼啊盼啊，一年又一年过去了，这位女子竟然化成了"望夫石"。

这个传说故事始于何时，已不可考了，但它是那么忧伤动人，流传甚广，直到今天，阳新富河两岸仍然流传着这个故事，几乎家喻户晓。当地民间故事里还有另外一个结局：远赴国难的丈夫，有一天终于回到了自己的故乡，看到妻子已经化为石头，悲痛欲绝。他终日坐在富河岸边，含泪默念着爱妻的名字。精诚所至，金石为开，他哭了七七四十九天之后，水面上突然浮起一块巨石，仿佛在招引他的灵魂。于是，他最后望了一眼破碎的家园，含泪跳进河中，也化为一块巨石，与爱妻相伴相依。两块石头，随着富河水涨而涨，水落而落。据说，富河上的打鱼人，在宁静的月光之夜，还能隐约听见这两块形影不离的"浮石"的呜咽之声……

美丽和忧伤的故事里，寄托了善良的人们多少美好的愿望和祝福。此后，许多有关望夫石、望夫山的故事，大致与此相仿。另据阳新方志记载，唐代诗人中，有位以擅写田家、蚕妇、织女和渔人题材的乐府诗名世的诗人王建（约766—830年），有一年路过阳新，被这个望夫石的故事深深打动，写下一首题为"望夫石"的抒情小诗。《全唐诗》第298卷里，收有此诗："望夫处，江悠悠。化为石，不回头。山头日日风复雨，行人归来石应语。"朴素的诗句表达了诗人的哀思和景仰，似是信手写来，却又极富人情，其中的绵绵情思，大有"思悠悠恨悠悠，恨到归时方始休"的意味。

"野水参差落涨痕，疏林欹倒出霜根。扁舟一棹归何处？家在江南黄叶村。"这是苏东坡的名诗《书李世南所画秋景》。古往今来，多少文化屐痕，都被年年岁岁的枯叶青苔遮蔽和掩盖。拨开层层枯叶，我们会看到许多美好和温暖的景象。

同时我也在想，真希望有一天，一走进潜江市的地界，就能看到一块醒目的路牌："这里是戏剧家曹禺的故乡……"一走进黄梅县的地界，也能看到这样一块路牌："从这里开始进入诗人和小说家废名的故乡……"或者一踏入浠水县地界，同样能看见一块路牌在告诉游客："诗人、学者闻一多的家乡从这里开始……"

2014年白露，武昌

留得片瓦听雨声

《论语》"季氏篇"里有一节，讲到了中国教育的先哲和祖师孔子的一个故事。一天，孔子一个人站在庭院里思考问题，他的儿子伯鱼正好经过那里，孔子就叫住他问道："你是否在读《诗经》啊？"儿子恭恭敬敬地如实回答："还没有呢。"孔子不禁感慨道："不学诗，无以言。"意思是说：这样太可惜了！一个人如果不好好读《诗经》，长大后恐怕连话都不会说啊！

在这里，固然可以理解为孔子所强调的是学习《诗经》的实用价值，正如他在另一些场合所强调的，《诗经》"皆雅言"，通过学习《诗经》，可以"多识于草木鸟兽之名"。但是，孔子这段话还有更深远的意义，和我们今天常说的"读诗使人灵秀"是一致的。

今天，我们也不妨把孔子所说的"诗"，理解成一个更宽泛意义上的概念，那就是包括《诗经》在内的中华民族智慧和优美的古代经典篇章，也就是我们常说的智慧和美丽的"国学"经典。"国学"经典宝库之中，当然也包括历经数代蒙童诵读、研习、传承而流传下来的那些蒙学读本，如《三字经》《弟子规》《百家姓》《千字文》《增广贤文》《声律启蒙》《幼学琼林》《龙文鞭影》《四字鉴略》，等等。《弟子规》是其中篇幅简约（共360句、1080字）、文辞优美而蕴含丰富，诵读起来又朗朗上口（每两句押一韵）的一册蒙学读本。

前不久，我应邀担任本省一个有中小学生、大学生参加的作文赛事的"命题专家"。在征集上来作为备选的"话题"里，就有一个关于《弟子规》的。可是正是这个话题，引起了在场专家不小的争论，出现了截然相反的意见。其中持反对意见的专家认为，《弟子规》中有些"规矩"，暗含着对后辈、对未成年人的人格上的不尊重因素，并不适宜今天的青少年再去遵循。我是赞成重新读一读《弟子规》的。为什么要学《弟子规》呢？这需要我们对《弟子规》重新打量一番。

《弟子规》原名《训蒙文》，是清朝初期的一位老秀才，也是当时颇为知名的学者和教育家李毓秀撰写的。他以《论语》"学而篇"第六条"弟子入则孝，出则悌，谨而信，泛爱众，而亲仁。行有余力，则以学文。"和朱熹的《小学》中的文义为"母本"，以三字一句、两句一韵的形式编纂、演绎成篇，详细列述了每一个"弟子"（即每一个小孩、学童）应该怎样"视听言动"，包括在家、出外、待人、接物和学习上应该遵循和恪守的良好的行为规范。这些训蒙韵语，也是这位老秀才毕生从事蒙童教学实践的"经验之谈"，据说当时，赶来听他讲课的弟子很多，下雨和下雪天时，门外满是脚印。人们尊称他为"李夫子"。《训蒙文》后来又经过了清朝的另一位文人贾存仁的修订和加工，并改名为《弟子规》，一直流传到了今天。

《弟子规》所涉及的内容，虽然都是如同"户开亦开，户阖亦阖"一样的日常生活礼仪细节，但这些礼仪细节的背后，都有古人的作为和口口相传的典故做支撑。因此，《弟子规》所承载的礼仪传统，应是中华传统文化的一部分。

三十多年前，我供职的一所中学里，有一批活跃在教学和科研第一线的年轻的教育工作者，他们怀着"以圣贤为师，向经典致敬"的良好意愿，经过几年努力，使学校形成了"知孝、明理、诚信、勤学"的优雅校风。我想，这与他们一直孜孜不倦地在师生间倡导"国学教育"，让中华传统文化的明月清风在校园里朗照吹拂，是大有关系的。他们费了不少心力，编写了一本《新编〈弟子规〉读本》。这是我所接触过的诸多此类读本中最有注疏特色，也最清新可喜的一本。可以说，这是一册充满温暖的人文情怀的少年励志读本，也是一册春风化雨、润物无声的校园国学读本。除了通常可见的对原文的讲述、注释和白话翻译之外，这一册读本在不同的行为篇章里，还设置了"明理""导读故事""感悟""导行"和"活动平台"这样的小板块。其中的"导读故事"删繁就简、去芜存菁，选取了古今一些精彩感人的传统美德典型故事，清新可读；"导行"和"活动平台"又结合本校校训校风和班级活动实际，从点滴行为细节入手，循循善诱，切实可行。

一本好书，就是能够点燃少年读者理想与信念的火焰，是在黑夜里为孩子们照亮道路的星光和月光，是黎明时滋润着小草和花朵的露珠，也是吹拂和播洒在心灵原野上的春风春雨。可不要小看这样一册小小的国学校园读本。要知道，它是和孝顺、仁爱、诚信、典雅、睿智、亲情、修身、美德这样一些字眼紧紧连在一起的。所有这些素质，都将直接决定着这一代孩子的心灵成长、人格建构和我们这个世界明天的道德准则和社会风气是否高尚、优雅、文明。"腹有诗书气自华"，意思是说，那些饱读诗书、心灵里充满诗意的人，会很自然地具备一些不凡的气度。一代人早期的举止、谈吐的养成，不仅关乎个人成年后的气质与教养，也直接影响着一个国家、一个民族、一个社会未来的整体精神面貌和道德水准。

这些年来，面对社会上道德失范、价值观混乱、传统美德和人伦天理遭到戕害的种种乱象，我们不是常常问"这个世界最终能够变好吗"，读过了这册《新编〈弟子规〉读本》之后，我愿意相信，我们这个世界，还是能够变好一点的。前提是，我们必须一起努力，就像《弟子规》里所要求的那样，从最基本的做人、做事的点滴细节入手，从自己做起，或者，就从真诚、用心地去诵读一册小小的朴素的《弟子规》开始。我相信，美丽的国学经典，不仅是播洒在心灵的原野上、润物无声的春雨，是照耀着品格养成的阳光，也应该是真与美的呼唤、善与爱的传承、心灵与生命的激荡。愿莘莘学子琅琅的诵读声，盖过物欲世界的功利、浮躁与喧嚣。

白居易诗云："千花百草凋零尽，留向纷纷雪里看。"中华数千年井然有序的文化传统和懿风美德，虽还不至于千花凋零，但是隔膜和消逝的危机，也已然摆在了我们每个人面前。重新读一读、学一学《弟子规》，也权当是"秋阴不散霜飞晚，留得'片瓦'听雨声"吧。

2015 年 4 月 20 日，修改于武昌东湖梨园

小书店之美

世界上有不少著名的书店，隐藏在某座城市的某一条僻静的街道的拐角处，却成了这座城市文化地图上一个不可错过的"景点"，甚至能吸引从外地来的观光客，以"到此一游"为荣。

这些书店的魅力，往往不是因为它们的大，恰恰是因为它们的小；也不是因为它们有多么华丽、高雅和喧闹，而是因为它们的简朴、单纯与安静；当然，还会因为它们有自己的个性和自己的故事。

我们比较熟知的，例如位于塞纳河左岸、巴黎圣母院附近BUCHERIE 街 37 号的"莎士比亚书店"；位于伦敦查令十字街 84 号的"马克斯与科恩书店"（在电影《查令十字街 84 号》里，这个小书店被女主角海伦派去侦察的好友形容为"狄更斯时代的书店"）；位于香港旺角洗衣街（后来搬至西洋菜街）的"新亚书店"；位于纽约第十二街与百老汇大道街角处的"斯特兰德书店"……更不用说那号称世界上规模之最的、位于东京神田神保町的"神田古书店街"上那些栉比鳞次的"古本屋"了（据说，这里聚集着将近二百家旧书店）。20 世纪 30 年代，鲁迅先生居住在上海时，经常去的"内山书店"，也是一家可以写进中国现代文学史里的小书店。

所有这些书店，无一例外都有属于自己的故事，有的被写进了文学史、文化史，有的被写成了小说、戏剧和电影，有的就留在它们所在的城市的永恒的记忆里。

然而，这样的书店毕竟不多。美国老作家约翰·厄普代克在《旧物余韵》里如此感慨："在我此生中，我的感官见证了一个这样的世界，分量日益轻薄，滋味愈发寡淡，华而不实，浮而不定，人们用膨胀得离谱的货币和欲望，来换得伪劣得寒碜的商品和生活。"这样的形容，也可以借来描述我们走进今天的许多大而无当、毫无书香气息可言的所谓书店的感受。

百草园书店，名字取自鲁迅先生的那篇著名的散文《从百草园到三味书屋》。它位于武汉市武昌区华中师范大学西门一侧的一条小巷里，面积仅有三十几个平方米吧，店主和店员加在一起，也只有一个人，是一家真正的"小书店"。但它是目前这座城市里最"火爆"和最富知名度的书店。

店主是一个20多岁的小伙子，名字叫王国林，看上去清秀而机敏。因为爱书，他对自己书店里进出的每一本书，都了如指掌、如数家珍。他报名参加了某电视台的《最强大脑》节目，用自己的记忆去挑战图书"检索"的功能。节目组从他寓目的三万册书里，随机挑选出了三千册放进了演播室，然后请观众任意取出一本书，让他报出这本书的价格、作者和出版社的名字。王国林竟然能够一一答对。虽然最终他的记忆表现没能赢得继续冲刺"最强大脑"的机会，但他在节目中流露出来的对书香的热爱，对书店的理解，对读书的坚持，却深深感动了场内的评委和观众，也让全国各地的坐在电视机前的观众，记住了他和他的"百草园书店"的名字。

著名诗人、在《天津日报》工作的老朋友宋曙光先生，大概就是被小王的事迹所感动的观众之一吧。他特意打电话给我，再三叮嘱，让我去寻找一下这家小书店，去看看这个小伙子。曙光兄可能还担心我深居简出惯了，怕麻烦，所以又特别强调说："为吗一定要去看看呢？因为像这样爱书的年轻人，少见。"

春日的一个午后，我去寻找"百草园"。小书店所在的这条小巷，并不难找，这是附近几所大学的学生和老师们经常流连的一条"文化街"。一家家店栉比鳞次，多是一些创意手工、时尚饰品和鲜花、彩妆之类的小店。"百草园"是其中唯一的小书店。

年轻的王国林果然一个人在小书店里忙碌着，一会儿给顾客找书、介绍书，一会儿到柜台边找钱、结账。因为许多人都是"慕名而来"的，买完书还要跟他合个影，有的还要他在书上写几个字、签个名。看得出，小伙子对每一位顾客都很热情友好，其中不少人显然是这里的常客，我听见他们在跟他开玩笑："你怎么不去上《非诚勿扰》？"王国林笑着回答说："还是《最强大脑》影响大……"

小书店大约有两三万册书的规模，以文史哲类为主，文学书最多，也有一些适合大学生们阅读的比较时尚的生活类读物。书把小店的四壁塞得满满的，偶有一点空间，就可看见小王自己写的一些书香小语，例如："百草园只与好书有关""最吸引人的还是书店风景""百草园是你的'书天堂'""为了人和书的相遇"，等等。在门口的玻璃橱窗里，还有诸如"阅读的层次"之类的阅读提示。

趁着他稍微空闲的时候，我和小王简单地闲聊了一会儿。他说，自从他上了那个节目，他的小书店已经火爆得不行了，顾客最多的时候，他一天可以卖8000元的书，现在每天大致都能卖好几百、上千元的书。他说，他会凭着自己对书的喜爱去选书，因为门店小，空间有限，他只选他心目中的"好书"。我随便问了近期出版的几本书的名字，包括我自己的新书，他都可以不假思索地回答说"有"或者"没有"。我说出某一类书，例如书话，他马上就报出了王稼句、薛冰等人的名字，也知道他们的书大多是哪家出版社出版的。

小王是河南信阳人，从小就爱书。小时候去亲戚家时，最让他迷恋的就是书柜。读中学时，他常到县里的书店去蹭书看。到武汉读大学时，他也经常节衣缩食，有一半的生活费都用来买书了。2009年大学毕业后，他因为出了一起事故，没办法去上班，就想着开一家小书店。他向两位朋友借了几万元钱，加上手上的一万多元，终于梦想成真。

这个小伙子给我的感觉是非常有主见、自信。我建议说，把墙壁上的这些电影海报和剧照之类的装饰拿掉一些，留下少量的即可，换上一些作家、艺术家、哲学家的黑白照片，例如萨特的，乔伊斯的，他马上说："那样会给读者一种沉重感。"我说，这么多书为什么不分类陈列，那样读者不是更好找书吗？他说："小书店是不需要分类的，我一个人也没有时间去做分类。"讲得真是头头是道，十分"专业"。我问他，既然这么喜欢书，喜欢阅读，平时肯定也爱写点什么吧？"写点微博，"他说，"但也不能多写，尤其是现在，关注的人很多，写多了，会被吐槽，被看成是矫情。"一想，还真有点道理。

说到"最强大脑"，他一再强调，他没有刻意去记忆，重要的是喜欢。带着强烈的热爱去做自己喜欢的事情，肯定可以做好。他说，做一个小书店，也是这样。是的，所有的小书店的美，都来自热爱，对书，对读者，对文化，乃至对自己心中那份梦想的热爱。

是谁传下了这行业，黄昏了挂起一盏灯？书店的灯光，是照耀着人世间的最美的灯光。愿小小百草园里散发出的芬芳书香和小橘灯般的光芒，永远熏染和照耀在城市小巷的拐角处。

2014 年 3 月 15 日，东湖梨园

但求小清新

我大学毕业后，被分配在一所小县城的中学里教书。那一年冬天，我正在谈恋爱，一位前辈问我："你平时的恋爱都是怎么谈的？"我如实相告："多半是到城南的小河边去踏踏雪、散散步。"

这位前辈不以为然，便如此教我：谈恋爱，哪里有那么多话要谈呢，大冷天的，去河边干什么！不如两个人一起围着火锅，吃点什么，喝点什么。他还具体地指点我：应该去菜市场买一条大胖头鱼，多放点青蒜、雪里蕻和豆腐，两个人一起煮滚了吃，这样才会越吃越亲热。——现在想来，这真是最宝贵、最实惠的恋爱指南了。

记得当时，在小县城里唯一的电影院的拐角处，常年有一位身材瘦小的老伯，摆着一副卖芝麻汤圆的挑子。挑子一头堆码着整齐的木柴，木柴上面是放着事先包好的又白又圆的芝麻汤圆的屉笼；另一头支着煮汤圆的鼎锅。在冬天，一直到晚上十一二点钟，他那热气腾腾的汤圆挑子，还会在灯光下，陪伴那些刚刚放了晚自习的中学生，当然还有那些不肯早早回家的恋人。我不久就采纳了前辈所指点的那套"吃喝哲学"，一有机会就拉着女友到那位老伯那里，两个人一边烤着火，一起吃老伯煮的芝麻汤圆。

汤圆很好吃。渐渐的，我和女友竟然不再愿意去那冷清的河边踏什么雪了。

后来，我在潘向黎的某篇散文里，也看到了这样的意思：到了一定年龄，男女之间与其在那种光线幽暗的地方卿卿我我、玩什么"第三种感情"，不如在一起吃点喝点更为真实。

我的一位德国朋友雷纳·科特先生，是一位著作等身的作家。有一次我们一起吃饭，谈起了各自的家庭。他询问我说："你是诗人，你的女儿是学艺术的，那你太太一定也是从事文学或艺术工作吧？"

我笑着告诉他说："正好相反，我的妻子既不喜欢文学，对艺术也没有什么兴趣，她只喜欢 Money。"——我做了个点钞票的动作。科特先生一听，大笑着说："Sehr gut！我的太太也是这样的，只关心我的版税有多少，至于我的书写的是什么，她从不在意。"我觉得，我们两人都谈出了生活中最真实的一面。

我的一位年轻的美女同事，是画插画的。有一次聊天时我问她："你妈妈退休后的生活是怎么安排的？"小美女一反平时总是故作高雅的做派，脱口说道："还不是打打麻将、遛遛狗、买买彩票、骂骂人呗！"

我一听就忍不住笑了。我觉得小美女一语道出了她妈妈的生活真相。这有什么不好呢！我觉得她妈妈活得很真实，也很现实。

还有另一位年轻的女同事，说是很感谢我平时对她工作上的帮助，想买一款名牌的香水之类的礼物送给我。可能是她妈妈知道了，就给她当"参谋"。最后，女孩提来一大袋子硕大的馒头送给我，说："这是妈妈亲手给您做的、蒸的，因为妈妈知道您是山东人，肯定喜欢吃这种大馒头。妈妈说，以后还会经常做给您吃……"

离开家乡很多年了，我确实很想念，也很喜欢吃这种大馒头，有时候甚至想得都有点"馋"的感觉了。因此，我觉得这是我收到的最喜欢、最实惠的礼物了。我从心底深深感谢这位年轻同事的善解人意的妈妈。我觉得这样的礼物，比任何香水都来得真实、实在和珍贵。

真实、恬淡、自然的生活，即便没有玫瑰花，也一样那么值得去热爱，一样也有"小清新"。因此，我将深爱着和感恩这冷暖人间和平凡生活中的点点滴滴，包括它所有的无奈、悲苦、艰辛和不尽如人意。

这也使我想到了《向田邦子的情书》那本小书。

"天气又要变冷了，请保重身体。橘子不妨多吃些。"

"不要随便发脾气，宽心自在最重要。"

"多保重，注意手脚不要受冻。"

"邦子趴在暖炉桌上，显得很满足的样子。"

"五点，邦子来了。十点，邦子回家。深夜传来雨声。"

"午餐：番茄、小黄瓜、八宝菜（昨日剩菜）、面包。"

"晚上漫步在薄雾之中。"

"傍晚，邦子来了。两人好久没有一起吃晚饭了：生鱼片、香菇、香肠、羊栖菜、豆渣、色拉、萝卜味噌汤。啤酒也很好喝。"

这是在《向田邦子的情书》里随处可见的句子。

向田邦子曾是全日本收视率最高的广播剧和电视剧作家，也是一位优秀的散文作家和小说家。1981 年 8 月 22 日乘飞机从台北松山机场至高雄国际机场时，不幸遇上空难而离开人世，享年 52 岁。她被一代代"粉丝"尊为"日本人最不想遗忘的国民偶像"，作家新井一二三把她比作"日本的张爱玲"。

邦子一生未婚，生前，她的个人生活十分低调和私密，没有任何人知道她的生活秘密。她像一朵颜色淡淡的菊花，默默地开放和摇曳，让生命的芬芳飘散在对文学和艺术的热爱里。

邦子去世后，她的妹妹向田和子在整理姐姐的遗物时，意外发现了一个牛皮纸袋。但和子一直不忍心去打开这个纸袋。二十年后，和子觉得，可以打开了。于是，我们才得以看到一个真实的向田邦子，看到了她和一位已有家室，却正在分居的"N 先生"的一段相濡以沫、温煦恬淡、终生不渝的爱情故事。

《向田邦子的情书》这本小书，收录的即是装在那个纸袋里的，邦子和N 先生的一些来往书信，还有 N 先生的一些简约的日记。

饮食男女的恬淡生活，借由日常起居、相互叮嘱和提醒的许多小细节，表现得那么贴心、实在和温煦。谁能说这不是一种"小清新"和"小浪漫"呢？

　　知人而悯人，知天而爱天；不慕大富贵，但求小清新。我相信，无论生活有多么艰辛，无论人生有多少烦恼和不如意，我们最终还是会珍爱生活，珍爱每一个新来的早晨，并且对未来的日子依然充满最大的信心和希冀。

2013 年秋天，鄂南

莼鲈之思

念大学的时候，我一度十分迷恋刘逸生先生的《唐诗小札》和《宋词小札》。这一本诗话、一本词话，用浅显的散文语言来讲解和描述古典诗词意境，文笔清丽而简约，是我阅读唐诗宋词最早的"入门书"。后来有点不满足了，我又喜欢上了周振甫先生的《诗词例话》和王力先生那部厚厚的《汉语诗律学》。三十多年前，我最早在报刊上发表的一些文学短评，都是模仿《唐诗小札》和《诗词例话》而写的读诗小札。这些不足千字的小文字，每篇都能给我换回十元八元的稿费，是我大学期间买书和零用的唯一来源。20世纪90年代里，我又读到了李元洛先生写的《唐诗之旅》《宋词之旅》和《元曲之旅》。但是这时候我的文学兴趣更多地转向了外国文学，对于《金蔷薇》《给青年诗人的信》和《番石榴飘香》的热爱，超过了对《唐诗小札》《诗词例话》和《唐诗之旅》的迷恋。

然而谁能料到，三十多年后的今天，我的阅读兴趣似乎又转回到中国古典文学上来了。赵丽宏先生的一册《云中谁寄锦书来》，正是我在这种心境下读到的。我很喜欢这本散文体的诗话集。有了这本书，我感到，刘逸生、周振甫、王力、李元洛诸先生曾经用心维护和延续下来的那一脉清丽、温润的古典诗话的清溪，并没有枯涸和断流。锦书虽远，诗魂还在。遥遥的汨罗江声，依然还在今日的文人心中浩荡。

这本书中除了最后一篇《且听先人咏明月——漫谈中国古代关于月亮的诗篇》是比较长的演讲稿，其余每篇都在千字左右，全书近百篇，涉及历代诗人数百位、古典诗词千余首。因为有篇幅上的限制，作者十分讲究形制的简约和话题的集中，文字上又务求晓畅和清新。丽宏君有着丰赡的艺术素养和"绘声绘色"能力，不仅是一位资深"爱乐人"，还是一位比较专业的美术评论家，写过好几部西方古典音乐和绘画欣赏的美文集。因此，他谈起古今中外的艺术史迹和许多作家、艺术家的作品风格，如数家珍，左右逢源。他在欣赏古诗词的时候，也善用类比的方法，让不同作家、诗人和不同艺术门类相互映照，文字里呈现了一种音、诗、画三者交响和融会贯通的效果。

例如李商隐的诗，从来就是绮丽飘忽，意象曼妙的，诗句里隐藏着曲折费解的故事和情感。从李的无题诗，丽宏想到了德彪西的无标题音乐。欣赏李白的《采莲曲》时，他又自然联想到音乐大师马勒取材于中国古典诗歌意境的音乐组曲《大地之歌》。站在长江边采石矶头李白的墓前，作家想到了白居易凭吊李白的诗句："可怜荒垄穷泉骨，曾有惊天动地文。"也想到了莎士比亚的诗："没有云石或王公们金的墓碑，能够和我这些强劲的诗比寿。你将永远闪耀于这些诗篇里，远胜过那被时光涂脏的石头。"在那时那地的所思所感，借助这些诗句，他表述得恰如其分。

在品赏陶潜的"采菊东篱下"那组空灵、悠然的田园诗时，丽宏对"此中有真意，欲辨已忘言"这两句尤为称道，并引来泰戈尔《飞鸟集》的句子做了"旁注"："小道理可以用文字说清，大道理只有沉默。"品读岑参的《春梦》时，他想到了法国作家普鲁斯特，觉得普氏《追忆似水年华》开头写梦境那一段，和岑参的诗意不谋而合。这种比较品评的意趣，很有钱锺书先生"管锥编"和"谈艺录"的味道。丽宏君也喜欢从某一种具体的名物、某一个优美的意象或单词，从一些最细微的细节入手，一点点生发出去，进入对诗词的欣赏。《青出蓝》一篇，写的是古诗中的蓝印花布。

《爆竹、屠苏和桃符》一篇，也是清新可喜的名物考据文字。白居易有一首五绝《问刘十九》："绿蚁新醅酒，红泥小火炉。晚来天欲雪，能饮一杯无？"我过去一直想当然地以为，"绿蚁"是指用蚂蚁泡的酒。从《能饮一杯无》一文里才弄明白，"绿蚁"乃是酒上漂浮的绿色泡沫，后来成了酒的代称。在诗词品赏的同时，他用简约的文字钩沉了一些史实、人物的来龙去脉，发现了一些文化风尚和人物命运的转移秘密，间或谈及江南的四时蔬果、节令风习，以及茶艺、花事、丝弦、物候、虫鸟、梅兰竹菊……再现了古代诗人生活的博雅和精致，读来真是情致萦绕，趣味隽永。

作者是散文家，也是诗人，他在品赏古典诗词时，无论是思绪还是文笔，都带着清丽、恬淡的"散文风"，每一篇古诗欣赏文字，也都是一篇秀雅、完整的美文，读来真有如坐春风之感。品赏古诗词中有关大雁的名句时，他情不自禁地想到自己当年在乡村插队落户时，在长江边围垦，常看到雁群从天空飞过，"春天往北，秋天向南，在辽阔天幕中，它们是不辞劳苦的迁徙者，不管世事如何变迁，大雁年年南来北往……凝望空中的雁阵，曾引起我无穷遐想。"《池塘生春草》一文里，在欣赏谢灵运的名句"池塘生春草，园柳变鸣禽"和晋代乐府诗句"阳春二三月，草与水色同"时，他也引述了自己的生活经验："我在农村生活多年，可以想象这样的诗意。春暖时，湖泊和池塘因为水草的繁衍，水色变得一片青绿，春愈深，水面愈绿，待到水畔的芦苇、茭白，水面的浮萍、荷叶、水葫芦等植物渐渐繁茂时，冬日波光冷冽的水面，就变成了一片绿意盎然的草地。'池塘生春草'，正是这样的景象。"

因为作者熟悉和眷爱江南生活，全书自始至终也散发着一种"忆江南"的情味和气息。《怀念雪》一篇，在欣赏古诗词中的咏雪名篇之前，他先调动起了读者的雪天回忆："在江南，已经很久没有看到下雪。黄浦江畔的雪景，上海街头孩子们在雪地里欢乐的喧闹，已经是遥远的记忆了。"《蛙鼓声声》一篇，他从自己小时候背诵过古诗"青草池塘处处蛙"谈起，在欣赏了历代诗人的一些写蛙声的名篇名句之后，以这样的句子收束了全篇："已经很久没有听见蛙声了，此刻时值初夏，不知在江南的乡村之夜，是否还回荡着那响彻天地的蛙声？"仅仅这么一句，就足以引出读者淡淡的乡思和美好的童年回忆。

　　纷繁尘世里，何处是江南？江南可采莲，莲叶何田田。仔细品味，我们从丽宏君的每一篇恬淡的文字里，似乎都能读到一种"莼鲈之思"，感觉到江南特有的荠菜花、茉莉和菱荷的芬芳。

2014 年深秋，修改于江南

鲜活的市井语言

　　小说家汪曾祺先生在《晚翠文谈》里几次说到他对一些风趣、鲜活的市井口语的惊喜和欣赏。

　　有一次在张家口，他听见一位老饲养员批评一个有点个人英雄主义的小组长说："一个人再能，当不了四堵墙；旗杆再高，还得有几块石头夹着。"他觉得这是很好的语言。

　　还有一次，他听一个同事说："嗨，你犹豫什么呢，有枣没枣，先打三竿子试试嘛！你知道哪块云彩里有雨啊？"

　　这样的语言也很有趣。因此，汪曾祺奉劝青年作家们，要多向市井街巷里的群众学习语言。

　　诗人艾青先生写过一篇著名的诗论《诗的散文美》，他认为，口语存在于人们的日常生活里，最富有人间情味。他举了个例子。他曾在一家印刷厂的墙壁上，看见一个工友写给他同事的一个通知：

　　"安明！你记着那车子！"

　　艾青认为，这样的语言是生活的，新鲜而单纯，因此是美的，"写这通知的应是有着诗人的禀赋。"

由此我又想到前几年颇为流行的一句网络语言：

"贾君鹏，你妈喊你回家吃饭！"

仔细品味，这样的句子，如果不是后来被反复"恶搞"得变了味的话，其实与艾青所推崇的这个句子，有着异曲同工之妙，都很富有生活情味。

我在编辑老诗人管用和先生的文集时，也看到了他采录的两个村妇的一段对话，那是他的家乡汉川马口镇一带的村妇，站在婆婆的立场上，数落一个人家的二媳妇的不是。

一个说："如今哪，做婆婆的也真是为难，刘家那个二媳妇，真是豆腐掉在灰塘里，吹也吹不得，拍也拍不得。昨夜晚，她婆婆掂了一下她的斤两，说了两句疼不疼、痒不痒的话，她一赌气就跑了，三更半夜的，不晓得是死是活。"

另一个说："你放心，船儿丢了在河下，媳妇跑了在娘家。荷花娇是臭泥巴里长的，姑娘娇是半吊子娘养的，我看，八成是她娘出的歪点子，用跑来吓唬人的。"

"可不是！娇嘛，也要娇得有个样儿。不是我说她，真是端块豆腐也怕割了手，芝麻小事都不沾边，恨不得要婆家人打个金神龛子把她供着，天天对着她烧香磕头！你说，哪个婆婆家搁得下这样的媳妇嘛！"

"不过，一个铙钹响不起来，我看她那个婆婆也是个属辣椒的，无风都吹得起灰来。锅里不拣媳妇的错儿，就碗里去挑媳妇的错儿！你晓得不，她跟大媳妇也是反贴门神不对脸，正月初一吵一句，到腊月三十还不落音的。"

"随怎么说，她总是个上人。峨眉山再高也在天底下，箩筐再大，也得有四根麻绳系着咧！这样的媳妇，不管得狠一点，迟早会在你头上做窠。哼，你没听她那张刀子嘴巴喔，几会伤人哩！骂起人来，一骂一个坑！"

"唉，相打无好拳，相骂无好言。都是婆媳伙的，长日长时地过日子，哪有个碟子不碰碗的？门牙有时候还把舌头给咬了哩。自己亲生的姑娘又怎么样呢！我看就只当个闭眼观音，马虎一点不就过去了……"

如此鲜活、生动的对话，真能让人笑喷。过去也只在孙犁、赵树理、周立波等作家的小说里才有，而现在的小说里几乎已经看不到了。

不久前读女作家蔡小容（笔名麦琪，当然不是曾经住在激流岛上的那位同名女作家）的一本散文集，意外地读到了一个市井小景，以及一番同样来自街巷小人物的对话，也是令人忍俊不禁。

黄昏的街角，一个中年妇女站在一家发廊门口，正朝着里面骂人：

"不要脸，勾引我老公！"

这个女人穿得比较土气，大概是刚刚下班，找到这里来骂里面的一个"狐狸精"——勾引了她老公的一个"小三"。"狐狸精"虽然也土气，但是年轻，且不甘示弱，正一边给客人洗着头，一边与门外的女人对骂。

"狐狸精"嘟囔着："自己看不住，跑到这里咬别人！"

很有点理直气壮的口气。

女人回骂："老娘就是看不住，也不会好死你这个贱货！"

"狐狸精"回答："鸭子死了还嘴硬！实在看不住，就早点脱手，别占着茅坑不拉屎！"

女人听了，更不依了："哼，老娘就是剁巴剁巴喂了猪狗，也不会好死你！"

对骂过程中，这个"狐狸精"洗头的手法竟能丝毫不乱。坐在洗头椅上的客人也无声地配合，乐得看这番热闹。

骂了一阵子，门外的女人大概觉得差不多了，还得回去做晚饭，准备走时，又愤愤地甩下一句威胁的话：

"你当心挨打！"

里面的"狐狸精"仍不示弱，也回了一句：

"你今天回去就要挨打！"

结果是，门外的女人已经走出几步了，却怒气难平，又怒气冲冲折回来，继续高声示威：

"我挨打我心甘情愿！我挨打我心甘情愿！"

女作家写道："她被触到最痛处，拼着拿出这张底牌。潜台词是，我为啥挨打，因为我是他老婆！我愿意挨打，因为你还没这资格！我宁可挨打也不把位置让给你……"

　　这样的市井口语，用现在的话说，是最"接地气"的语言，因此也是最生动和最鲜活的语言。看来，无论什么时候，作家们走深入生活、体验生活、去群众中"采风"的路子，都不会过时。

　　　　　　　　　　　　　　　　　　　　　　2014 年 8 月 25 日

在冰心先生的慈辉里

——华文女作家对儿童文学的引领与贡献

  各位作家朋友，各位来宾，上午好！站在这里，参加"海外华文女作家协会第十二届双年会暨海外华文文学论坛"这个盛会，这是我作为一名男性作家，迄今所获得的"最高荣誉"了，所以，首先要深深感谢大会对我的邀请。上午在签到本上，看到了许多我熟悉的芳名，感到非常激动。刚才在会议手册上看到有一组来宾，名为"女作家之友"，我想，今天在会场上的每一位先生，包括我本人，都很荣幸地成了"女作家之友"。在座的许多女作家，在我还是一名文学青年时，就是我的偶像，我也拜读过和珍藏着在座的许多老师的书。各位美丽的女士在这个秋空爽朗的季节莅临武汉，必将给这座城市留下一段最美好的文学记忆。

  "华文女作家对儿童文学的引领与贡献"这个题目，实在有一点大，要展开讲述，足可写成一本专著。所以，我只能约略做一些简短的描述。也许，我演讲的目的只有一个，那就是，向我们华文女作家的"老祖母"冰心先生致敬，向沐浴着冰心老人的文学慈辉而成长起来的，对整个华语儿童文学起到了引领作用，做出了伟大贡献的五代女作家，献上我的敬意。就我个人而言，当所有的作家——无论是男作家还是女作家——都伟大的时候，我更信任和崇拜女作家。

冰心先生是 20 世纪中国最杰出的女作家之一，也是第一代华语儿童文学作家中的"精神领袖"。从 20 世纪初叶迄今一百多年来，不仅仅是儿童文学作家，几乎是所有的作家，有谁没有做过她的"小读者"？谁的心灵没有被她笔下的那盏闪烁着橘红色光芒的小橘灯温暖过、照耀过？谁的情感和文字里，不曾接受冰心《寄小读者》里那涓涓春水的润泽？谁的记忆里，不曾珍藏和闪烁冰心那宝石般的繁星的光芒？

冰心把博大的爱心献给了一代代"小读者"和赤脚幼童。她毕生热爱孩子，崇尚母爱和大自然。她的作品所呈现的最耀眼的光芒，是爱与美的光芒。冰心生前一再寄语儿童文学作家们：从事儿童文学，"必须拥有一颗热爱儿童的心，慈母的心。""儿童文学，应该给世界爱与美。""为儿童创作，就要和孩子交往，要热爱他们、尊重他们。"这些谆谆教导，被一代代儿童文学作家奉若圭臬。

在华文儿童文学领域里，一直有"三大母题"之说，即：爱的母题、童年母题、大自然母题。细读冰心的作品，我们会发现，这三大母题，都在她的笔下得到了深情的和优美的表现。

关于"爱"，她一再诉说："有了爱，就有了一切。""人类呵！相爱吧，我们都是长行的旅客，向着同一的归宿。"在她的作品里，我们还感受到了更多"母爱"的温暖。她的诗歌名篇《春水》《纸船——寄母亲》等，都是最温暖、最真挚和最柔和的母爱的颂歌。她这样歌唱过："母亲呵！天上的风雨来了，鸟儿躲到它的巢里；心中的风雨来了，我只躲到你的怀里。"她的《春水》的自序，也是一段献给母亲的心声："母亲呵，这零碎的篇儿，你能看一看么？这些字，在没有我以前，已隐藏在你的心怀里。"

冰心也是一位"儿童崇拜者"。她说过，"童年呵，是梦中的真，是真中的梦，是回忆时含泪的微笑。"她认为，孩子们"细小的身躯里，含着伟大的灵魂"。她一再赞美说，"婴儿，在他颤动的啼声中，有无限神秘的言语，从最初的灵魂里带来，要告诉世界。"她甚至说，当我们聆听着孩子纯净的呢喃之音时，几乎可以把苍白无力的笔抛弃了，因为在她看来，每一个婴孩都是"伟大的诗人",他们在"不完全的言语中,吐出最完全的诗句"。

冰心也是大自然的女儿。她说:"我们都是自然的婴儿,卧在宇宙的摇篮里。"她相信,大自然的微笑,能融化人类的怨恨。我们都知道,冰心的童年时代是跟随在海军任职的父亲在海边度过的,她是一个从小就热爱大海的人,大海,也是她心目中的大自然。她这样诉说过:"大海呵,哪一颗星没有光?哪一朵花没有香?哪一次我的思潮里,没有你波涛的清响?"

繁星永照,春水长流。冰心老人和她的作品里所散发出来的爱与美的光辉,照耀着、温暖着,也引领着后来的一代代华语儿童文学作家,尤其是女作家们。可以说,在那些春水奔腾过的地方,如今到处是鲜花的洪流。

在这里,我想分别从中国大陆、台湾和香港地区,各举一位女作家为例,描述一下她们对冰心所倡导的儿童文学精神的传承,以及她们在不同地区对儿童文学的引领与贡献。这三位女作家是:大陆的葛翠琳(1930—),台湾地区的林海音(1918—2001年),香港地区的黄庆云(1920—)。她们都是沐浴着冰心的慈辉而成长起来的,属于第二代华语儿童文学作家。在她们的作品里,我们几乎都能听到冰心文学海洋的波涛的清响,也都能感受到冰心生前对儿童文学所寄予的那些美好的信念,那就是:对孩子们的热爱,对儿童文学事业的热爱,对人类精神世界中的真善美的热爱与追求。

葛翠琳在新中国诞生前夕毕业于燕京大学社会学系。她的儿童文学生涯,几乎是从参加完新中国开国大典游行之后就开始了,迄今已为孩子们创作了六十多年。不久前,葛翠琳作品系列18册,已经全部出齐。她的《野葡萄》《会唱歌的画像》等童话和小说,已经成为20世纪华语儿童文学的经典篇目,也堪称世界儿童文学宝库中的杰作。她的文学创作,从一开始就接受了冰心的爱与美的精神和艺术风格的影响。从20世纪50年代开始,葛翠琳就成为冰心老人的学生和朋友,经常在一起讨论儿童文学。可以说,她是冰心儿童文学精神的最直接和最优秀的传承者和发扬者。如今,葛先生已是大陆地区又一位"祖母级"的儿童文学家。

除了创作上的薪火相传，葛老师在 1990 年春天冰心九十寿辰之时，又和雷洁琼、韩素音女士一起，倡议创办了以嘉奖优秀华语儿童文学、儿童艺术教育和儿童图书为宗旨的"冰心奖"。冰心老人生前曾嘱咐：冰心奖要做铺路架桥的工作，要把更多的表现爱与美的作品献给小读者。葛先生牢记着冰心的期望与嘱托，二十多年来，把大部分精力和心血都默默投入到了"冰心奖"的相关工作上。在我看来，"冰心奖"已经不仅仅是一个文学奖，更是一种儿童文学精神、一种儿童文学理想和信念的象征。"冰心奖"带着冰心老人的慈辉，带着冰心老人的纯洁与大爱，也带着一种寻美、向善、求真的感召力和凝聚力。

二十多年来，许多儿童文学作家，尤其是女作家和青年作家，都以他们传承了爱与美的冰心精神的优秀作品，获得过这个文学奖，并且以获过这个以冰心名字命名的奖项为荣，

林海音是多年生活在台湾地区的一位"祖母级"的、杰出的儿童文学家。她的自传体小说名著《城南旧事》和一系列童话作品，也是华语儿童文学宝库里的经典珍品和脍炙人口的传世作品。林海音 18 岁时从北平新闻专科学校毕业后，在《世界日报》做实习记者时，就采访过年轻的冰心。到了冰心 93 岁时，她又从台北到北京看望老人。她回忆说："我们这一代，年轻时都读过她的名著，温馨小文如《寄小读者》《繁星》《春水》等，都是歌颂大自然、吟咏赞美人类之爱的美文……"在林海音的文字里，也回荡着冰心作品里的爱与美的波涛的清音。她用她的一本本作品、她亲手编辑的国语课本、她亲手创办的文学刊物和纯文学出版社……当然，更重要的是用她那优雅、高尚和纯净的人格和精神魅力，滋育着台湾地区的一代代小读者，影响和引领着一代代青年作家。"我展开我的翅膀／像一只大鸟，飞向天空。／天空有足够的地方，让我飞翔。"这是林海音在台湾地区小学课本里的诗句，影响了台湾的几代小读者；她的《我们看海去》《窃读记》《冬阳·童年·骆驼队》等散文，也选入了大陆的小学语文课本。她的作品在大陆可谓家喻户晓，赢得了和热爱冰心作品一样多的小读者的挚爱。

林在台湾被誉为"文坛之母"和"文坛冬青树"。她七十寿诞时，诗人余光中在献诗中写道："你手栽的幼苗／皆已成林／你爱的关注／已汇成大海／处处都传来／潮水的声音"。

在香港地区，我们也要说到一位"祖母级"的儿童文学家黄庆云先生。黄庆云20世纪40年代先后毕业于国立中山大学中文系、岭南大学社会科学系和美国哥伦比亚师范学院研究院，20岁就开始儿童文学创作，同时创办和主编了香港有史以来第一本儿童文学半月刊《新儿童》。当时，她在刊物上开办了一个和小朋友谈心的"云姐姐信箱"，解答许多幼童的提问。香港的许多小朋友都是她的小读者和"粉丝"，其中有不少人后来都成了作家，例如香港儿童文学家何紫先生，丰子恺的女儿丰一吟等。现在在美国哈佛大学亚洲研究中心做研究员的女作家木令耆（刘年玲），也是她当年的小读者。木令耆曾回忆说：云姐姐和她的作品与通信，为那一代小朋友"带来了光明的世界，也带来了爱的教育"。

黄庆云为孩子们写作的时间已有七十多年，她的《奇异的红星》《月亮的女儿》《小鱼仙的礼物》等，也是华语儿童文学宝库里的经典名篇，给包括香港在内的中国几代小读者留下了美好的记忆。她因此被称为香港现代儿童文学的奠基人。她的另外一个特殊的贡献，是亲手把自己的女儿周蜜蜜也培养成了一位优秀的儿童文学作家。因为父母亲的影响（黄庆云的先生是现代文学作家周钢鸣先生），蜜蜜从小就喜欢上了文学，如今已是香港儿童文学的领军人物。有一次，蜜蜜陪年近八旬的母亲去出席一个读者见面会，一位白发苍苍的老者走到她母亲身边，激动地说道："云姐姐，您真的是云姐姐吗？"等到确认眼前的老人就是"云姐姐"后，这位当年的小读者眼睛湿润了，说："我的梦想成真了！我真的见到我的童年偶像了！要知道，半个多世纪以来，我在国外日日想、夜夜盼，做梦也等着这一天！"说着，这位读者还像献出珍宝一样，拿出了他童年时读过和珍藏的一本本泛黄的"云姐姐"早年的童书。"我真喜欢您母亲编写的书……"那一天，蜜蜜听到的最多的话，就是这些年老的读者对她母亲的赞美。

黄庆云在一首小诗中如此表达过她的"儿童文学情结"："我走过

九十九条河，／我描绘过花儿一千零一朵，／只有童年的花园，／永远永远地占有我，／这道理我无法说出来，／别问我十万个为什么。"值得我们思考的是，这一对作家母女在拜访冰心老人时，都谈到了冰心作品对她们所起到的影响。

我相信，仅仅从这三位老作家身上，我们也已经看到了老一辈儿童文学女作家的一代风华。实际上，在冰心老人的慈辉里，我们今天的儿童文学界已经"五代同堂"，五代作家同时耕耘在华语儿童文学这片纯净和美丽的园地里。

儿童文学事业，是纯净的天使和仁慈的圣母般的事业；儿童文学是爱的文学，是真善美的文学，是流淌着温柔的母性和母爱的文学。从这个意义上讲，儿童文学更属于女作家。冰心先生那一代儿童文学先驱们所创建和奠定的一些伟大和美好的传统，正在新一代女作家手中薪火相传。儿童文学的涓涓春水，也使得不少像我这样原本顽劣和粗糙的男性作家，渐渐变得柔和、安静和细腻起来。或者说，儿童文学在我，已经变成了一种自觉、自信和自律。

华语儿童文学界有一个不争的事实是：女性作家整体上比男性作家数量多，而且写得好。我甚至觉得，正是女作家们，一直在引领着男作家，并且为男作家们设置着标准和高度。这使我想到了歌德的诗："那不可思议的，在此处完成。是永恒的女性，引导我们上升。"

"金色的树林里分出两条道路，可惜我不能同时去涉足。当我选择了人迹稀少的那一条，由此决定了我一生的道路。"儿童文学也许是一条人迹稀少的小路。但是我相信，世界上没有渺小的体裁，而只有渺小的作家。借用一句伟人的话说，"我们的事业并不显赫一时，但是将会默默地、永恒发挥作用地存在下去。"因此，我也真诚地期待，能有更多伟大的女性作家加入到儿童文学的行列里，聚集到冰心先生美丽的文学绿荫之下。

最后，我想和朋友们谈谈今天的儿童文学阅读问题。如何为孩子们打造一个健康、优质的阅读环境，这是当前正在推进的全民阅读立法工作中，许多家长、教育工作者、儿童文学作家和儿童阅读推广人都在关心的一个问题。

　　其实，在一个良好的儿童阅读环境中，有一项重要的元素必不可缺，那就是家庭阅读环境的营造。美国儿童阅读专家吉姆·崔利斯在他那本有名的《朗读手册》里，把家庭阅读环境简要概括为三个"B"。第一个"B"就是书（Books）；第二个"B"就是儿童卧室里的小书架、小书筐或小书篮（Book Basket or Magazine Rack）；第三个"B"就是床头和小书桌上的读书灯（Bed Lamp）。

　　是的，每一位做家长的，实在都应该首先想到的一件事是，在你们往往会过度装修的房间里，是否为孩子留出了一个小书架？是否在孩子的小书桌和床头上，安放了一盏舒适的读书灯？

　　为孩子们点亮童年时代的读书灯，这是所有做家长的不可缺失的责任，同时也仅仅是营造家庭阅读环境的第一步而已。

　　挪威著名儿童文学家、《苏菲的世界》作者乔斯坦·贾德曾说：最明智的父母，一旦给孩子吃饱穿暖之后，接下来最重要的事情，就应该是为孩子们选择最好的文学书，带回家，放进他们的卧室里，或者，直接给孩子们朗读。

　　美好的故事就是光明。"如果我有一个梦想，那就是将来有一天，阅读对于孩子们来说，就如我们每天要刷牙一样不可缺少。牙齿卫生很重要，但父母们更应该越来越对其子女的'经历卫生'担负起责任来。"乔斯坦·贾德认为，与那些"电子毒贩子"利用孩子们天赋的好奇心和喜欢玩耍的需要，让他们沉迷于仅仅能够获得感官刺激和一时快感的电子产品，从而剥夺了他们的想象力与自发的活跃性相比，父母们读给孩子们听的文学书，才是真正的"温暖之源"。

　　由此可见，爱孩子，就必须先送给孩子一个纯正、干净和温暖的阅读环境。而且，还要帮助孩子们学会阅读。对于书，孩子们是没有多少鉴别和选择能力的。因此，家长和老师们应该像定时清扫孩子的卧室一样，为孩子们清理他们的"阅读环境"，包括帮助他们剔除那些无益与不良的读物。给予孩子一个健康、光明和温暖的家庭文学环境，培养孩子良好的阅读趣味和良好的读书习惯，教给孩子有效的阅读方法，这对于孩子全面而健康地成长，乃至成就孩子未来的理想，都是至关重要的一件事情。

举一个例子来说吧。格蕾丝是一位在中国生活过多年的美国女子，她出生在美国南方田纳西州一个书香馥郁的家庭里，少女时代时曾在姨妈们开办的女子学校里接受严格的教育，纯美的心灵中早就播下了经典文学阅读的种子。1934年，梦想成为一名歌唱家的格蕾丝，跟随她的中国丈夫来到中国，一直生活到1974年才离开。格蕾丝和她的家人在中国生活的那些年代，经历虽然十分坎坷，却一直保持和维护着家庭阅读的高贵与尊严。她的传记中多处写到，无论生活怎样动乱不安和局促难堪，她和她的子女们都从没放弃一起阅读的习惯。而且，她坚持和孩子们一起朗读文学经典。这是她与孩子们爱和交流的最美好的内容，同时也是最温馨的方式与过程。格蕾丝"甜美的读书声"伴随着孩子们成长，就像她小时候在美国南方，姨妈们的读书声融入了她的记忆一样。

当孩子们年纪还小的时候，她给他们朗读；孩子们渐渐长大了，他们一起朗读。他们的读书声，盖过了外面的世界的疯狂喧嚣。孩子们在朗读声中，不仅获得了对声音的敏感和欣赏力，而且也渐渐形成了各自对人生、对生命的思考与理解，格蕾丝的儿子维汉后来回忆说，一遍遍阅读和朗读那些经典文学作品，"不仅让我有了一种历史感，也让我对人生经历的差异和共性有了更深刻的理解，帮助我把眼光放到了自身之外的广阔世界"。

"你或许拥有无限的财富，一箱箱的珠宝与一柜柜的黄金。/但你永远不会比我富有——我有一位读书给我听的妈妈。"这是吉姆·崔利斯写在《朗读手册》扉页上的几行诗。这几行诗，也应该让所有的父母思考和效仿。要知道，"亲子阅读"，是家庭阅读环境中最温馨的时刻，没有一个孩子愿意拒绝一位"读书给我听的妈妈"。吉姆在第一章"为什么要朗读"的开头，引用了儿童文学作家格雷厄姆·格林的一段话："或许只有童年读的书，才会对人生产生深刻的影响……孩提时，所有的书都是'预言书'，告诉我们未来的种种，就好像占卜师在纸牌中看到漫长的旅程或经由水见到死亡一样，这些书影响到未来。"可见，对孩子来说，有一些书，有一些故事，童年时读到了、听到了，也就是永远地读到了、听到了；相反，童年时错过了、省略了，也可能是永远地错过和省略了。它们可能会成为一个人终生的缺失和遗憾。

2012 年 10 月 24 日
"海外华文女作家协会第十二届双年会
暨海外华文文学论坛"